祝福されたテイマーは優しい夢をみる

~ひとりぼっちのぼくが、大切な家族と友達と幸せを見つけるもふもふ異世界物語~

はにかえむ
イラスト 戸部淑

Contents

SHUKUFUKUsareta
tamer ha YASASHII YUME
wo miru

一章　魔女が死んだ日

周囲に何も無い深い森の奥。そこに建てられたあばら家で、僕とおばあちゃんは暮らしていた。

僕はおばあちゃんとは血が繋がっていないらしい。僕は捨てられた子なのだそうだ。でも六年間育ててもらって、僕は幸せだった。

毎日おばあちゃんと魔法の回復薬を作って、生活物資と引き換えにパスカルさんに納品する。ただそれだけの日々だったけど、楽しかったんだ。


「おばあちゃん！　薬草摘んできたよ！」

僕は鍋を前に回復薬を作っているおばあちゃんに呼びかけた。するとおばあちゃんは微笑んで振り返る。

「ありがとうね、エリス。上級回復薬の作り方は覚えたかい？」

おばあちゃんに僕は自信満々に頷く。おばあちゃんが教えてくれた上級回復薬のレシピは完璧に頭の中に入っている。

「それじゃあ一人で作ってみな。おばあちゃんは見ているからね」

僕はおばあちゃんに教わった通りに薬草を刻み、鍋の中に放り込んだ。そして仕上げに魔法をかける。鍋の中には不思議なことに水色の半透明になった回復薬がたっぷりと入っていた。

僕はこの回復薬作りが好きだ。おばあちゃんが教えてくれた中でも一番楽しいと思っている。

どうやら僕は魔法で戦うのには向いていないらしい。

「ほう、いい出来だね。じゃあ今日からはおばあちゃんのオリジナルレシピを教えようか。こっちの方は誰にも作り方を教えてはいけないよ？　わかったかい？」

やった！　ついにオリジナルレシピを教えてもらえるんだ！　僕は大きく頷いた。

ふいに、おばあちゃんが咳き込んだ。僕は慌てておばあちゃんの背中を擦《さす》る。

「おばあちゃん、大丈夫？」

「ああ、大丈夫さ。最近調子が悪いから、マリリンにでも来てもらおうかね。きっとすぐ治るだろう」

マリリンおばさんはおばあちゃんの友達だ。お医者様をしている。僕も具合が悪い時によく看てもらった。

「さてエリス、まずは初級のオリジナルレシピから教えてあげるよ。仕上げの魔法陣をよく覚えるんだよ」

僕はおばあちゃんがボードに書いた魔法陣を懸命に覚えた。

魔法薬作りで一番大切なのはこの魔法陣だ。これを間違えると魔法薬にはならない。

魔法の基本はとにかく魔法陣を暗記することだとおばあちゃんは言った。

おばあちゃんは『大魔女』と呼ばれているすごい魔法使いだから、とてつもない数の魔法陣を暗記している。当たり前のように色々な魔法を使えるのはすごいことなんだと、マリリンおばさんも言っていた。

「さあ、これがオリジナル回復薬のレシピだよ。薬草を摘みに行こうか」

僕はボードに書かれた回復薬のレシピを覚えると、必要な材料を頭に思い浮かべる。

薬草は育てているものと、採りに行かなきゃいけないものがある。今回は一つだけ、採りに行かなきゃいけないものが混ざっていた。

僕はおばあちゃんと一緒に森の中に向かった。

家の周りにはおばあちゃんが魔物避《よ》けの魔法をかけてあるけど、森の中は違う。魔物に襲われないよう気を付けて歩かなきゃならない。

強い魔物はおばあちゃんが倒してくれるけど、弱い魔物は僕の担当だ。

森に入って少しすると、目の前にブラウンラビットが現れる。

これはとても弱い魔物だ。僕は杖を構えると、土の魔法で足止めしてから風の魔法でブラウンラビットを切り裂いた。今夜はブラウンラビット肉のシチューかな。

「うん、だいぶ魔力操作が安定してきたね。魔法の多重展開もできるようになったし、及第点さ」

やった！　褒められた！　僕は嬉しくなって軽い足取りで森の中を進む。

すると獣の唸り声が聞こえた。おばあちゃんが僕の前に出て杖を構える。

「エリス、下がってな」

出てきたのはブラウンベアだった。家の周りに多くいる、強い魔物だ。

おばあちゃんは素早く杖で魔法陣を描くと、たった一撃でブラウンベアの首を引き裂いた。

戦っているおばあちゃんはとてもかっこいい。魔法の技術も完成速度も僕とは雲泥の差だ。

若いころのおばあちゃんは『大魔女』と呼ばれて皆の尊敬を一身に集めていたのだと聞いている。

そんなおばあちゃんの弟子であることが僕の自慢だ。

僕はおばあちゃんと一緒に薬草の群生地へやってくると薬草を摘んだ。薬草の見分け方もおばあちゃんに教わった。

「ねえ、おばあちゃん。この薬草、花壇で育てられないの？」

「ん？　育てられるさ。でも近くにたくさん生えてるからね、わざわざ育てようと思わなかったよ」

確かにたくさん生えている。でも僕は回復薬に使う薬草は花壇で育てた方が楽でいいと思った。

「僕が花壇で育ててもいい？」

「確かにその方が楽だね。いいさ、任せるよ」

僕は薬草を根から掘りおこしていくつか持って帰ることにした。

回復薬作りは僕らの生命線だ。

特におばあちゃんのオリジナルの回復薬は冒険者さん達に大人気なのだと聞いている。材料が近くにあった方がいいだろう。

ついでに中級と上級のオリジナル回復薬に使う薬草も聞いて、採取して花壇で育てることにした。

家に戻ると、一緒にブラウンラビットとブラウンベアを解体する。今日はお肉がたくさんだ。

おばあちゃんは魔力を使うとお腹が減るらしいから、大量のお肉は嬉しい。

残ったお肉は時間停止機能の付いた魔法道具のバッグに入れておけば腐らないから安心だ。

時間停止機能の付いたバッグは高級品らしいから、大事にしろと言われている。


僕らはお肉を解体すると回復薬作りを再開した。

僕は初めての作業に緊張した。

初級とは言え大魔女オリジナルの回復薬だ。普通の初級回復薬とは違い、工程が多くて大変だった。

さっき覚えた内容はすでにボードから消されている。僕は必死に思い出しながら作業した。

おばあちゃんが口を出さずにずっと見ているから余計に緊張した。

鍋の中の薬草が煮詰まると、最後の仕上げの魔法をかける。これが一番大切だ。

僕は杖を取り出すと、さっき覚えた魔法陣を描いた。

すると鍋の中には半透明の緑色になった回復薬がたっぷりと出来上がった。

そっと胸をなでおろす。

「うん、途中少し危うかったけど、及第点さね。明日から初級の製作を任せるから頑張りな」

売り物にする回復薬の製作を任せられるのは初めてだ。

僕は嬉しくなって笑った。するとおばあちゃんが頭を撫でてくれる。

「慣れたら中級の回復薬も教えてあげようね」


ぼくはその後花壇に薬草を植えた。

薬草栽培も僕は好きだ。色々な種類の薬草に、それに合ったお世話をするのは楽しい。おばあちゃんは苦手らしくて、ほとんど僕に任せきりになっている。

「おやおや、花壇も広くなったもんだね。今植えたのを増やすなら成長促進の魔法をかけるよ」

成長促進の魔法はとても便利だ。根の切れ端からでもすぐに株を増やすことができる。

おばあちゃんにお願いしようと思って、あらかじめ根をいくつか切り取っておいたんだ。

僕も使えないことはないいんだけど難しいんだ。半分以上は失敗して枯らしてしまう。

もったいないから大事なものは最初からおばあちゃんに頼むことにしてるんだ。

おばあちゃんの杖が魔法陣を描く。根っこがぐんぐん伸びていって一株の薬草になった。

僕はその株を花壇に植えてゆく。あっという間にいくつかある花壇が一つ一っぱいになった。

これで回復薬作りが楽になるだろう。

「エリスが花壇の管理をしてくれるから楽でいいよ。あたしはこういうのはどうにも苦手だからね」

おばあちゃんは笑って僕の頭を撫でる。おばあちゃんの役に立てているなら嬉しいな。

この時の僕はこんな日常がずっと続くと信じていたんだ。


その日はマリリンおばさんが家にやってきた。

僕はお土産にもらったお菓子に喜んで、お茶を淹れようと席を外していた。

診察が終わったおばあちゃん達の元にお茶とお菓子を持っていくと、二人が暗い顔をしていることに気がつく。

「どうしたの？　おばあちゃん、治るよね？」

僕が聞くとマリリンおばさんが言った。

「エリス……必ず、治す方法を探すから、それまで待っておくれ」

それは僕に言っているというより、自分に言い聞かせているようでもあった。

僕はおばさんが何を言っているのかよくわからなかった。

その日から、おばあちゃんの体調は日に日に悪化していったんだ。

おばあちゃんはまるで生き急ぐように僕に色々なことを教え始めた。

およそ一年の間、僕はおばあちゃんから教われることはすべて詰め込まれた。

次第に回復薬作りは僕の仕事になってゆく。

おばあちゃんはだんだん起きていられる時間が短くなった。

次第に歩くこともできなくなって、どんどん細くなっていった。

その時の僕には死というものがどういうことかわかっていなかった。

ただただおばあちゃんが心配で、神様に祈り続けた。


段々おばあちゃんは、自分がいなくなった後の話をするようになった。

僕はそんなこと聞きたくなくて耳を塞いだ。

今思えばそれはいけないことだったんだろう。

おばあちゃんを心配させてしまった。僕がおばあちゃんのためにできることは、大丈夫だと笑って送り出すことだけだったのに。


最後の日、おばあちゃんはシワシワになった手で僕の手を握って言った。

「エリス、お前が一人でも生きていけるように魔女の祝福をやろう。一つは魂に刻まれた記憶を呼び覚ます魔法。もう一つは良縁を引き寄せる魔法。この大魔女の命をかけた大魔法さ。悲しむんじゃないよ。前を向いて生きるんだ」

僕は泣きながら首を横に振った。もっとずっとおばあちゃんと一緒にいたかった。

おばあちゃんの杖が光り輝いて魔法を刻む。大魔女であるおばあちゃんの魔法は僕には理解できない。止められない。

魔法陣が完成した時、おばあちゃんが笑った。僕が大好きな優しい笑みで。

瞬きの後、そこには誰もいなかった。

残されていたのはおばあちゃんの纏っていた服と、魔法の杖、そして大切にしていたペンダントだけ。

僕は泣いた。涙が涸れるまでその場で泣き続けた。

そして泣き疲れて意識を失った時、夢を見た。

高くそびえ立つ建物とくすんだ空。僕と同じ黒い髪の人ばかりがいる不思議な世界。僕はその夢に触れて、初めて死というものをちゃんと理解した。

僕はおばあちゃんのためにも、これから一人で生きていかないといけないんだ。

それでも理性と感情は別で、僕は数日間何もやる気が起きなかった。

悲しくてもお腹は減るし眠くなる。次第に僕は普通に暮らせるようになった。一体何日かかったのかは覚えていない。

鍋でおばあちゃんが教えてくれた回復薬を作りながら、おばあちゃんがいた頃を思い出す。とても寂しくて悲しかった。

回復薬の買い取りと物資を届けに来たパスカルさんに、おばあちゃんの死を伝えた。パスカルさんは心配して街で暮らさないかと言ってきたが、僕は断った。

今はまだおばあちゃんと過ごしたこのあばら家を離れたくなかった。

パスカルさんは僕の頭を撫でて去ってゆく。今はまだそっとしておいてくれるみたいだ。

その優しさが有難かった。

おばあちゃんが亡くなって一月経った頃、森の中で狩りをしていた時、何かがこちらを見ている気配がした。

僕は気配を察知するのが得意だ。森で生き残るために、おばあちゃんが教えてくれたから。

見ていたのは綺麗な饅頭形をした藍色のスライムだった。攻撃してくる様子もない。ただじっとこちらを見ている。

僕はおばあちゃんに言われたことを思い出した。

僕のジョブは『テイマー』で魔物を使役することができるのだと。

魔物はテイマーを認識している。相性のいい魔物はテイマーに攻撃してこないでついてくることがあると言っていた。

テイマーに使役されると魔物の寿命はテイマーと同じになるのだ。

そして使役されると知能が上がる。

とくに短命で弱い魔物は使役されたがるのだという。

僕はスライムと見つめ合う。

試しに一歩下がってみると、スライムは少しだけ近づいてきた。

魔物なのに敵意も何も感じない。

僕はこのスライムを使役してみることにした。

魔法の杖を持って魔法陣を描く。不思議なことに手が勝手に動くような気がした。

こんなことは初めてだ。僕がテイマーだからだろうか。

魔法陣が完成すると、スライムの額に不思議な文様が浮かび上がった。

後は名前を付けるだけだ。僕はこのスライムに『アオ』という名前を付けた。

魔法陣が消え、そこには額に文様が刻まれたアオが残された。

「よろしく、アオ」

『よろしくご主人様』

頭の中にアオの声が響く。テイマーにしか聞こえない声だ。

「僕の名前はエリスだよ。ご主人様はやめて」

『よろしく、エリス』

そしてひとりぼっちの生活に新しい仲間が加わったのだった。

アオは優秀だった。戦えない回復特化のスライムだったらしく、回復薬の素材として自らの体液を提供してくれた。

これで一段階上の回復薬が作れるから、収入が増える。

『これでいい？　エリス』

「うん、ありがとうアオ。これができたらご飯にしようね」

『やった！　私、シチューがいいな』

アオは僕と一緒に食事をとる。最初はスライムは何を食べるんだろうと生肉をあげようとしたのだけど、僕と同じがいいらしかった。

そしてアオは物語が好きだった。

パスカルさんが僕のために持ってきてくれた物語の本を、一度読み聞かせたらハマってしまったらしく毎日ねだられる。

僕の気分転換にもなってちょうどよかった。

物語を読み聞かせるようになってから、アオはどんどん個性的な子になっていった。

スライムに雌雄はないはずなのに女の子みたいな言動をするようになり、どんどん知能が高くなっている様子だった。従魔ってすごいんだな。

アオは回復魔法が使える時点で普通のスライムとも違うから、アオだけが特別なのかもしれないけど、すごい成長ぶりだった。


『エリス！　今日はいい天気なの、日光浴するの！』

僕はおばあちゃんと一緒に作った花壇の手入れをする。

おばあちゃんが亡くなって、世話を怠っていたら少し荒れてしまったけれど、これも大事なおばあちゃんとの思い出の場所だ。

アオが気持ちよさそうに飛び跳ねている横で雑草を抜いてゆく。

するとアオが手伝ってくれた。

薬草以外の草の上に乗ると、ゆっくりと消化してゆく。

「雑草は根ごと抜かないとダメなんだよ」

僕が言うとアオは得意げに返した。

『大丈夫なの、ちゃんと根ごと食べてるの！』

すごい。アオはなんでもできるんだな。僕では手が届かないところも掃除してくれたりするし、毎日大助かりだ。

『終わったら一緒に日光浴するの！』

雑草を抜いて水をあげたら、アオと日光浴をする。おばあちゃんが亡くなってからは家にこもりきりだったからか、太陽の光が心地よく感じた。

体がポカポカしてきて眠くなってくる。

僕はアオと一緒にそのまま少し眠った。

昼前になると、アオに起こされる。

『エリス、起きるの、お昼ご飯の時間なの！』

僕は苦笑してアオを抱き上げキッチンに向かった。アオは結構よく食べる。

そのうえちゃんと料理されたものが好きだから、僕も一緒にまともなものを食べるようになった。

アオの味覚は結構繊細で些細な違いにもよく気がつく。それでいてその辺の草やごみも食べられるから不思議だ。許容範囲が広いのかもしれない。

前世の世界ではちゃんと日光に当たってよく栄養を取らないと、体に悪影響があると言われているらしかった。

アオに出会って、僕は健康を取り戻せたような気がする。

おばあちゃんが今際《いまわ》の際《きわ》に良縁を引き寄せる魔法をかけると言っていたけど、アオのことだろうか。

アオと出会えたのはおばあちゃんのお陰なのかもしれない。

それからは毎日アオと一緒に回復薬を作った。話ができる子がそばにいるだけで、おばあちゃんを失った悲しさを忘れられた。

おばあちゃんは僕に前を向いて生きろと言ったのだ。少しずつだけど、それができそうな気がした。

「ねえ、アオ」

僕はベッドの上で横になってアオに話しかける。

『なあに？　エリス』

アオはぷるぷると揺れて僕の近くにやってくる。

「僕は何をしたらいいんだろう？」

僕はこのあばら家以外の世界を知らない。街に何度か降りたことはあるが、それだけだ。

前を向いて生きるとはどうすることなのか、僕にはよくわからなかった。

『エリスがしたいことをすればいいと思うの』

アオの言葉に僕は考える。したいこととはなんだろう？

「冒険？」

ふと口をついて出た言葉に、アオは飛び跳ねる。

『楽しそうなの！』

飛び跳ねているアオを見て僕は笑った。なんだかおかしくて堪らなくなった。

「そうだ、冒険しよう！　一緒にドラゴンを倒そう！」

『ドラゴンなんかに負けないの！』

こんなにおかしいのは久しぶりだった。

きっと僕はおばあちゃんを失ってから、笑い方を忘れていた。

アオが思い出させてくれたんだ。この縁を大切にしよう。

後日家に来たパスカルさんにアオを紹介する。

「スライムか、テイムできて良かったな」

そう言って、パスカルさんは僕の頭を撫でた。

その顔がどこか安心したようだったのは、僕を心配してくれていたからだろう。

パスカルさんは上級の回復薬を高値で買い取ってくれた。これからも頼むと言って去っていった。

今日はアオと冒険をする。とはいっても、少し山を下ったところにある弱い魔物が多くいるスポットだ。

お肉をたくさんゲットするんだとアオと二人で意気込んだ。

普段行かないところへ行くのは少しワクワクする。

道中は魔物避けの香を焚きながら移動した。

不思議なことにテイムされた従魔には魔物避けの香が効かないらしい。

『エリス、ボアなの、脂がのってて美味しいはずなの！』

僕はボアに土魔法で足止めして風魔法で首の辺りを切りつける。ボアは真っすぐ走ってくるから狩りやすい。

『さすがエリスなの！　魔力操作技術がまた上がったの！』

アオはたまに先生みたいなことを言う。おばあちゃんと暮らしていた頃を思い出して懐かしくなった。

僕らは川を見つけると獲物の解体を始める。ここは弱い魔物ばかりだから解体に多少時間を使っても大丈夫だ。

アオがボアの血抜きをしてくれる。アオにとって血を飲み干すだけの簡単で美味しいお仕事らしい。

血抜きは本来時間がかかるからありがたい。

おばあちゃんのいない解体は重労働だ。単純に子供の僕では力が足りない場面も多い。

アオはあまり手伝えないと申し訳なさそうにしているけど、獲物を押さえたりできることはしようとしてくれる。

とっても優しいスライムだ。

この日はボアを二匹とラビットを五匹狩ることができた。

僕らは喜んで足早に家に帰る。

『今日はお肉パーティーなの！　シンプルに塩焼きが美味しいと思うの！』

アオのリクエストで今日はボアとラビットの塩焼きになった。昨日焼いたパンもまだ残っているからスープも作ろう。

焼いて少し経ち硬くなったパンを小さく切ってこんがり焼いて、クルトン代わりにスープに入れてカリカリとした食感を楽しめるようにする。

おばあちゃんのくれた前世の記憶はとても朧気だけど、知識に関してはパッと出てくることが多い。前世の世界は食が充実しているらしく、僕の料理のレパートリーも増えた。

アオには大好評だ。


また次の日も、アオと冒険に行く。回復薬以外の薬のストックが少なくなってしまったからだ。

アオは僕の頭の上に張り付いていた。

『冒険！　ぼ〜うけん！』

アオは楽しそうに歌っていた。僕も楽しくなって駆け足で進む。

おばあちゃんが歩けなくなってからは来ることのなかった場所に着くと、花壇に無い薬草を集めた。

ふと、アオが何かに気がついた。

『血の匂いがするの』

僕は警戒した。杖を構えていつでも魔法が使えるようにする。

アオが示す方向を見ると、木々の間から小さな白いウルフが顔を出した。

怪我をして血まみれだった。僕とウルフは見つめ合う。

襲ってくる気配は無い。この子は群れから追い出されたのかもしれない。

『テイムするの！』

アオが弾んだ声で言う。いいのだろうか。僕はウルフの方を見た。

やっぱり敵意は感じない。相性も良さそうだ。

僕は杖を構えて魔法陣を描いた。ウルフの額に模様が浮かび上がる。

「名前は『シロ』だ」

光が消えて、シロの額に模様が刻まれた。

僕らは近付くと、怪我をしたシロを抱き上げた。

『ありがとう』

シロは弱りきった声で言う。

「僕はエリスだよ。今日からよろしく」

ウルフにしては小さいシロだが、僕にはとても重かった。

急いで家に帰る。これもおばあちゃんが運んでくれた良縁なんだろう。大切にしないとおばあちゃんに合わせる顔がない。

僕はシロに回復薬を飲ませてやる。

アオは回復魔法をシロにかけてやっていた。魔法陣を見るに高位魔法だ。実はすごいレアスライムなのかもしれない。

『ありがとう、エリス、アオ。ブラックベアに襲われて逃げてたんだ』

どうやら群れから追い出されたわけではないらしい。

「群れに帰らなくていいの？」

『ナワバリから離れすぎて帰れないんだ』

シロはしゅんとしてしまった。耳もしっぽも垂れさがっている。

『ここで一緒に暮らしていい？』

不安そうにシロが言う。

「もちろん、僕達はもう友達だよ」

シロが嬉しそうにしっぽを振る。

血まみれのシロに浄化の魔法をかけてやると真っ白になった。珍しいウルフだなと思う。見かけるウルフは大体茶色だ。

森の奥にいる種類なのかもしれない。

シロに出会えたから、今日は冒険してよかったなと思う。

『ここには魔物は入ってこないの！　だからゆっくり休むの』

アオがシロの体を気遣って、ベッドに誘導する。

森の奥から怪我をしたままずっと逃げていたらしいから、疲れていたのだろう。シロはあっという間に眠りについた。

僕はその日、シロを抱えて眠った。ふわふわの毛並みが気持ちよかった。

きっといい夢が見られる。


その日見た夢は、可愛らしいポメラニアンとフリスビーで遊ぶ夢だった。

前の僕の記憶だろう。犬用のお菓子の作り方がわかったから、今度シロに作ってあげよう。


翌朝起きると、シロはまだぐっすり眠っていた。あんなに大怪我をしていたんだから、無理もない。

『シロのご飯はどうするの？』

アオの問いにどうしようかと考える。

生肉をあげてもいいけど、前世の僕は犬に火を通したお肉をあげていた。ほぐして柔らかくしたものだ。

まだ本調子じゃないだろうから、食べやすい方がいいかなと僕は料理することにした。

『おりょ～おり、するの～』

シロを気遣ってか小声で歌うアオに僕は楽しくなった。

美味しそうなにおいが立ち始めたころ、シロが起きてきた。

『おはよう、エリス、アオ』

少し遠慮がちに厨房に入ってきたシロに、ご飯ができたよと言うとテーブルに並べた。

シロの分は床に置いてやる。

シロはほぐして柔らかく煮たお肉に不思議そうな顔をしていた。

食べたら美味しかったらしい。尻尾をブンブン振って食べている。

気に入ってくれたようでよかった。


食事が終わるとまずは回復薬作りだ。

シロは手伝っているアオを見て、自分にも何かできないかと聞いてきたけど、シロが手伝えることははっきり言って無い。

落ち込んだシロにブラウンラビットを狩ってきてほしいとお願いすると、途端に元気になって外へ駆けていった。

ちょっと心配だけど、家の周囲には魔物避けの魔法がかけてあるからいざとなったらすぐに逃げられるだろう。

魔物避けの魔法も、従魔には効かないみたいだしね。

それからは午前中に僕とアオが回復薬を作って、シロが狩りに行くのが日課になった。

シロは小さいわりにとても優秀で、毎日たくさんのブラウンラビットを狩ってきてくれた。

ウルフ種は冒険者をしているテイマーに人気だと聞いたけど、匂いで獲物を探せるのはすごく便利だなと思う。

狩りに行かなくてもいい分時間に余裕ができたので、僕らは午後は遊んで過ごした。


そうだ、シロにおやつを作ってあげよう。僕は食材の整理をしていて思い出した。

この間夢で見た犬用おやつだ。人間も食べられるやつだから僕のおやつにもなる。

ラビットの肉をひたすら細かくして、さらに細かくしたチーズを混ぜる。少しの小麦粉と水をつなぎにして成形したら、オーブンでカリカリになるまで焼き上げる。

次第にいいにおいが漂ってきて、僕もシロ達もオーブンの前から離れられなくなった。

『は～やく焼けるの～美味しい～おやつ～』

アオの歌をみんなで一緒に歌いながらおやつが焼けるのを待つ。

そろそろいいかなとオーブンから出すと、美味しそうなチーズスティックが出来上がっていた。

『わぁ、美味しそう！』

シロが尻尾をブンブン振って早く食べたそうにしている。

熱いから冷まさなきゃ。僕はちょっと不安だったけど冷却の魔法を使ってみた。

失敗しても冷たくなるだけだから大丈夫だろう。

杖を使って魔法をかけると、ほんのり温かいちょうどいい温度になった。

シロにチーズスティックを食べさせてやると、その味に感動したようだった。

『チーズってこんなに美味しいんだね！』

シロの尻尾がちぎれんばかりに振られているので僕はもっと食べさせてやる。

アオは食感が気に入ったらしく、ゆっくりと食べている。

僕も食べてみたけどカリカリ食感とアクセントのチーズが美味しかった。

他に鳥の皮をカリカリに焼いても美味しいらしいから、鳥が手に入ったら作ってあげよう。


「今日はこの小説にしようか」

一息ついて選んだのは冒険小説だ。主人公が幾多の困難を乗り越え、やがて悪しきドラゴンを倒すのだ。

僕はシロとアオに読んで聞かせる。

アオもシロも僕も、この森の世界しか知らない。世界中を冒険して回る主人公の話はとても新鮮で面白かった。

途中色んな出会いや別れがあって、頼りになる仲間や友達がたくさんできる。

とてもワクワクする話だ。

シロは冒険小説を気に入ったようで、大きくなったらドラゴンを倒すと言っていた。きっと無理だけど目標は高い方がいいよね。

アオは最近字が読めるようになってきて、体の形を変えて本のページをめくれるようにもなった。

従魔ってこんなに頭がよくなるものなのかと僕は感心した。

アオが恋愛小説を読みたいというので、僕はパスカルさんに子供用の本を適当に見繕ってほしいとお願いした。

パスカルさんはアオが本を読むさまを見て驚いていたけど、快く小説を持ってきてくれた。

シロもパスカルさんに懐いて、来るたび尻尾を振って歓迎している。

『ねえ、エリス。街には楽しいものがたくさんあるんだね。いつか行ってみたいな』

シロの言葉にアオも同意している。

街か……僕も詳しくないから一人で行くのはちょっと怖い。

「いつか、パスカルさんに連れていってもらおうか」

僕が言うと二匹はとても喜んだ。


一人と二匹での生活に慣れた頃、パスカルさんがお客様を連れてきた。

「初めまして、私は街の領主をしているヴァージル・ラフィンだ」

茶色の髪に背の高い、なんだか強そうな男の人だった。

「初めましてエリスです。この子達はシロとアオです」

僕は頭を下げて挨拶した。領主様と言えば偉い人だ。ちゃんとしないといけない。

シロとアオも雰囲気を感じ取ったのだろう、大人しくしている。

パスカルさんと領主様に椅子をすすめて、僕は話を聞く。

「ごめんなエリス。さすがにエリスがこのまま一人で暮らし続けるのは良くないと思って、領主様に相談したんだ。そしたら会ってみたいと仰るから連れてきたんだ」

パスカルさんがすまなそうにしている。

彼は僕のことを心配してくれたんだ。何も悪くない。僕は大丈夫だと笑った。

「私は大魔女様にはとてもお世話になったんだ。妻と息子の命を救ってくれた恩人でね。そのお弟子さんが一人で暮らしていると聞いて心配になって来てしまったんだ」

領主様は優しげな笑みを浮かべて言った。

「エリスくんさえ良ければだけど、この家はこのまま残して街で暮らさないかい？」

僕は言葉に詰まってしまった。シロとアオが心配そうに僕を見ているのがわかる。

この家にはおばあちゃんとの思い出が詰まっている。できればこのまま住んでいたい。

でもおばあちゃんは、僕に前を向いて生きろと言った。おばあちゃんは僕がここを出ることを望んでいたんじゃないか。今では少しそう思っている。

「今すぐ結論を出せとは言わないよ。たまに様子を見に来るから、ここを出ることを考えてみてくれないか？」

領主様の言葉に僕は頷いた。

「街で暮らすとしたら、僕は孤児院に入るのですか?」

気になったので聞いてみる。

「そうだな、エリスくんなら食客として私の家で暮らすのもいいと思う。エリスくんの作る大魔女様の回復薬はとても効果が高くて人気なんだ。大魔女様が亡くなった今、それを作れるのはエリスくんだけだ。できれば作り続けて欲しい」

おばあちゃんは僕に回復薬のレシピを絶対に誰にも教えるなと言った。恐らく僕が生きていけるようにそう言ったんだろう。

回復薬が作れたらお金には困らない。

「アオとシロは連れて行けますか?」

アオとシロはもう家族だ。ここを出たら二匹と一緒にいられるのか。わからないから少し怖かった。

「もちろん、テイムされてる魔物なら問題ないよ。連れて入れないお店も多いけど、テイマー向けの店もあるから困らないよ」

領主様の言葉に僕は考える。孤児院ではなく領主様の家の居候になるなら破格の待遇だろう。

シロとアオとも離れなくていい。なら街で暮らすのもいいんじゃないか?

「シロとアオはどう思う?」

僕は二匹に聞いてみた。

『街で暮らすのも楽しそうだと思う』

『冒険できるの、街に冒険しに行くの！』

二匹も楽しそうにしている。なら街で暮らそう。

僕は心を決めた。

「わかりました。領主様のところでお世話になってもいいですか？」

パスカルさんが安心したように笑っている。とても心配してくれていたんだろう。

領主様も笑って受け入れてくれた。

「妻も喜ぶよ。昔子供を亡くしてね。エリスくんの話をしたらとても心配していたから」

そうか、領主様達も大切な人を亡くしているのか。だから僕の気持ちを汲んでくれたんだ。領主様は優しい人なんだろう。

街で暮らすと心を決めたら、急にワクワクしてきた。ずっと森で単調な毎日を過ごしてきたけど、街には楽しいものがたくさんあるだろう。

友達もできるかもしれない。

おばあちゃんが死んですぐの頃は、こんなこと考えられなかった。

僕が街で暮らすと知ったら、おばあちゃんは喜んでくれるかな？

「じゃあ、明日荷車を用意して迎えに来るよ。それまでに荷物をまとめておいてね」

そう言って、領主様とパスカルさんは去っていった。

荷車と言ったが実はそんなに荷物なんてない。おばあちゃんの形見と僕の荷物を合わせても正直荷車が必要か怪しかった。

形の残るものなんて服や装飾品、薬の材料と道具くらいしかないからだ。

花壇の薬草達は根から掘り返して魔法のカバンに入れた。

おばあちゃんは手記の類を一切残さなかった。だから本もパスカルさんがくれた分しかない。暇な時間はすべて僕の教育に当てていた。

おばあちゃんの教育の基本はとにかく暗記することだ。僕は物心つく頃には本何十冊分もの内容をとにかく完璧に覚えさせられた。だから僕の特技は暗記だと言ってもいいと思う。

おばあちゃんとの思い出に浸りながら部屋を片付ける。おばあちゃんの荷物のあまりの少なさに僕は少し悲しくなった。

でもこれだけ少なければ全て持っていってもいいだろう。

おばあちゃんは自分の亡くなった後のことを予測しながら僕を育てていたんだろうなと、前の記憶を思い出した僕は気づいてしまった。

おばあちゃんがくれた前の記憶は普段は朧気だが、確実に僕の中の何かを変えた。細かなことに気づけるようになったんだ。

前の記憶もおばあちゃんが僕に必要だと思って用意してくれた、僕の宝物だ。

この記憶があるおかげで、僕の視野は確実に拡がった。

アオとシロが物思いにふける僕を心配している。僕はシロのフワフワとした毛並みを撫でると大丈夫だと笑う。

まとめた荷物は本当に少なかった。


アオとシロと一緒にベッドに入ると、明日の話をする。

『領主様のお屋敷ってどんなところだろうね』

シロは森を出るのが楽しみらしく、街について色々聞いてきた。

『人間がたくさん暮らしているんでしょ？　面白そうなの』

アオも楽しそうだ。街に出たら色々連れていってあげようと決めた。とは言っても僕もほとんど森の中しか知らないから、みんなで一緒に勉強することになるだろう。

その日は皆で街のことを話しながら眠りについた。

✿

翌日、パスカルさんと領主様がやってきて、僕の荷物の少なさに驚いていた。

領主様は街に出たら色々案内するよと言って僕の頭を撫でてくれる。

一応荷車に荷物を載せて領主様のお屋敷へ向かう。アオは僕の頭の上で上機嫌に歌っていた。シロも楽しみなのかずっとしっぽを振っている。

アオの歌に笑う僕に、領主様は不思議そうにしている。

アオは歌うのが好きなのだと言うと、領主様も笑ってくれた。

魔物の声が聞けるのはテイマーだけの特権だ。みんなに聞かせてあげられないのが少し寂しい。

街までたどり着くと、僕は久しぶりの景色にドキドキした。相変わらず賑わっている。

街の中に入る時に、テイムした魔物について聞かれた。

登録はしていますかと聞かれて僕はなんのことだかわからなかったが、領主様がこれから登録するところだと言って事なきを得た。

「すまない、まずはテイマーギルドに行こうか。テイムした従魔はみんな登録しないといけないんだ」

僕はテイマーギルドという響きにワクワクした。

前の僕の記憶ではファンタジーな存在らしい。

僕が興味を持ったのがわかったのだろう、領主様は僕の頭を撫でた。パスカルさんはその間に僕の荷物をお屋敷まで運んでくれるそうだ。

テイマーギルドの扉をくぐると、たくさんの従魔を連れた人達がいた。

テイマーは意外といるようだ。

僕は領主様に連れられて受付らしきところに向かう。

「この子のテイマー登録と従魔登録がしたいのだが」

領主様が声をかけると、優しそうなお姉さんが対応してくれた。

登録には僕と従魔達の血が少量いるらしい。

スライムに血とかあるのかと僕は困惑した。アオを見つめていると、スライムは体液で大丈夫だと笑って領主様が教えてくれた。

用意された針を指に刺す。血を水晶のようなものに零すと登録が完了したようだ。これで街の中を好きに歩けるようになって、依頼も受けられるようになるらしい。

僕はお姉さんからテイマーカードを貰った。ドッグタグのようなもので、首から下げておけば身分証明にもなるようだ。

魔物に装飾品を身につけさせたら、間違えて討伐されるリスクを減らせるとも教えてもらった。

アオは無理かもしれないが、シロには今度何かつけてやろうと思う。


テイマーギルドを出ると、次は領主様のお屋敷だ。

今日は奥さんも長男さんも全員揃っているらしい。

僕は少し緊張した。嫌われないといいな。

領主様のお屋敷はとても大きかった。扉の前にはたくさんの花が咲いていていてとても綺麗だ。門から玄関までが長く、不思議な感じがした。

領主様に手を引かれキョロキョロしながら歩いていると、前庭に複数の犬の姿が見えた。

「ああ、先に顔を見せておこうか」

領主様が笛を吹くと、犬達が集まってきた。シロがしっぽを振っている。

大きな犬達に囲まれるのは少し怖かった。

「こうしておけば敷地内を歩いていても襲われることは無いよ」

僕は犬達に挨拶した、手をかざして匂いを覚えてもらうのだそうだ。シロも匂いを嗅ぎあって挨拶している。

『私も挨拶するの！』

アオがそう言うので、僕の頭の上から下ろしてやる。匂いを覚えてもらったからもう安全だ。

お屋敷の中に入ると既に、人が四人いた。僕は早すぎる対面に緊張した。

「玄関で待っていたのか？」

領主様は呆れた様子だった。

「だって可愛い子が来るって言うんだもの、早く会いたいじゃない」

恐らく奥さんだろう、オレンジの綺麗な髪をした女の人が笑っている。

「しょうがないな。エリスくん、彼女は私の妻のリヴだ。隣は息子のパーシー」

パーシーさんは十五歳くらいの明るい茶髪の青年だった。目が合うと笑って挨拶してくれた。

「エリスと申します。この子達はアオとシロです。これからお世話になります」

僕はそう言って頭を下げる。

「礼儀正しい子ね、さすが大魔女様のお弟子さんね」

僕は褒められて嬉しかった。僕にたくさんのことを教えてくれたおばあちゃんのためにも、いい子でいないとと誓う。

「こっちにいるのはメイド長のラキータと執事長のダリルだ。屋敷に関わることでわからないことがあったらなんでも聞くといい」

二人は黙礼して答えた。


「さて、部屋に案内するよエリスくん」

領主様に連れられて入った部屋はとても広かった。

家具はブラウンで統一されていて、とても落ち着いた部屋だ。

「こんなに広い部屋をお借りしていいんですか？」

僕は少し不安になった。身に余る待遇な気がしたからだ。

「家には部屋がたくさんあるからね、気兼ねなく使ってくれて大丈夫だよ」

領主様は笑って頭を撫でてくれる。

『わー、広い』

一足先に部屋に入ったシロとアオが飛び跳ねている。

僕は領主様に感謝して部屋を使わせてもらうことにした。

食事はみんなでとるようで、時間になったらメイドさんが呼びに来てくれるそうだ。

次に案内されたのは庭に建てられた小屋だった。僕が回復薬を作れるように空けてくれたそうで、なんだか申し訳ない気持ちになった。

中には簡易だが厨房もあるし、周囲には花壇があって薬草を育てられるようになっていた。

「他に何か必要なものはあるかい？」

僕は首を横に振った。薬を作るならこれで十分だ。

たくさん作って領主様の役に立とうと思う。

その後は奥様達とのお茶に誘われた。見たこともないような綺麗なお菓子が並んでいて、アオが興奮していた。

「エリスくんは今いくつなの？」

「七歳です」

奥様が僕を質問攻めにしてきてちょっと面食らった。

パーシーさんはとても話し上手な人で、お屋敷のことを色々教えてくれた。普段は学園に通いながら次期領主としての勉強もしているらしい。

学園はどんなところなのか気になって、たくさん質問してしまった。

大体十歳くらいから通って主に一般教養と魔法を学ぶものらしい、頑張れば僕も通えるだろうか、ちょっとドキドキした。

領主様一家はみんな気さくな人ばかりで、夕方には僕の緊張もだいぶ和らいだ。こんな素敵な人達と暮らせるなんて夢のようだ。

夕食もとても美味しくて僕はつい食べすぎてしまった。

夜、ベッドの中でアオとシロとお話する。

シロを抱えて、今日は楽しかったねと笑った。

『楽しかったね、明日は街を見たいな』

シロはお屋敷までの道のりで楽しそうなお店を見つけていたようだ。

アオはふかふかのベッドが気に入ったようで、先程からずっと飛び跳ねている。

寝る前に心の中でおばあちゃんに今日の報告をする。そうしている内に、僕の意識は夢の中へと落ちていった。


領主様の家に着いた翌日、僕は早速花壇に薬草を植えていた。

たくさん回復薬を作って領主様に恩返しをしなくてはいけない。薬作りを手伝ってくれるアオも張り切っている。

僕が花壇に薬草を植え終わって休憩していると、領主様がやって来た。小屋の中の椅子に座り、領主様と話をする。

「ちょっとこれを解いてみてくれるかな?」

差し出されたのは問題用紙だった。僕は疑問に思いながらも言われるがまま問題を解いた。みんなおばあちゃんに習ったことばかりだ。数学は前の自分のおかげか問題を解くのがとても早くなった気がする。九九というのは凄く便利だ。

全ての問題を解き終わって領主様に差し出すと、領主様はすごいなと言って僕の頭を撫でてくれた。

「やっぱりエリスくんは賢いな、来年から学園に通わないかい？」

学園と聞いて僕は興奮した。しかし、来年からでいいのだろうか。

「でも学園は十歳くらいから通うものだと聞きました」

「エリスくんなら勉強についていけるから大丈夫だ。賢いから通うなら早い方がいいだろう」

僕は嬉しかった。褒められたこともだけど、なにより学園に通えることが。念願の友達ができるかもしれない。

そうと決まれば学費を稼がなくては。僕はやる気に満ちていた。

「学園はパーシーさんが通っているところですか？」

この辺りに学園がいくつあるのか知らないので、聞いてみる。

「そうだな、あの学園がこの辺りでは一番入学が難しい学園だ。エリスくんの成績なら問題ないだろう」

僕は驚いた。そんなに僕は勉強ができたのか。教えてくれたおばあちゃんに感謝しないと。

「冬には入学試験があるから、気になったことはパーシーに聞くといい」

後でパーシーさんに学園のことを詳しく聞いてみよう。僕は来年が楽しみになった。

「あ！　アオとシロは一緒に通えますか？」

突然大きな声を出した僕に、領主様は笑う。

「大丈夫だよ、テイマーは結構いるからね。二匹とも大きくないから一緒に通っても問題ない」

僕は安心した。一緒に通えると聞いてシロが勉強するぞと意気込んでいる。アオは勉強する気はないらしい。それより冒険がしたいのだろう。

入学試験の手続きは領主様がしてくれるそうで、僕は冬まで勉強の復習を頑張ろうと思った。

領主様が行ってしまったので、僕は回復薬をたくさん作る。これからは作った回復薬はパスカルさんのお店に直接納品に行くことになる。

学費のためにと頑張っていたら、ちょっと作りすぎたかもしれない。

『疲れたの……搾り取られたの……』

アオが体液を出しすぎてしおしおになっている。僕は慌てて水と食事を用意してあげた。


パスカルさんのお店に行くため外に出る。一人での街歩きは初めてだ。アオとシロが楽しそうにしている。

地図を見ながらパスカルさんのお店まで行く。

その途中でキョロキョロと街の様子を見てしまう。帰りに色々お店を見て回ろう。

パスカルさんのお店に行くと、パスカルさんが頭を撫でてくれた。

「一人で来られたのか、偉いな」

僕は作った回復薬を納品する。

「ちょっと作りすぎちゃったんですけど大丈夫ですか？」

パスカルさんは数を見て驚いたようだった。

「すぐ売れるからありがたいよ。でもよくこんなに作ったな、無理してないか？」

僕は大丈夫だと笑った。

『無理をしたのは私の方なの』

アオがシロの上で主張する。帰りに好きなものを買ってあげようと思った。

街を歩いてアオが欲しがったものを買ってやる。アオは人間の料理が好きなので、屋台で色々買うことになった。

アオは回復薬製作の功労者だから、稼いだお金はアオにも還元されないと可哀想だ。

そういえばシロに装飾品を買ってあげないといけないんだった。慌ててテイマー向けのショップを探す。

テイマーギルドの近くにお店を見つけて入ってみた。

店内には色々な従魔用のアクセサリーや防具が並んでいた。

『すごいたくさんあるね』

シロが店内を見回しながら自分に合いそうなものを探している。

ウルフ系を従魔にしている人は多いはずだから、きっと合うものが見つかるだろう。

店内を隈なく探すと、面白いものがあった。

スライム用のカチューシャだ。魔法でスライムの頭に吸着するようになっているらしい。アオは

黒いリボンに白いレースがあしらわれた物を欲しがった。

『可愛いの！　どう似合ってる？』

試着してみるとなかなか可愛い。少し値が張るが買ってあげることにした。

シロは黒に銀糸で刺繍が入った格好良いスカーフを欲しがった。

首に巻くと、真っ白なシロによく似合っている。

僕達は二つを購入してお屋敷に帰った。


お屋敷に着くと奥様に心配されていた。

一人で街を歩くのが初めてだから、ちゃんと帰ってこられるか不安だったようだ。

奥様と一緒にお茶を飲みながら今日の出来事を話す。

アオはカチューシャを自慢していた。奥様もそんな物があるとは知らなかったらしく驚いている。

「そうだ、エリスくんの採寸をさせてもらってもいいかしら。私のジョブは『針子』なの。服を作らせてほしいのよ」

奥様は楽しそうに言った。

「僕は嬉しいですけど大変じゃないですか？」

「全然、趣味だもの。パーシーの服もよく作るのよ」

本当に楽しそうに言うので、僕も服を作ってもらうことにした。

なんだかこそばゆいような気持ちになりながら、採寸してもらう。

出来上がるのが楽しみだ。

採寸が終わると、パーシーさんが学園から帰ってきた。僕を見ると笑って頭を撫でてくれる。

「そういえば、今年学園を受験するんだっけ？　色々教えてやれって父さんに頼まれたんだ」

「そうなんです。学園のこと教えてくれませんか」

聞くところによると、僕が通う予定の学園はマルダー魔法学園というらしい。

そこは一定以上の勉学が身についている人しか入れない、魔法中心の授業をする学園なんだそうだ。

そこの卒業生ならどの職場でも欲しがると言われるほどの、この国屈指の名門校だという。

そんなすごい学園でやっていけるんだろうか。僕はかなり不安になった。

「大丈夫だよ、エリスくんの解いたテストを見たけど、あれなら絶対合格できるよ。あとは魔法かな。エリスくんは大魔女様に魔法を教わったんだろう？　なら問題ないはずだ」

そうだ、おばあちゃんは僕がどんな道でも選べるように教育すると言っていた。特に魔法には厳しかった。魔法が使えれば大抵の職場で重用されると、できるまで何度も教えてくれた。

おばあちゃんが教えてくれたんだ。僕は自信を持って生きていかなくちゃならない。絶対合格しよう。

「学園は楽しいよ。校外実習なんかもあってね、実際に魔物を討伐するし……後はやっぱりクラス対抗戦かな？　あれが一番盛り上がるね」

聞くところによると魔法学園は本人の素質によって四つのクラスに分けられるらしい。イエロー、レッド、ホワイト、ブラックそれぞれのクラスが一年生から六年生まで一緒になって戦うそうだ。

すごく面白そうでワクワクする。

「俺はホワイトクラスだけど、エリスくんは何になるかな？　レッドは無いな、イエローかホワイトな気がするよ」

素質で分けられているのでクラスごとに性格が偏るらしい。

どんな感じなのか聞いてみた。

「言われているのはイエローは理知的、レッドは活動的、ホワイトは能動的、ブラックは個性的かな。エリスくんは確実にレッド以外だと思うよ。レッドは本当に暑苦しいから」

確かに自分でもレッドは無いなと思う。どのクラスになるのか楽しみだな。

「僕は今年で卒業だから、一緒に通えなくて残念だよ。対抗戦は見に行くからね」

まだ合格もしていないのにパーシーさんはそう約束してくれた。

絶対合格できるように頑張ろう。

二章　新しい家族

領主様のお屋敷で暮らすようになって数日。僕は充実した毎日を過ごしていた。

奥様はよく僕をお茶に誘ってくれるし、パーシーさんは勉強を見てくれる。

僕は毎日回復薬を作ってはパスカルさんの元に納品していた。僕の作った回復薬は主に冒険者さんに人気らしい。

冒険者と聞いて前の自分がザワついたような気がした。僕もちょっと興味がある。今度詳しく聞いてみようと思う。


今日はおばあちゃんの家に一度帰ろうと思っていた。少し掃除をしなくては、放っておいたらすぐに荒れてしまうだろう。

僕はシロとアオを連れて森に向かった。

森の中の道しるべに従っておばあちゃんの家に帰る。家の中に入ると、久しぶりでなんだか涙が出そうになった。

僕は少し掃除をする。考えて、家全体に状態保存の魔法をかけることにした。

こうしておけば傷まずに済むだろう。家は人が住まなくなるとすぐに駄目になると前の僕の記憶にあった。

アオは浄化の魔法を使って手伝ってくれる。シロは風の魔法で埃を吹き飛ばしてくれた。

二匹とも魔法の練度が高いのはレア種だからなのだろうか。おばあちゃんが引き寄せてくれた縁は、とても優秀な子達を僕のパートナーにしてくれたようだ。


掃除も終わり状態保存の魔法もかけ終わった頃、僕らは花壇の整備をしようと家を出た。

花壇にはもう薬草は生えていないが、雑草が生い茂ってしまっていた。

僕は草むしりを開始する。しばらく作業をしていると嫌な気配を感じた。

安心しきっていて気づくのが遅れてしまった。

振り返るとそこにはブラックベアがいた。

その時僕は自分の迂闊さを呪った。おばあちゃんが定期的にかけ直していた魔物避けの魔法は、もう効果を失っていたのだ。

シロが僕の前に出て唸り声をあげる。アオは僕の頭の上にちゃんといる。

隙を見て家の中に入らなければ、戦って勝てる相手じゃない。

ブラックベアは僕らに狙いを定めている。僕は魔法で土壁を作ってブラックベアの進路を妨害し気をそらした。

その隙に急いで家の中に入ろうとした。しかし、ブラックベアは素早かった。

背中を見せた僕らに即座に襲いかかってきたのだ。

『エリス、危ないの！』

アオが身を挺して僕をかばう。アオはブラックベアの爪で引き裂かれ僕は目の前が真っ暗になった。

『エリス！　早く家の中に！』

シロがそう言うとブラックベアに噛みつく。僕は慌てて我に返ってアオを拾い上げると家の中に入った。

「シロ！　シロも早く！」

シロはブラックベアに攻撃されながらも懸命に噛みついていた。

僕はブラックベアに目くらましの魔法をかける。シロはその隙に家の中に入ってきた。

扉を閉めると、急いで家全体にシールドを張る。

『あいつ、僕を襲ったブラックベアだ』

よりにもよって執念深くて強いベア種に気づかれてしまった。

僕らはブラックベアがいなくなるまで、シールドの中に閉じこもるしかなくなった。

戦っても僕じゃ絶対勝てない。ベア種を魔法だけで倒すのは難しいんだ。

おばあちゃんなら一撃で首を落としていたけど、あれができるのは大魔女だったおばあちゃんだけだ。僕には魔法を過信して前に出るなと言っていた。

ブラックベアはシールドを壊そうと必死だ。僕は二重にシールドを張った。

安全が確保できると、僕は腕の中のアオに視線を移す。ブラックベアの爪で引き裂かれたアオは息も絶え絶えだ。

僕は涙が止まらなかった。

今持っている回復薬は一本だけだ。これで足りるだろうか。死んでしまったらどうしよう。

アオとシロは僕の唯一の家族なのに、僕はまた失うのだろうか。

僕はアオに回復薬を飲ませた。あまり得意じゃないけれど、回復魔法もかけてやる。

シロも心配そうにこちらを見ていた。ああ、シロも怪我をしているんだった。

僕はシロにも回復魔法をかけた。でも、僕の拙い魔法では完全に二匹の傷が塞がることはなかった。

僕はどうしようと途方に暮れた。

早くお医者さんに見せないと、僕の家族がまた死んでしまう。

でも外にはブラックベアがいる。僕は目の前が真っ暗になった。

『エリス、落ち着くの。私は大丈夫なの』

アオが弱弱しい声で言う。僕は涙を拭うこともせずアオを見た。

『私は回復特化のスライムなの、これくらいの怪我自分で治せるの』

アオは自分に高位回復魔法をかけた。抉《えぐ》られた体が再生して傷が塞がる。

シロにも回復魔法と浄化魔法をかけてくれた。血塗《ちまみ》れだったシロの毛皮が元の真っ白な色に戻る。

アオは大怪我をした直後に魔法を使いすぎたためか、ゆっくりと目を閉じて眠ってしまった。

『エリス……もう大丈夫なの……私は少し休む、の……』

僕はアオを抱きしめる。僕を安心させるようにすり寄ってくるシロを撫でた。

もっと注意しなきゃいけなかった。おばあちゃんはもういないんだ。

僕はずっとおばあちゃんに守られていて、危機管理意識が欠けていた。

涙があふれて止まらなくて、初めて僕は心から強くなりたいと思った。

大切な家族を守れるくらい強く、もうアオにこんな無理をさせないくらい強くなりたい。

外でシールドを壊そうとしているブラックベアが憎らしい。

『大丈夫だよ、エリス。アオはすぐに目を覚ますよ』

シロも僕を気遣って慰めてくれる。あまり心配をかけないようにしないと。

僕は服の裾で乱暴に涙を拭った。大丈夫、必ず助けが来るはずだ。

それまでここで籠城だ。気をしっかり持たないと。


もう何時間経っただろう。ブラックベアは全く諦めてくれない。

アオももう目を覚まして僕らに寄りそっている。

「お腹すいたな……」

比較的食事を抜いても問題ないアオ達が心配してくれる。

『大丈夫？』

『きっとすぐに助けが来てくれるよ』

時刻はもう夕方だ。お屋敷を出る時に行き先は伝えてある。きっと様子を見に来てくれるだろう。でも、様子を見に来て逆にブラックベアに襲われてしまわないだろうか。それだけが心配だった。

日も完全に落ちた頃、明かりが家に近づいてくるのが見えた。

『助けが来たの！』

アオが飛び跳ねて教えてくる。ブラックベアはまだ明かりに気づいていないようだ。

僕は大きな声を出した。

「ブラックベアがいる！　気をつけて！」

明かりが揺れて、伝わったのがわかる。

来たのは武装した領主様と、何人かの領主様に仕える騎士だった。

ブラックベアは新たな獲物に気が付いたようで、咆哮を上げて飛びかかった。

僕は杖を構えて魔法陣を描く。土の魔法でブラックベアの足元に穴を作る。バランスを崩したブラックベアは領主様によって討伐された。首の急所を一突きにしていて、領主様の剣の腕前がすごいのがわかる。

「エリスくん！　無事か!?」

僕は家の扉を開け外に出た。領主様の顔を見たら安心してしまって涙が出た。泣いている僕を領主様は抱きしめてくれた。

「よかった……！　怖かったな、よく頑張った」

僕はそのまま領主様に抱えられて山を下りた。

お屋敷に帰ると奥様が泣いていた。僕を見ると走ってきて抱きしめてくれる。その尋常でない様子にとてつもなく心配されていたことを知った。

僕の行動が軽はずみだったせいだ。森の中では常に気を抜いてはいけないと教えられていたのに。

僕は奥様に謝った。奥様は泣きながら首を横に振る。

後でパーシーさんが教えてくれた。死んでしまった弟さんが、生きていたら僕と同い年なのだそうだ。奥様はきっと僕とその子を重ねているんだろう。パーシーさんにも無事でよかったと頭を撫でられた。

僕は心配して探してくれる人がいることを嬉しく思った。ずっとおばあちゃんと二人きりだったから。

これもきっとおばあちゃんの運んでくれた縁だから、大切にしようと思う。

ブラックベア事件の次の日。僕は領主様達に呼び出されていた。

そこには奥様とパーシーさんがいた。

領主様達は真剣な顔で僕を見ている。昨日のことを叱られるのかもしれないと、僕は身構えた。

「ああ、済まない。叱りたくて呼び出したわけではないよ。今日は提案したいことがあって呼んだんだ」

領主様がティーカップに口を付ける。何か緊張しているようだ。

「エリスくんは正式に家《うち》の養子になる気はないかい？」

領主様の言葉に僕は固まった。養子というのは正式に領主様の子供になるということだろう。考えたことも無かった。

「僕達は大魔女様にとても感謝しているんだ。妻と息子の命を救ってくれた。大魔女様の弟子が一人で暮らしていると知って心配だった。実は最初からエリスくんを養子にしたいと思っていたんだよ」

そこまで言って領主様は困ったような顔で微笑んだ。

「でもエリスくんは急に養子になれと言われても戸惑うだろう。だから一度ここでの暮らしを体験して欲しかったんだ。エリスくんが嫌でなければこのまま養子にしたい。正式な保護者がいないままでは、この先苦労することも多くなるだろうから、考えてみてくれないか」

僕は混乱してどうしたらいいのかわからなくなった。

僕には父親も母親もいない。家族というのがどういうものか、いまいちよくわからなかった。

でも、領主様達が家族になるなら嬉しいと思う。

「難しく考えることはないよ。養子になったからといって、すぐに何かが変わるわけではない。今までと同じようにここで皆で暮らすだけだ。でも僕は何かあった時にエリスくんを守れる関係になりたいんだ。食客という立場では守るのにも限界がある」

領主様の隣で奥様が頷いている。

この人達は本当に僕のためを考えてくれたんだ。心が温まる心地がした。僕はこの手を取ってもいいのだろうか。

『エリス、ここの子になっちゃいなよ』

シロが足元でしっぽを振って言う。

『そうなの、みんな優しいの、きっと幸せになれるの』

アオも僕の膝の上でプルプルしながら、僕の背中を押してくれた。

「僕はこの家の子供になってもいいんでしょうか？」

まだ不安で、つい疑問形になってしまった。

奥様がもちろんと笑ってくれた。

その笑みを見て僕は決心した。

「わかりました。僕を養子にしてください」

そう言うと三人は嬉しそうに笑ってくれた。

「よしじゃあ今から俺は『兄さん』な、呼んでみて！」

パーシーさんが弾んだ声で言う。僕は戸惑った。

「こら、先に書類にサインだ。エリスくん、内容を確認したらここにサインしてくれ」

領主様が差し出した書類を読むと、僕を養子にする旨が記載されていた。内容を確認して緊張しながらサインをする。こんなに緊張しながら文字を書くのは初めてだ。

「よしこれでエリスくんはもう家の子だ。今度から『お父さん』と呼んでくれ」

「私は『お母さん』ね！」

僕はまだ緊張しながら言う。

「これからよろしくお願いします。お父さん、お母さん、兄さん」

そう呼ぶのはとても気恥ずかしかったけど、なんだか嬉しかった。

おばあちゃん、僕に家族ができたよ。おばあちゃんはきっと、お祝いしてくれるよね。


僕が領主様の養子になって数日が経った。養子になった日は盛大なお祝いをしてくれて美味しい料理をたくさん食べた。

やっと領主様をお父さんと呼ぶことにも慣れてきて、この家に馴染むことができたと思う。

そんな時、お母さんから呼び出された。

お母さんの部屋に入ると、そこには数着の服が並んでいた。

「エリスくんのために作ったのよ、着てみてちょうだい」

それは襟元に綺麗な刺繍の入ったシンプルな服だった。

僕の好みだ。着やすそうな服で僕は嬉しくなった。ズボンも裾に刺繍がしてあっておしゃれでかっこいい。

寒い時に羽織る上着まであってしばらくは服に困らなそうだ。

僕はお母さんに付き合って少しファッションショーをする。

お母さんはとても裁縫が上手だった。領主様の奥様というから貴族の令嬢だろうに、不思議だな。

僕は初めて手作りの服をもらって嬉しかった。

『エリス、よく似合ってるよ』

『お母さんは魔法使いなの。こんなかっこいい服を作れるなんてすごいの！』

シロとアオも褒めてくれる。

僕は少し気恥ずかしかったけど、お母さんの満足そうな顔を見ていたらとても嬉しくなった。

「ありがとう、お母さん」

「エリスが家族になったお祝いのプレゼントよ。これからも服を作らせてちょうだいね」

二人で笑いあっていると、お父さんが姿を現した。

「しまった、出遅れたか」

不思議に思っていると、お父さんから小さめの箱を差し出される。

お父さんからの、家族になったお祝いのプレゼントらしい。

開けてみるとそこには羽を象った金属の魔法道具が二対入っていた。

「フライングシューズだ！」

僕はとてもとても嬉しかった。フライングシューズとは名前の通り飛ぶ靴だ。靴本体を指すのではなく、靴に取りつける魔法道具をそう呼ぶのだ。

「それは昔大魔女様が作ったフライングシューズだよ。大魔女様のフライングシューズは操縦が難しいんだけど、エリスなら時間をかければ乗れるようになるかと思ったんだ」

おばあちゃんが作ったフライングシューズと聞いて僕は感動した。

お父さん曰く、おばあちゃんの作ったフライングシューズは補助機能が一切無い代わりに高機能らしい。そのため一般の人は危なすぎて使えない。

魔力制御がしっかりと身についていて、魔力操作が上手い玄人にしか使えないようだ。高名な魔法使い達には大人気な逸品らしい。

そんなものが僕に使えるのか疑問だったけど、お父さんは僕がブラックベアに放った魔法を見て、練習したらなんとかなりそうだと思ったそうだ。

僕はお父さんと一緒に庭に出て、靴に魔法道具を装着する。

最初に自分にシールドを張るのを忘れない。吹っ飛んで怪我をするかもしれないからだ。

『頑張れー』

『空まで飛んでくのー』

シロとアオが応援してくれている。

僕はゆっくりと魔力を込めてみる、すると少し浮き上がった。そのままゆっくりと上昇して前に進もうとした時だった。魔力が揺れて姿勢が崩れた。僕は慌てて魔力を流すのを止める。

地面に戻った僕は心臓がバクバクしていた。これは相当な魔力操作の腕が必要だと気づいてしまった。でもその分乗りこなせたらなんでもできそうだ。

「すごいな、初めてそれを使ってゆっくり浮き上がれるなんて、私は昔試して吹き飛んでいったぞ」

お父さんは拍手してくれた。絶対乗りこなせるようになってやると僕は闘志を燃やす。

おばあちゃんは僕に魔力制御と魔力操作の正確さは何より大事だと教えてくれた。僕だってずっと頑張って鍛えてきたんだ。絶対できる。

お父さんは仕事があるからと部屋に戻ってしまったが、僕はそのまま練習を続けた。

途中で兄さんがやってきて、学園で学ぶフライングシューズの練習法を教えてくれた。兄さんが使っているのはある程度補助機能の付いたものらしく、敏捷性は僕のシューズと雲泥の差だ。

最高速度で飛んだら兄さんが呆然としていた。

もっと慣れたらその速度のままスピンなんかもできるようになると思う。今の僕の腕ではそこまではいけそうになかった。

その日の内になんとか飛んで移動するくらいはできるようになったが、細かな動きはまだできない。悔しいから毎日練習しようと思う。

そう宣言したら兄さんが何か微妙な顔をしていた。

「フライングシューズは一年生から授業でやるけど、補助機能無しでエリスくらい飛べる子はいないと思うよ。むしろ補助機能無しのフライングシューズを使ってる子がいないと思う。五、六年生になったらいるかいないかだね」

僕は呆然としてしまった。お父さんはなんで僕ならできると思ったのだろう。いや、できたけども。

夕食の席で、移動に支障がないくらいは飛べるようになったと言ったら驚かれた。お父さんは最初から、飛べなかったら別の補助機能の付いたものをくれるつもりだったらしい。乗りこなせるようになるにはもっと時間がかかると思っていて、あくまで目標と、実力の確認としておばあちゃんの作ったものをくれたそうだ。

兄さんがそれを聞いて怒っていた。最初に難易度の高いものを渡して自信を無くしてしまったらどうするのかと。

お父さんはちょっと反省したようだ。僕のことを手放しで褒めてくれた。

「エリスは凄いな、さすが大魔女様の弟子だ。きっと成績トップも狙えるぞ」

僕はそれを聞いて、トップを狙ってみるのも悪くないなと思った。

せっかくだから一番になりたい。入学試験が楽しみだった。

回復薬を納品した帰り道。僕達は色々なお店を覗いていた。

ちなみに街の中では基本的にフライングシューズでの移動は禁止されている。使えるのは衛兵くらいだ。狭い場所で皆が使うと危ないからね。

なので僕達はゆっくり歩いて街を散策していた。

『エリス、本屋さんがあったよ』

シロが探していた書店を教えてくれた。なにか魔法の練習に役立つ本がないかと思っていたんだ。

書店に入ると、魔法のコーナーに直行する。見たことの無い魔法陣集があったので購入することにした。

他にもなにか無いかと探していると、新刊のコーナーに『大魔女ネリー・クーリエの軌跡』という本があった。

おばあちゃんのことを書いた本だ。作者名は明らかな偽名で、誰が書いたものなのかわからない。

僕はその本を購入してみることにした。

二冊の本を買って書店を出ると、僕らは家に帰った。

夕食の時間まで本を読もうと、僕は買ってきた伝記を開く。

そこには僕の知らないおばあちゃんの姿があった。

前半は若い頃のおばあちゃんの活躍だった。

『魔女』若しくは『魔法使い』のジョブを持つものは貴重だ。発見され次第国に保護されるのだが、実際は保護というより強制的に連れていかれて国に仕えさせられるのだ。

今は民衆が非道だと声をあげたことで無くなったが、大魔女と呼ばれたおばあちゃんはそうして幼い頃から王城で育った。

僕はおばあちゃんが何故王城を出たのか知らなかった。

後半になると、おばあちゃんの隣には常に一人の男の人がいることがわかる。それはこの国の王子様だった。二人は恋に落ちたが、王子と『魔女』とはいえ平民の結婚は許されないことだった。

王子と無理やり別れさせられたおばあちゃんは、三十歳を過ぎた頃、王城を追放された。

本はそこで終わっていた。表舞台から姿を消してからのおばあちゃんのことは一切書かれていなかった。

僕はおばあちゃんが大切にしていたペンダントが、王子様からの贈り物だとは知らなかった。

この作者はどうしてここまでおばあちゃんのことに詳しいのだろう。きっとこれを書いた人は若い頃のおばあちゃんのそばにいた人だ。

僕はこの人に会ってみたくなった。

しかし、明らかな偽名で書かれた本の作者を探すのは難しいだろう。


僕は夕食の席でもおばあちゃんのことを考えていて上の空だった。

お父さん達に心配されてしまった。僕はおばあちゃんのことを聞いてみることにした。

「おばあちゃんはいつからあの森で暮らしていたんですか?」

お父さんは少し考えて言った。

「少なくとも三十年は前だね。父が言うには王城から出てすぐにここに来たらしい。それから孤児を引き取って弟子にして暮らしていたけど、その弟子のルースさんもエリスを産んだすぐ後に亡くなったと聞いている」

僕は言っている意味がわからなかった。僕は捨てられた子ではなかったのだろうか。

「僕は捨て子じゃなかったんですか？」

混乱している僕にお父さんは驚いている。

「知らなかったのかい？　君の母親はルースさんだよ。大魔女様はどうして教えなかったのだろう？」

そういえば、捨てられたとは言ってなかったかもしれない。僕の両親は僕を置いていったと言っていた。捨て子という意味だと思っていたけどもしかして亡くなったという意味だったのだろうか。

「ルースさんはエリスと同じ黒髪の綺麗な人だったよ」

初めて知った事実に僕は少し嬉しくなった。僕は捨てられた子ではなかったのだ。父親も死んでしまったんだろうか？

「僕の父親は誰か知ってますか？」

お父さんに聞いてみると困ったような顔をした。

「すまない、それは知らないんだ。でもルースさんがエリスの母親であることは確かだよ」

ルースさん――本当のお母さんはおばあちゃんの弟子だそうだが、僕はその痕跡を見たことがなかった。弟子がいたことすら知らなかった。おばあちゃんはどうして教えてくれなかったのだろう。

今日はなんだかおばあちゃんに対する謎が深まった気がする。

眠る前に、もう一度おばあちゃんについて考える。

おばあちゃんは大好きな人と引き離されてどんな思いだったんだろう。僕にはその気持ちはよくわからないけど、きっととても辛かったんだと思う。

でもおばあちゃんは前を向いて生きていたのだろう。僕もそうありたいと思う。

今日はおばあちゃんのことを知れて良かった。おばあちゃんの形見のペンダントは大切に持っておこう。


今日の僕は朝から興奮していた。お父さんが入学試験のために新しい魔法の杖をプレゼントしてくれるのだ。

かなり古めかしいが、おばあちゃんにもらった杖もあるので遠慮したら、子供の道具を揃えるのは親の義務だと言われてしまった。

だから僕は甘えることにしたのだ。将来たくさん稼いで恩返ししようと思う。

僕はアオを抱えてお父さんと一緒に街を歩く。足元には僕に合わせて体を擦りつけてくるシロがいる。

僕が上機嫌だからか二人のテンションも高かった。

『ま、ほ、う、のつえ～、あたら～しいつえ～』

アオがまた謎の歌を歌っている。お屋敷にある魔法の蓄音機で音楽を聴くようになったからか、最近歌が上達してきた気がする。元々才能があるのかもしれない。

お父さんが楽しそうにしている僕に笑いかけてくれる。

「今日行くお店の職人さんは目利きで有名だから、きっとピッタリの杖が見つかるぞ」

杖にも色々な種類がある。大きなものから小さなもの、指輪型なんてものまである。魔法には杖にハマっている魔法石が必要不可欠だ。魔法石以外の部分には、補助機能だったり強化機能だったりが搭載されているんだ。

だからとても大きな杖もある。そういうのはとんでもない威力があって、国が保有しているらしい。

僕らは店の扉をくぐると、感嘆の声を上げた。店中に並ぶ杖に圧倒される。

「いらっしゃい」

店の奥にいる武骨そうな男性が声をかけてくれた。

「この子の杖が欲しいのだが」

店員さんは僕を手招きすると水晶のようなものを出した。

「ここにゆっくり魔力を流し続けろ」

寡黙な店員さんだなと思いながら、水晶に触れてゆっくりと魔力を流してゆく。すると水晶が光った。

驚いていると水晶の方から抵抗を感じた。僕は慌てて魔力が乱れないように制御する。

この水晶はなかなか難敵かもしれない。僕が四苦八苦しながら水晶と戦っていると、店員さんにもういいと言われた。

「坊主に合う杖はこれと、これ、あとはこれか。特殊なものだとこれと、これ……これもいけるか」

あっという間に店のいたるところから杖を持ってきてくれる。十種類くらいある。

「多重展開はできるか？」

僕はできますと答えた。お父さんは隣で目を見開いていた。

すると店員さんは指輪型の杖を持ってきてくれる。

多重展開とは右手と左手で同時に違う魔法陣を描くことだ。僕は小さい頃からおばあちゃんに教わっていた。前の自分の世界に例えるとピアノを弾く感じだろうか。

「試してみろ、坊主」

店員さんが選んでくれた杖を持って、店の奥に案内してくれる。そこは試し打ちができるようになっていた。

僕は一本一本杖を試してゆく。正直驚いた。前の杖とは段違いだ。確実に威力もスピードも上がっているし、なにより魔力操作が簡単になった。

杖一本でここまで変わるんだなと感動した。

僕はそこから一本の杖を選ぶ。威力重視ではなく繊細な操作ができる杖だ。いちばん僕に合っていると思った。

その杖は銀の金属でできていて、持ち手の部分に綺麗な草木の模様が彫られている。細身で軽い杖だ。

そしてもう一つ、左手にはめる指輪型の杖だ。銀の金属に透明な魔法石が嵌ってシンプルな作りになっている。

僕はこの二つに決めた。

杖の材質から結構高額になるんじゃないかと思ってお父さんを見ると、お父さんはいい杖が見つかってよかったなと笑った。

甘えても大丈夫らしい。

『すごいの！　カッコイイの！』

アオが杖を見て飛び跳ねている。

『いいなぁ、僕も杖で魔法を使ってみたい』

シロは魔物だから杖がなくても魔法が使えるのに、余程かっこよく見えたらしい。残念そうにしていた。

ついでに杖を身につけるためのホルダーも買ってもらって家路につく。

「やっぱりエリスはあの店員さんに気に入られたな」

お父さんが不思議なことを言った。

「あの人は気に入らない客には商品を売らないんだよ、追い返してしまうんだ。目利きは確かだから、それでも店を続けられているんだよ」

僕は驚いてしまった。一体僕の何が気に入られたのだろう。魔力操作の練習を頑張っていたからかな。

でも店員さんの選んでくれた杖は本当に僕に合っていた。また杖を新調するならあそこに行こうと思う。

もうすぐ学園の入学試験だ。試験までこの杖で頑張って練習しよう。


その日僕は緊張していた。今日は待ちに待った学園の入学試験の日だ。

お母さんが作ってくれた着心地のいい服を着て、勇気を貰う。

今日のために兄さんにはたくさん勉強を教えてもらったんだ。きっと大丈夫だと自分に言い聞かせる。僕は硬い表情のまま食堂へ行った。

食堂に行くと笑われてしまった。僕が緊張してるのがわかったんだろう。みんな大丈夫だと僕の頭を撫でてくれる。

少し緊張が和らいだ気がした。

『テイマー』である僕は、試験会場に必ず従魔を連れていかなければならないらしい。従魔の種類と様子も合否の判断材料になるそうだ。

それを聞いてシロとアオが気合を入れている。二匹とも強いとは言えないけれど、お利口だからきっと大丈夫だろう。

試験会場は人で溢れかえっていた。こんなに多くの人が受験するのに、ほんのひと握りしか受からないなんて……僕はますます緊張してきた。

一次試験である筆記テストの会場に向かう。その途中だった。

「ねえ、君待って！」

柔らかそうな緑の髪をした男の子に話しかけられた。

「そのフライングシューズ、ネリー・クーリエのフライングシューズだよね！　君それ乗れるの!?」

男の子は興奮していた。僕はただ飛んで移動するだけならできると答えた。

「本当に!?　凄いな！　僕、吹き飛んでいっちゃって全然乗れなかったんだ」

どうやら男の子は試したことがあるらしい。最初はみんな吹っ飛んでくものなのかな。

「それにその従魔も凄いよね、どっちもレア種だ！」

畳み掛けてくる男の子に僕は目を白黒させた。すると僕の困惑に気づいたのだろう。驚かせてごめんと謝ってくれた。

「僕はテディー・ヘリング。テディーって呼んで。ジョブは『鑑定士』なんだ。大魔女様のフライングシューズを装備してたからつい話しかけちゃった」

なるほど鑑定士だからシューズに気づけたのか。悪い子じゃなさそうで、僕はホッとした。

「僕はエリス・ラフィンだよ。エリスって呼んで。入学試験を受けに来たんだよね。一緒に行かない？」

僕がそう言うとテディーは嬉しそうだった。

「良かった、僕地方から来たからこっちに友達いなくて、人いっぱいで緊張してたんだ」

友達がいないのは僕も同じだ。お互い一緒に行動するのに支障はない。僕はテディーと試験会場に向かった。

そこは大きな講堂だった。

「君、従魔は試験の間預からせてもらうよ」

講堂前にいたお兄さんに言われて二匹を預ける。

「いい子にしてるんだよ」

二匹は勿論！　といい返事をくれた。

講堂の中に入ると席を探す。基本的に紙が置いてあるところならどこでもいいらしい。

僕らは端っこの方に座った。

「緊張するなぁ」

テディーが忙《せわ》しなく指先を動かしながら言う。席に置かれた紙には今日の試験の予定が書かれていた。

午前中が筆記、午後が実技と、後は細かい注意事項が書かれている。午後の実技では課題の魔法と得意魔法を披露するようだ。

僕らは開始時間ギリギリまで復習をした。ついに試験が始まる時、お互い顔を見合わせて大きく息を吐く。

先生が教壇に立つと注意事項の説明が始まり、それが終わると問題用紙と解答用紙が各席に飛んできた。さすが魔法学園。試験の始め方もカッコイイ。

合図とともにみんな一斉に問題を解き出す。基本問題は大丈夫だ。しかし最後の自由回答の問題でどうしようか迷う。

今の魔法を用いた移動手段のあり方をどう思うか、なんて森育ちの僕にはちょっと難しい。迷っても仕方がないので、転移ポータルの商業利用に関して、前の僕が大学で研究し、提出していた論文のように書いてみた。

最後に長文を書いていたら見直しの時間がかなり削られてしまった。途端に大丈夫なのか不安になる。ギリギリまで見直して、筆記試験は終わった。

解答用紙が回収されると僕はどっと疲れてしまった。隣でテディーも突っ伏してしまっている。

「はー、わからない問題があったよ、エリスはどう?」

机に突っ伏したままテディーが言う。

「僕は最後の自由回答が不安だよ。何を書けばいいのかわからなくて……」

「あー、まさかあんな問題があるなんて思わなかったもんな。僕もすごく不安」

入口でアオとシロを引き取ると、二人でテストのことを言い合いながら食堂に向かう。お昼を食べたら実技試験だ。

食堂のご飯は安くて美味しかった。アオとシロも従魔用のご飯を美味しそうに食べている。食堂を見回すとかなりの数の従魔がいた。

「テイマーってこんなに多かったんだね」

僕の言葉にテディーも周りを見回す。

「ホントだ、結構多いんだね。でも、見た感じアオとシロが一番レアだと思うよ」

「そんなに珍しい？」

テディーは頷いて説明してくれた。

「アオは回復や浄化が使えるスライムでしょ。シロはウルフの突然変異種、しかも二匹とも強制テイムじゃなくて任意テイム。すごいことだと思うよ。レア種に好かれる才能があるのかも」

テディーがからかうように言う。

実はテイマーには強制テイムという方法を取る人達がいる。弱らせたり捕まえたりして無理やり契約を結ぶのだ。僕はおばあちゃんにそれだけは絶対するなと言われた。

僕自身も従魔が可哀想だからやりたくない。でも最近はそれが主流なようだ。周りにいる従魔に強そうなのが多いのはそういうことなのだろう。

僕はアオとシロを見る。二匹とも望んで僕についてきてくれた。強制テイムされて辛い目にあっている従魔がいなければいいなと思う。

さていよいよ午後の実技試験だ。実技は午前の試験の時に貰った番号の順番に行われる。つまり僕はテディーの次だ。

テディーは緊張で真っ青になっている。アオが回復魔法をかけるが焼け石に水だった。

試験内容は、最初に名前とジョブを名乗り水晶に触れる。これはクラス分けのためらしい。

そうしたら、用意された的に魔法の基礎と呼ばれている一番簡単な水の魔法を当てる。

その次は得意魔法。これは多重展開ができるものは必ず多重展開をしなければならないらしい。得意魔法は身体強化系も含まれるため、的を殴ったりしても構わないそうだ。

的はいくらでも壊してくれていいと言っているが、強度の高いシールド魔法がかかっている。壊すのは中々難しいと思う。

試験は最初から最後まで衆人環視のもと行われる。チラホラ制服姿の人もいるのはどうしてなんだろう。

僕とテディーは最後の方なので最初の人達の試験を眺める。

すると一人の女の子が目に留まった。

僕と変わらない年齢に見えるのに、魔力操作技術の熟練度が高くて驚く。水魔法を極限まで絞って的を破壊していた。

ジョブはまじない師らしい。彼女のかけるまじないはかなりの効果がありそうだ。多重展開はできないようだけど、きっとすぐに身につけられると思う。

「あの子凄いね、きっと合格するよ」

テディーも感嘆していた。『鑑定士』であるテディーのお墨付きだ。筆記も良ければ間違いなく合格だろう。

他にも面白い子がいた。

僕より少し歳上に見える体格のいい男の子で、最初の基礎魔法は散々だったが、得意魔法の身体強化の熟練度が歳のわりに高すぎる。素手で的を破壊した唯一の子だ。

後は基礎魔法は平凡だが、剣に強化魔法をかけ的を貫いた子。身体強化も同時に行っていたようだ。自身の身体強化は魔法陣が必要ないから、多重展開にはならないが結構な技術だ。

そしていよいよテディーの番がきた。これまで的を破壊できたのは三人だ。テディーは何を見せてくれるんだろう。

テディーは緊張した様子で前に出る。

最初の基礎魔法はなかなかの出来だった。そして得意魔法。

テディーは炎の魔法と水の魔法を多重展開する。先に炎魔法が的にあたり、水魔法が同じ場所にあたる。水魔法は見事的を貫いた。

きっと何が起こったかわからない人も多かったと思う。

テディーは鑑定士だ。恐らく的にかけられたシールドの魔法の劣化具合を鑑定して、弱っている部分を集中攻撃したんだ。だから威力の弱い魔法でも的を壊すことができた。

僕は思わず拍手してしまった。テディーは満面の笑みで戻ってきた。僕の肩をすれ違いざま叩いて応援してくれる。

僕は前に出た。後ろからアオとシロがついてくる。

「エリス・ラフィンです。ジョブは『テイマー』よろしくお願いします」

僕は水晶に触れた。僕からはよくわからなかったが、試験官の人達にはクラスがわかったのだろう。

最初の基礎魔法の準備に入る。試験官の人の合図とともに魔法陣を描く。スピードと威力重視だ。前の自分の世界のピストルのようになるまで水を小さくして思いっきり飛ばした。

結果、魔法はシールドを貫通して的を貫いた。やった！　成功だ！

次は得意魔法、僕が得意なのは土と風の魔法だ。新しく設置された的に向かって多重展開する。小さな土の玉を作り出し、風魔法で速度をつけて押し出す。土の玉は的にめり込んだ。残念、貫通しなかったか。

試験官さん達に礼をして退場すると、テディーが笑って迎えてくれた。

「凄かったよ、五人目の的破壊。僕みたいに小狡い方法じゃなくて実力で破壊するんだもん。ビックリしたよ」

「テディーのあれも実力のうちだと思うけど、凄かったね。テディーの目はなんでもお見通しだ」

二人で笑いながら、的を破壊できたことを喜び合う。二人とも合格できるといいな。

一応最後まで試験を見学して、僕達は帰ることにした。

結局的を破壊できたのは五人だけだった。でもさすが名門学園だ。魔法の技術が既に高い子が多かった。

僕とテディーは再会を約束し合う。できれば一緒に合格して一緒に学びたい。そう思うくらいには僕達はたった一日で仲良くなっていた。

帰宅するとお父さん達がお疲れ様会をしてくれた。

僕の好きな物がいっぱいで、夢中になって食べる。昼は緊張してあんまり食べられなかったんだ。

友達ができたと言うと、みんな自分のことのように喜んでくれた。

夜、ベッドの中でおばあちゃんに今日の出来事を報告する。

その日見た夢は、前世で大学に合格した時の夢だった。

僕も同じように合格できるといいな。

試験から数日経った日のこと。僕はアオとシロと一緒に回復薬を作っていた。

『おく〜すり〜をつく〜るの〜』

アオが体液を提供してくれながら歌っている。

シロはなんだか元気がないようだ。

「シロどうしたの？」

『……僕何にもできることがなくて役立たずだよね』

僕はその言葉に驚いた。そんなことを考えていたのに気づいてあげられないなんて、僕はテイマー失格だ。

「僕は役に立つからシロと一緒にいるわけじゃないよ。シロは僕の大切な家族なんだから」

『そうなの！　家族なの！』

アオも一緒にシロを慰める。それにシロはまだ子狼だ。大きくなればきっととても強くなるだろう。

僕がそう伝えるとシロは少し安心したようだった。

『僕、早く大きくなってエリスの役に立つね！』

別に役に立たなくてもそばにいてくれるだけでいいのに、シロはこの間の試験の時に、他の人の強そうな従魔を見たからそう感じてしまったのだろうか。僕はシロを撫でながら考えた。

「僕はシロを抱いて寝たらいい夢が見られる気がするんだ。だから毎日一緒に寝てくれる？」

『もちろん！　僕もエリスと一緒に寝るのが好きだよ』

少し元気が出たようでホッとした。

『ずるいの！　私も一緒に寝るの！』

アオが体当たりで主張してくる。

「うんもちろんアオも一緒だよ」

三人で笑い合っていると、ドアをノックする音が聞こえた。

回復薬の入った鍋の火を止め、ドアを開ける。

するとそこにはお母さんがいた。

「エリス！　学園から試験結果が来ているわよ！」

僕は途端に緊張した。お母さんに連れられ、リビングに行くと、お父さんと兄さんもいた。テーブルの真ん中には封筒が置かれている。

心臓がバクバクしてきた。ちゃんと合格できただろうか。

「開けてみなよ」

封筒を渡され慎重に開封する。その途端、封筒から花吹雪が舞って「合格おめでとう！」と不思議な声がした。僕はあまりにビックリして呆然としてしまった。

お父さん達は拍手で合格を喜んでくれる。

合格？　合格でいいんだよね。ビックリしすぎて実感が湧くのが遅くなった。ジワジワと嬉しさが込み上げてきて、僕は飛び跳ねて喜んだ。

封筒の中身を見ると、黒い紙に白い文字で合格と書かれていた。

なぜに黒？　と思っていると兄さんが言った。

「エリスはブラッククラスか、予想外だな」

なるほど、クラスの色なのかと納得する。紙には入学式の日程が書かれていた。もう一枚の紙には入学までに用意するものが書かれている。制服とバッグ、杖とフライングシューズ、それに筆記用具くらいだ。

「早速制服を仕立てに行きましょう。早く行かないと混むわよ」

お母さんが指定のいくつかの仕立て屋の中から良さそうな店を見繕っている。そのままお母さんと兄さんと一緒に制服を仕立てに行くことになった。

仕立て屋に着くと、先客がいたようだ。顔を見ると、試験の時に素手で的を破壊していた男の子だった。彼も制服を仕立てに来たのだろうか。

「あ！　お前……」

目が合うと向こうも僕を覚えていたらしい。驚いた顔をされた。

「お前も合格したのか！　クラスは？　俺はレッドクラスなんだ」

彼の真っ赤な髪と快活そうな性格にピッタリのクラスだ。

「僕はブラッククラスだよ。名前はエリス・ラフィン。よろしくね」

僕が名乗ると彼も名乗ってくれる。

「俺はメルヴィン・ゲデス。よろしくな！　……エリスは何歳だ？」

七歳だと答えると、驚愕されてしまった。

「凄いなお前、俺なんて十一歳だぞ。二回試験に落ちてるからな」

なんと四歳も歳が離れていた。メルヴィンは絶対あの学園に通いたくて挑み続けていたらしい。

「憧れの人があの学園の出身なんだ！　折角なら同じとこに行きたいだろ」

彼は真っ直ぐな性格なんだろう。合格できてよかったねと言うと嬉しそうに笑った。

「そうだ、俺入学できたらお前を勧誘しようと思ってたんだ。冒険者に興味ないか？」

冒険者と聞いて僕はテンションが上がる。彼は冒険者なのだろうか。

「学園の休日に一緒にパーティー組んで小遣い稼ぎする仲間探してんだ。あの試験の時一緒にいた、緑の髪のやつも一緒にどうだ？」

『エリス、絶対受けるの！　冒険するの！』

アオが冒険と聞いて飛び上がって喜んでいる。僕は少し迷った。回復薬を作る時間が減ってしまうからだ。

「エリス、経験してみたらどうだい？　前から冒険者に興味あっただろう？　薬のことは別に作らなくても大丈夫だから」

兄さんが背中を押してくれる。僕は好奇心には勝てなかった。

「わかった。テディーは了承するかわからないけど、僕はいいよ。一緒に冒険しよう」

そう言うと、メルヴィンはとても喜んだ。

「他にも目星を付けてるやつがいるんだ。的破壊した連中な。入学したら聞いてみようぜ」

僕らは採寸が終わったら、一緒に冒険者ギルドに行くことにした。

メルヴィンは二年前からソロで冒険者をしているらしく、なんでも聞いてくれと言った。とても心強い。

「お友達ができてよかったわね」

お母さんが頭を撫でてくれる。僕はギルドに行くのが楽しみだった。

お母さん達と別れた僕は、メルヴィンと一緒に冒険者ギルドへ向かう。

冒険者とは有り体に言うと何でも屋だ。ギルドに登録して、依頼をこなすか、もしくは狩ったり採取したりしたものを売っている人のことだ。小遣い稼ぎから大金を稼いでいる人まで幅広くいる。

銅級、銀級、金級、プラチナ級の四クラスあって、指定の条件をクリアすると昇級できる仕組みになっている。最初は皆銅級からのスタートだ。

「ソロだと危なくて討伐依頼は受けられないからな。採取系の依頼より討伐の方がやっぱり稼げるからさ、仲間が欲しかったんだ」

メルヴィンが扉を開けながら言う。

たどり着いた冒険者ギルドは立派な建物だった。もっと荒れていると想像していたから綺麗で驚いた。

受付のお姉さんにメルヴィンが話しかける。

「コイツの冒険者登録したいんですけど」

お姉さんは前にテイマーギルドでしたのと同じような水晶を取り出すと、血を一滴垂らすように言う。登録方法は全く同じらしい。

銅級のカードを貰ったので、テイマーカードと一緒に首にかける。

「え？　これだけ？」

僕があまりの呆気なさに驚いていると、受付のお姉さんとメルヴィンが笑った。

「簡単だよな、俺も最初拍子抜けしたよ」

「みなさん大体驚くんですよ」

僕はおかしくて笑ってしまった。

メルヴィンに案内されて依頼掲示板を見に行く。

薬草採取から魔物討伐まで色々な依頼があった。迷子の猫探しなんかもある。

『ドラゴンはないのー？』

『薬草採取はいつもやってるよね』

アオとシロの言葉に笑ってしまう。ドラゴンはさすがに強すぎるし、僕がやっているのは薬草栽培だ。でもこうして見ると僕の栽培している薬草も意外と高く売れるんだなと思った。回復薬作りで余ったら売るのもいいかもしれない。

『ど～らごん、ど～らごん！　た～いじするの～！』

アオは上機嫌で歌っている。メルヴィンは不思議そうにアオを見た。

「アオだっけ？　こいつさっきからコポコポ鳴ってるけど大丈夫か？」

アオの声は僕以外には水音に聞こえるらしい。歌ってるんだよと言ったら驚愕されてしまった。

「スライムって歌うんだな」

素直な感想に可笑しくなってしまって僕はまた笑った。

「せっかくだから入学式までたまに二人で依頼受けないか？　討伐系は人数揃ってからになるけど、

採取系なら二人でも問題ないからさ」

「うん、楽しみだな」

メルヴィンが僕の頭を撫でる。

僕は森の中を歩くのは得意だ。何せ森に住んでたんだから。

そう言うとメルヴィンはポカンとしていた。僕の生い立ちを説明すると納得したようだ。

「それでその歳でそんな魔法得意なのか、小さい頃から大魔女様の指導で毎日何時間も修行してたらそうなるのか、凄いな」

メルヴィンはうんうん頷くと、ならと切り出した。

「この街のことあんまり知らないだろう、俺が案内してやるよ！」

それはとても嬉しい。僕はまだパスカルさんのお店付近しか街を歩いたことがないんだ。

二人で冒険者ギルドを出ると、街を散策する。

オススメの防具屋を教えてもらったので、ついでに冒険者装備も揃えることにした。後衛の魔法使いになるので胸当てと膝あてくらいで良いようだ。メルヴィンも協力してくれて、必要な細かいものも買ってゆく。

お金に余裕があれば、たくさんものが入る魔法のかかったバッグを買うといいらしい。メルヴィンは冒険者になって真っ先にこれを買ったそうだ。素材をたくさん持って帰れると収入が増えるもんね。

僕もバッグはなるべく良いものを選んだ。回復薬作りで稼いだお金が結構減ってしまったけど、仕方ない。

「一気に買い物したけど大丈夫か？　小遣いは計画的に使えよ」

メルヴィンが兄さんみたいなことを言っている。僕がお金を持っているのが不思議なんだろう。

僕は回復薬を作ってお金を稼いでいることを説明した。

メルヴィンは納得してくれたようだ。

「冒険者に大人気の大魔女様の回復薬、今は弟子が作ってるって聞いてたけどお前のことだったんだな……今更だけど冒険者に勧誘して本当に良かったのか？」

僕はもちろんと頷く。

「一度冒険者になってみたかったんだ！　だってロマンがあるでしょ」

メルヴィンはお腹を抱えて笑った。

「そうだな、確かに夢がある仕事だよな、わかるよ」

学生の間だけになってしまうかもしれないけど、どうせなら上を目指したい。そう言うとメルヴィンは、賛同してくれた。

「俺の夢は騎士だけど、冒険者としてもいけるところまでいきてーな。中途半端はかっこ悪いだろ。そうと決まれば最高のメンバーを集めないとな」

僕はテディーがメンバーになってくれるといいなと思った。入学試験で的を破壊した残りの二人も、親しくなれるといいな。

学園の入学式が楽しみだ。

三章　入学と初めての冒険

今日は待ちに待った入学式だ。

あれからメルヴィンとは何度か一緒に採取依頼を受けて小銭を稼いだ。確かに採取依頼では実入りが悪く、討伐依頼を受けたいというメルヴィンの気持ちがわかった。

そしてその間に僕は八歳になった。年越しを挟んだからだ。この世界では年越しにみんな一斉に歳をとる。

前の僕がいた世界では誕生日があったらしいが、この世界にはない。

今日の入学式ではテディーに会えるだろうか。合格しているといいな。そしたら一緒に冒険に誘おう。

真新しい制服に身を包んで、僕はワクワクした。

『にゅ～がくしき～たの～しみだなぁ』

アオはシロの上でずっと歌っている。シロもリズムに合わせてしっぽを振っている。

リビングに行くとお父さん達が入学おめでとうと言ってくれた。

みんなに頭を撫でられてちょっと気恥ずかしい。

学園にはメルヴィンと一緒に行くことにしている。メルヴィンは年上だからか僕をよく気にかけてくれる。今日も家に迎えにきてくれるんだ。

朝食を食べてしばらくすると、メルヴィンがやって来た。

僕は行ってきますとお父さん達に手を振ると、アオとシロと一緒に玄関を出る。

「おはよう！　やっと入学だな、楽しみすぎて眠れなかったぜ」

メルヴィンは満面の笑みで言う。

「おはよう！　僕はいつもより一時間も早起きしちゃったよ。ずっと制服着て待ってた」

二人で楽しみだと笑い合う。クラスが違うのが残念だけど、今日から一緒に学園に通えるんだ。

学園の門が近づくと、門の前でキョロキョロと周囲を見回してる子がいた。

「テディー！」

僕は駆け出して飛びついた。

「エリス！　ああ良かった、やっぱり合格してた！」

テディーは僕を探してくれていたようだ。嬉しくて二人で飛び跳ねる。

「クラスは？」

「同じクラスだ！」

「僕はブラックだよ」

僕はテディーとハイタッチしてはしゃいでいた。

「お前ら仲良いな」

後ろからゆっくりついてきてくれたメルヴィンが笑っている。

「そうだ、テディー紹介するよ。休日に一緒に冒険者をやることになったメルヴィン。レッドクラスだよ」

メルヴィンとテディーは挨拶し合った。テディーはメルヴィンのことを試験の時に的を素手で破壊した子だと覚えていた。

「休日一緒に冒険する仲間を探してんだ、テディーも一緒にどうだ？」

メルヴィンがテディーを冒険者に誘う。

「休日に冒険者……いいね！　僕仕事探さなきゃって思ってたんだ。でも冒険者の方が楽しそう！」

やった！　テディーも一緒に冒険できる。

僕は嬉しくて、思わず隣にいたシロに抱きついた。

「よし、後は試験の時に的壊してた女の子達だな！」

彼女達も合格しているだろうか。見つけたら勧誘しよう。


入学式が行われるホールに入ると、新入生がクラス毎に分けられていた。見事にクラス毎の特色が出ていて、テディーと顔を見合わせて笑ってしまう。

レッドクラスの場所はかなり賑やかで、イエロークラスの場所はきちんと整列している。ホワイトの場所はまとまって和やかに談笑していて、ブラックの場所はなんと言うかそれぞれ自由だった。

「じゃあ、また後でな！」

メルヴィンと別れて、僕らはブラックの場所に向かう。その場所で、探していた女の子を見つけた。

待機場所の後ろの方で一人俯いているその子は、水の魔法で的を貫いた、僕と同じ歳くらいの子だ。テディーと二人で声をかける。

「ひゃい!?」

女の子は驚いたようで目を丸くしていた。

「え、あ、わ、私ですか？」

相当驚かせてしまったみたいだ。

僕らは自己紹介をした。

「あ、私はグレイス・コービンです。よ、よろしくおねがいします」

グレイスは未だオドオドしていた。こういう子なのかもしれない。

僕らは早速話を切り出した。

「僕達休日に一緒に冒険者活動できる仲間を探してるんだ。グレイスの魔法が凄かったから、一緒にどうかなって思って」

そう言うとグレイスはキョトンとしていた。

「私の魔法を見て誘ってくれたんですか？」

テディーがそうだよと笑う。

「うん、凄かったね。あの魔力操作技術、相当練習したんじゃない？　見てびっくりしたよ」

グレイスは少し嬉しそうな顔をしたけど、また俯いてしまった。

「でも、私『まじない師』です……お役に立てないと思います」

僕達はよく意味がわからなかった。

「なんで？　僕なんて『鑑定士』だよ。冒険にジョブは関係ないでしょ」

「それに『まじない師』ってかなり役に立つと思うけど、戦闘前とかまじないかけてくれたらすごく助かると思う」

僕達の言葉にグレイスは泣きそうな顔になった。もしかしたらジョブのことで誰かに何か言われたのかもしれない。

「私でいいんでしょうか？　……私やってみたいです。冒険者、自由で楽しそうで憧れてました」

グレイスはそう言って笑った。僕とテディーは勧誘成功のハイタッチをして、ついでにグレイスも巻き込んだ。

グレイスは目を白黒させていたが、楽しそうに笑ってくれた。


テディーとグレイスと三人で話していると突然ホールの照明が落ちた。真っ暗な中で新入生達はザワつく。

するとホールに設置されていたランタンに順番に火が灯ってゆく。火が灯りきると、ホールの中央にいつの間にか仮面の人が立っていた。

「皆さんようこそマルダー魔法学園へ、学園は皆さんを歓迎します」

ホール全体に声が木霊する。僕はワクワクした。いかにも魔法学園といった感じだ。

「私は学園長のマルダー、ここに集った四十名の皆さんは、今日からこの歴史ある魔法学園の生徒です。その自覚を持ち勉学に励むように。これは皆さんに私からの贈り物です」

そう言うと長い杖を床に突き立て魔法陣を展開した。その瞬間、全てのランタンの灯りが消え、代わりに光の粒子が空から降ってくる。それは幻想的な光景だった。誰もが感嘆の声を上げ、空から降る光に目を奪われている。

「それでは新入生諸君、君達の未来に幸多からんことを」

そう言うと、学園長の姿が消えた。どんな魔法を使ったんだろう。

いつの間にか、それぞれのクラスの待機場所の後ろに、上級生と思われる人が立っていた。

「僕らがクラスに案内するよ、ついてきて」

黒い腕章をつけた上級生はそう言うと、飛び立った。僕らより少し上空を飛んで先導してくれる。

教室に着くと、席に座って待っているように言って上級生は帰っていった。

机には年間行事予定表や時間割などが置かれている。シロとアオがいるからか、僕の席は窓際の一番後ろだった。ちなみにクラスに他にテイマーはいないようだ。

隣の席がテディーでちょっと安心した。

しばらく待つと先生がやって来た。

「今日から君達ブラッククラスを受け持つことになったギャガンだ」

先生は黒髪のまだ若そうな男性だった。

「お前らは去年のブラックのように教室を爆破してくれるなよ」

何があったんだ、去年のブラック。

「今年はブラックにしては大人しいのが揃っているようだが、油断はできないからな。何かやらかしたら直ぐに俺を呼ぶように」

ブラックって問題児の集まりなのだろうか。僕はちょっと不安になった。

「ダレル・フリンはいるか？」

先生が言うと、一人の男子生徒が手を挙げた。

「僕です」

「お前がクラスの級長だ。異論は認めない」

級長って強制なのか、僕は彼を哀れんだ。

それに今気づいたけどこのクラス、女子はグレイスしかいない。ちょっと可哀想だなと思った。グレイスが寂しくないように、なるべく一緒にいるようにしよう。

「さてお前達はこれから週三日この学園に通うわけだが、この学園の講師は全員が第一線で活躍する、もしくはしていた魔法使いだ。彼らの貴重な時間を無駄にさせないように予習復習を常に忘れるな」

この世界の暦は大体前世と似たようなものだ。週七日の内三日しか授業が無いのは講師達の時間が取れないためである。ここの講師は腕のいい魔法使いばかりだ。

ちなみに担任の先生は一般教養を受け持つためその限りでは無い。

他には働きながら学園に通うものが多いという理由もあるかな。

「後は働きながら通う予定の奴はちゃんと学園に申請するように、冒険者もだぞ」

後で冒険者として働くと申請しないと。あとは回復薬を納品してることもだ。テディーが隣で僕に目配せしている。あとで一緒に申請しに行こう。

「よし、他には無いな、あとは各自配った紙を見ろ。授業は明日からだ。今日はこれで終了する。各自気をつけて帰るように」

なんともあっさりとした説明をして先生は帰って行った。

他のクラスはまだ説明が続いているようだ。

「どうする？　先に職場申請しに職員室に行く？」

テディーが机に置いてあった申請用紙を手にして聞いてきた。

グレイスも申請用紙を手にこちらにやって来た。

三人で申請用紙に記入すると、僕達はもらった地図を見ながら職員室に向かった。

ギャガン先生に申請用紙を提出すると、納品できるほどの回復薬を作れるのかと聞かれた。

僕は素直に大魔女の弟子だと話す。グレイスが驚いていた。

「なるほど、規格外の生徒がいると思えばあの人の弟子か、大魔女様の回復薬には俺も冒険者時代にだいぶ世話になったたな」

先生は納得したようだったが。僕達は先生が元冒険者だったことに驚いた。

「お前達と同じだよ。ここじゃないが学校に通いながら冒険者をやってたんだ。討伐に行くなら気をつけろよ。油断すると怪我じゃすまないからな」

先生の言葉には実感が籠っていた。僕達は神妙に頷いて職員室を後にする。

「エリスは大魔女様の弟子だったんですね、道理で凄いと思った」

グレイスが尊敬の眼差しで僕を見る。

僕はただの弟子だから、僕にそんな目を向けられても困ってしまう。

グレイスはおばあちゃんのファンらしかった。大人しそうなグレイスが破天荒なエピソードの多いおばあちゃんのファンとは意外だ。

僕達はメルヴィンと合流するため教室の方へ戻っていった。

教室棟に戻るとそろそろ他のクラスの説明も終わりそうだった。やっぱりブラッククラスだけとてつもなく短かったらしい。悪い先生ではないからいいんだけどね。

レッドの教室を覗くとメルヴィンがこちらに気づいてやってきた。

メルヴィンはもうクラスに馴染んだらしく、周りのみんなにサヨナラしている。レッドの子達はみんな積極的なのかもしれない。

「よう、お疲れ！　……お！　まさか勧誘成功したのか!?」

メルヴィンがグレイスを見つけて笑う。握手しながらお互い自己紹介をした。握った手をブンブン振られたグレイスはあわあわしていた。

「よし後はあの金髪の女の子だな、たしかイエローにいたはずだ」

僕達はイエローの教室に向かう。もう説明は終わっているようだけど、まだいるだろうか。

教室を覗くと試験の時に見た長い金髪の女の子がいた。

貰った予定表に目を通していたようだ。

メルヴィンは他のクラスだろうと臆さず教室に入ってゆく。僕らもその後に続いた。

こちらに気づいた女の子は目を丸くしている。

「よう、ちょっといいか？」

「構わないけど……すごいメンバーね」

どうやら女の子は僕達のことを覚えているようだった。一人ずつ自己紹介をしてゆく。

「私はナディア・ルディ。あなた達とは話してみたかったから、会えて嬉しいわ」

ナディアは穏やかに笑っている。

「俺達休日に一緒に冒険する仲間を探してるんだ。一緒にどうかと思ってさ」

メルヴィンの言葉にナディアは少し驚いたように返した。

「私もちょうどパーティーメンバーを探していたところだったの、渡りに船だわ。一緒に組ませてちょうだい」

ナディアは首にかけた冒険者カードをかざして見せた。

すでに冒険者だったらしい。

「学園でパーティーメンバーをみつけようと思ってたんだけど、考えることはみんな同じね」

ナディアの勧誘成功をみんなで喜んで、僕達はその足で冒険者ギルドに向かうことにした。テディーとグレイスの冒険者登録と、パーティー申請をしなければならない。

冒険者ギルドに向かう道中、グレイスが言った。

「シロちゃんとアオちゃん、可愛いですよね、テイマーって羨ましい」

可愛いと言われたシロは上機嫌でグレイスに擦り寄る。

「僕ずっと思ってたんだけど、シロ、試験の時よりかなり大きくなってるよね、まだまだ大きくなりそうだよ」

僕は驚いた。毎日一緒にいるから気づかなかった。

「突然変異の特殊個体だからものすごく強くなるかもしれないね」

『本当に!?　やったー』

テディーの言葉にシロが喜んでいる。ブンブン振られた尻尾がはち切れそうだ。

ナディアがくすくす笑っている。喜びでテディーの周りをくるくる回るシロの上からアオが落ちそうになっていた。

『危ないの、気をつけるの！』

はしゃぎながら歩いて冒険者ギルドに着くと、まずはテディーとグレイスの新規登録をした。二人ともあまりの簡単さに驚いている。

次はパーティー申請だけど、問題が発生した。

「パーティー名どうする？」

みんな黙り込んでしまった。こういうのって困るよね。

「なんかわかりやすいやつないかな」

僕が言うと、みんな考え始める。

「そもそも僕達の共通点って試験で的を破壊したことしかないからね」

テディーの言葉に頷く。

「歳も違うし、性別も違うし、髪もみんなカラフルだし。同じ学園生ってことくらいしかないよね」

僕が言うとナディアが手を叩いた。

「カラフル。いいんじゃない？　わかりやすくて」

「確かにいいな、変にカッコつけた名前にして後で恥ずかしくなるよりずっといいと思うぞ」

なんだか何気なく言った言葉でパーティー名が決まってしまった。でも悪くない。黒に金に赤に緑に水色。確かにカラフルだ。

「じゃあ早速申請しよう！」

申請は登録より少し時間がかかった。僕達が若いから、ギルドは極力討伐依頼をしたくないと思っている。本来なら通らないだろう。

でも僕達は今全員学園の制服だ。それだけで魔法が使えて知識豊富だとわかるから、ちょっとした質疑応答で済んだ。

でも無理はしないようにと念を押される。前に学園生が帰ってこなかった事例もあると言われた。

僕達は神妙に頷いて、パーティー用の冒険者カードを受け取る。首から下げるカードが増えた。カードにはカラフルと刻印されていた。すごくワクワクする。

その日は登録だけしてその場で別れた。明日は学園の初授業だからね。

夜、僕はベッドの中でシロをモフモフしながら考えた。確かに大きくなってる。もう僕には抱えられないだろう。ご飯の量を増やした方がいいかもしれない。明日からそうしよう。

僕はおばあちゃんに今日あった出来事を心の中で報告する。

カラフルのみんなも、きっとおばあちゃんが引き寄せてくれた縁だ。

ずっと仲良く大切にしよう。

その日の夢は友達と遊園地に行った夢だった。前の僕の世界には楽しそうなものがたくさんあるんだな。


今日は学園の初授業だ。今日の授業は全クラス合同で行う魔法学だ。一日に一科目を長時間なのは前世と違うところだ。一年生の内は週三日で一般教養、魔法学、魔法実技の授業の繰り返しになる。

『が～っこう～がっこ～う』

　通学中アオが歌っている。

『勉強楽しみだね』

　シロが尻尾を振って楽しそうにしている。

　下級生のうちは一般教養や魔法学の授業が多くなる。上級生になるとなくなって、より実践的な魔法の授業になっていくらしい。

　だから最初のうちは僕には退屈だろうと兄さんに言われた。

　でも僕は楽しみだ。おばあちゃん以外に魔法を教わったことはないから、なにか新しいことを教えてもらえるかもしれない。

　試験の時に使った大きな講堂に入ると、テディーが手を振ってくれた。席は自由みたいだ。メルヴィンもテディーの隣にいる。

　従魔を連れてる僕のためか、端っこの席を空けておいてくれたみたいだ。

「おはようエリス。最初が合同授業で良かったな」

「おはよう、二人とも、席空けておいてくれてありがとう」

　着席するとメルヴィンからわからないところは教えてくれと懇願された。どうも座学に自信が無いらしい。

　メルヴィンの方が年上だけど、年下の僕に教えを乞うのは気にしないみたいだ。メルヴィンのそういうところが好ましいと僕は思う。

テディーは僕達のやり取りを見て笑っていた。

グレイスとナディアもやってきて、僕達は固まって授業を受けることになった。一クラス十人だからこの講堂には四十人いる。

雑談しながら待っていると、始業の鐘が鳴った。


講堂に入ってきたのは杖をついたお爺さんだった。

「皆さん初めまして、下級クラスの魔法学を受け持つトロイヤーです。皆さんのテスト結果を見させてもらいました。基礎知識は十分という子もいるようですが、初歩的なことから教えていきたいと思います。これを機に基礎を復習してくださいね」

このトロイヤー先生は魔法研究の第一人者だ。名前を聞いたことがある。

確か、今あらゆる場所で使われている虫除けの魔法陣を開発した人だ。僕もおばあちゃんも森ではこの魔法陣のお世話になった。

「まず魔法とは魔法石に魔力を込めながら魔法陣を描くことで発動するものです。魔法陣は魔法言語の組み合わせで作られます。一つの魔法陣の開発には膨大な時間がかかるものです。この授業ではこの魔法陣について主に学習することになります」

先生は前方にいた男の子を指して言った。

「魔法陣を使わない魔法もあります。それが何かわかりますか？」

「自己身体強化魔法です」

男の子が答えると、先生は頷いた。

「そうです。自己身体強化魔法とは自身の体内の魔力を操り、任意の部位を魔力によって強化するものです。これだけは魔法陣が必要ありません。要するに魔力を体外に放出して使う場合のみ、魔法陣が必要になるんですね」

僕はこの身体強化魔法は苦手だった。魔力操作をどれだけ学んでも、身体強化にはまた違ったセンスが必要らしく、上手くいかない。

これに関してはメルヴィンの専売特許だろう。彼は身体強化魔法に関しては天才だ。

「身体強化魔法が得意な者は大抵、魔法陣を用いた魔力操作が苦手な傾向にあります。その逆も然りです。稀にどちらも上手く扱える人がいますが、少数派ですね」

ナディアはこのタイプだろう。どちらもそれなりの精度で扱える。

試験の時に見せてもらったが、二つを組み合わせられるととても強い。

「さて皆さん、強い魔法使いになるにはどうすればいいと思いますか？」

先生の言葉に皆考え込む。

「強い魔法使いはとにかく魔法陣をたくさん暗記しています。そして瞬時にそれを描くことができるのです。この時に魔力制御と魔力操作技術が高いとより強力な魔法を放つことができます」

それはおばあちゃんがよく言っていたことだ。僕はとにかく魔法陣を暗記させられた。

「ではみなさん、魔法言語を学びながら。魔法陣を覚えましょうね」

授業はそのまま二時間ほど続き、昼休憩を挟んでまた三時間ほど続いた。魔法言語は奥が深い。

今日だけでノートがかなりの枚数埋まった。さすがに疲れた。

メルヴィンなんて終わった途端、机に突っ伏してしまった。半年に一回テストがあるんだけど大丈夫かな？

「これは定期的に勉強会をするべきじゃない？」

ナディアがいい案を出してくれた。確かに勉強しないとすぐに置いていかれそうだ。

僕達は冒険と並行して勉強会もやることにした。


そういえば、シロ達みたいな魔物はどうやって魔法陣を覚えているんだろう。

『魔法陣？　勉強なんてしなくても勝手に出るよ？』

どうやら魔物には特殊な才能が備わっているらしい。『テイマー』の僕がテイムする時、勝手に手が動いたのと同じかな。


学園に通い始めて三日目の朝。今日は待ちに待った魔法実技の授業だ。

昨日のギャガン先生の一般教養の授業はわかっていることばかりで退屈だったが、ギャガン先生が間に小ネタを挟んでくれるので面白くもあった。

意外と良い先生なんだよな、ギャガン先生。

昨日はクラス単位の授業だったから、クラスのみんなともやっと挨拶できた。

見るからに個性的な子が多い中、級長を押し付けられたダレルくんだけは真面目そうだった。きっと試験の時に見た適性で級長に選ばれたんだろう。

今日の魔法実技の授業はホワイトクラスと合同だ。授業の度に組み合わせが変わるそうだ。少人数授業でありながら、より多くの魔法に触れて能力を伸ばせるらしい。

僕は楽しみで、学校までシロと競争しながら走っていった。

授業を行う魔法練習場に着くと、テディーとグレイスがもう来ていた。おはようと挨拶して先生を待つ。

「ねえ、シロだけど、また昨日より大きくなってるよね」

テディーが訝しげにシロを見て言う。僕もそれは気になっていた。

餌の量を増やしてから、首に結んでいるスカーフがキツいと訴えられるのだ。

「骨格ごと大きくなってるから太ったわけではないと思うけど、ちょっと成長速度が早すぎない？」

テディーがシロを色々な角度から見て首を傾げている。

『僕もっと大きくなれるよ！　そんな気がするんだ！』

シロが嬉しそうに尻尾を振る。

「ご飯の量をもっと増やしたら、もっと大きいもふもふになるんじゃないですか？」

グレイスは目をキラキラ輝かせて言った。グレイスは動物に目がないらしい。

「一回食べられるだけ食べさせてみたら？　本当に大きくなるかもよ」

テディーの言葉に、シロが期待した目で僕を見る。足りなかったのかな。だとしたら悪いことをしてしまった。

「そうだね、一回食べられるだけ食べさせてみるよ」

シロは嬉しそうに尻尾を振りながら、僕の周りをクルクル回った。

『おっおきっくな〜れ！　が〜んば〜れシ〜ロ！』

アオもシロの上で楽しそうに歌い出す。

シロが大きくなったら冒険中とても心強いだろう。大型のウルフ種で一番大きいのだと大人を乗せて走ることもできる。その分強いのでテイムされることはほぼないんだけど。

僕が小さいうちならシロに乗って走れるかな？　ちょっと楽しみだ。


始業の鐘が鳴って先生がやって来た。綺麗な女の先生だ。

「みんなー初めまして！　イヴリンでーす！　イヴリン先生って呼んでね！」

なんだかかなり個性的な先生のようだった。

「あらあら可愛い従魔さんがたくさんいるね！　従魔さんは危ないから隅っこの方に行こうか」

そうなのだ、ホワイトクラスにはテイマーが多いみたいで、今この練習場には従魔が八匹ほどいる。僕はシロ達に隅の方で待ってるよう言った。お利口な彼らはすぐ言うことを聞いてくれる。

しかし周りを見ると、無理やり引きずるように連れて行っているテイマーがいた。多分合わない子を強制テイムしたんだと思う。

波長が合う子じゃないと強制的に言うことを聞かせるにも限界があるんだ。それはとても危険なことだし、従魔が可哀想だ。

「あらあら、言うことを聞かない子をテイムしている子がいるみたいね。危ないので外に出してはいけないのよ。テイマーギルドで言われなかった？」

指摘されたその子は顔を真っ赤にしていた。引きずられていたウルフがザマアミロと言わんばかりに鼻で鳴いた。かなり頭のいい子なのかもしれない。

これだから強制テイムは薦められない。強制テイムしたとしても、ちゃんと優しく接したら信頼関係も築けるのに、それを怠る人が多いんだ。

まじない師に良縁を引き寄せるまじないを掛けてもらって、森を歩けば相性のいい子は見つかるだろうに。みんな弱い魔物ばかり寄ってくるから嫌だという。

おばあちゃんは、弱い魔物ばかり寄ってくるのはその人の人としての器が小さいからだと言っていた。無理やり言うことを聞かせようとする光景を見ればさもありなんだ。

「ちゃんと身の丈にあった子をテイムしましょうね。じゃないといつか後悔するわよ。強制テイムした魔物に食い殺されたテイマーもいますからね」

イヴリン先生は満面の笑みで怖いことを言う。この先生、優しい口調だけど怒らせると怖い人なのかもしれない。

シロ達の方を見ると、他の従魔達と談笑しているようだった。仲良くなれたようで何よりだ。

ウルフを強制テイムしていた子は、結局ウルフを連れていくことができずに泣いていた。ウルフは主人が泣いていようがお構い無しで練習場の真ん中に居座っている。

相当腹に据えかねていたのだろう。でもこのくらいで済ますあたり元々優しい気性のウルフなんだと思う。じゃないと本当に食い殺されているだろう。

イヴリン先生はその子を叱るとウルフにどいてくれるよう頼んだ。

ウルフは先生の言うことはよく聞いた。やっぱり賢い。

イヴリン先生は泣いている子に今日のところは従魔を連れて家に帰るように言った。


さて、気を取り直して魔法実技の授業の開始だ。

イヴリン先生は何やらポールのようなものを持ってきていた。

「今日はフライングシューズの乗り方の実技でーす。フライングシューズは魔力制御と魔力操作の練習にもなるので、最初にやりたいと思います」

先生は練習場の至るところにポールを立ててゆく。

そして魔法陣が描かれたボードを持ってきた。

「みんな、まず自分にシールド魔法をかけましょう。魔法陣はこれです。合格と言われた人は左に抜けてね」

僕はシールド魔法を自分にかけた。すると先生にすぐ合格と言われる。見るとシールド魔法をかけるのに苦戦している子もいるようだ。かかりはするが、強度が弱すぎるんだろう。

「合格と言われなかった子は次までに練習してくるように！　今日のところは先生が魔法をかけます」

先生はできない子は容赦なく置いていくスタイルらしい。

まあ、できない子ばかりに構っていても仕方ないもんね。

「さてみんな、今日はフライングシューズでこのコースを完走できるようになってもらいます。一人ずつ順番にテンポよくいきましょう」

先生が杖を振ると、練習場に光の道ができた。さっきのポールと連動しているようだ。

「まずフライングシューズで飛んだことがない人は手を挙げてー！」

さすが名門校、飛んだことがない子は一人もいなかった。

「よし、じゃあ大丈夫ですね。テンポよくこの道を完走してみてね。それじゃあ一列に並んでー」

先生は一人ずつゴーサインを出して飛ばせてゆく。その度に個人の課題を教えている。すごく的確でわかりやすい指示だった。

僕の番がきた。僕は毎日少しずつ練習していたんだ。今ならきっとこのコースを走りきれる。

ゴーサインと共に僕は飛んだ。ターンのところで少し制御が乱れてしまったが、それなりのスピードでそれなりの走行ができたと思う。

「うーん、君は自分で課題を見つけて頑張れる子だね。練習あるのみって感じかな。強いて言うなら補助機能付きのシューズも一度体験してみるといいよ。予備があるから貸してあげるね」

思いがけない指示だった。先生に貸してもらったシューズにつけ替える。それは本当に初心者用のシューズだった。僕はもう一度列に並ぶ。そして飛んでみると、先生が何を言いたかったのかわかった。

初心者用のシューズでは、正しい飛び方がとてもよくわかるのだ。

バランスのとり方や重心のかけ方。魔力と言うより主に姿勢の問題点がよくわかる。僕は感動した。

「うん、コツを摑んだみたいだね！　優秀な生徒で先生嬉しいです」

先生に大きな声でお礼を言うと、また後ろに並び直す。今日はとにかくこの感覚を体に覚えさせよう。

先生は時折列から離れさせて個人練習するように言ったりもする。

とても効率的な授業方法だと思う。最初はコースを完走できない子もいたけれど、授業が終わる頃にはみんな完走できるようになっていた。イヴリン先生はすごい。

みんな授業が終わる頃には疲れ果てていたが、嬉しそうにしていた。終了の鐘が鳴って先生が帰ってゆく。この後個人練習する子もいるみたいだ。

僕は一先ずアオとシロのところに行った。

「ごめんね、退屈だったでしょ」

『みんなとお話ししてたから大丈夫だよ』

『かっこよかったの！　私も飛びたいの！』

アオが飛びたいなら、抱えて飛んであげよう。

僕は靴に自分のフライングシューズを装着するとアオを抱えて飛んだ。授業の前より格段に上手く飛べている気がする。僕は高速で飛び回った。アオは歓喜の悲鳴を上げている。

気がつくと、僕は周りの視線を集めていた。僕が降りるとみんな拍手してくれた。

テディーとグレイスが駆け寄ってくる。

「凄いです、なんでそんなに速く飛べるんですか？」

「さすが大魔女様のシューズ。そんなに速く飛べるなんて！」

二人とも興奮しているようだった。

「大魔女様モデルのシューズだったんですね！　私も買います！」

グレイスは挑戦する気満々のようだ。テディーも悩んでいるように見えた。

「前は吹っ飛ばされたけど、今なら頑張れば飛べるかな？　あんなかっこいいの見せられたら真似したくなっちゃうよ」

上級生には補助機能無しのシューズを使っている人が少なからずいると聞いている。何年かかけて練習してもいいんじゃないかと言ってみる。

「そうだよね、別に今すぐ飛べなくても、将来的に飛べればいいや。よし、買おう」

テディーは心を決めたようだ。

帰宅すると僕はクタクタだった。

シロの食事のことをお父さん達に相談してみると、お父さん達も不思議に思ったらしく、たくさん食べさせることを許してくれた。

シロがお腹一杯になるまで食べると、その量に驚いた。兄さんがシロのお腹周りを調べて、どこに入ったんだと不思議そうにしている。

「突然変異種の魔物に関しては、解明されていないことが多すぎるからなぁ」

お父さんもシロを眺めながら不思議そうだ。


夜、シロとアオを抱えてベッドに入る。

おばあちゃん、明日はいよいよ冒険者として魔物を討伐するんだよ。上手くできるといいな。

その日の夢は何かモンスターを倒すゲームをやってる夢だった。

前世の僕、遊んでばっかりだな。


翌朝、起きて早々僕は絶句した。

シロが大きくなっている。それこそ僕を乗せて走れるんじゃないかと思うくらいに。

シロはまだ幸せそうに寝息をたてているけど、明らかに大きさがおかしい。

昨日スカーフを外してから寝て良かった。したままだったら首が絞められていただろう。

僕は慌ててシロを起こした。

『うーんなあに、エリス』

起きたシロを姿見の前に連れていくとシロも驚いていた。

『え？　これ僕？』

ブンブン振った尻尾が風切声を上げる。尻尾も大分強そうだ。

起きたアオも混乱していた。

『誰なの!?　ビックリしたの！』

今のシロは体長二メートル近くある。昨日までは一メートルくらいだったはずだ。ご飯をお腹一杯食べただけなのにこの変わりようはなんだろう。魔物って皆こうなのだろうか。

考え込む僕にアオが言う。

『特殊個体だからなの。みんな大きくなるわけじゃないの』

やっぱりそうだよね。シロは大きくなった自分を見て嬉しそうな顔をしているし、健康に支障がないのなら問題ないのかな？

とりあえず着替えてリビングに行くとお父さん達も驚いていた。兄さんがシロを撫で回しながらおかしなところが無いか調べている。

「シロはジャイアントウルフの子供だったのかな？」

ジャイアントウルフとは、ウルフの中で一番大型の種の魔物だ。若い個体で丁度今のシロと同じくらいの大きさをしている。

『そういえば群れのみんなはとても大きかったよ』

シロは思い出したようにそう言った。それを伝えると兄さんはジャイアントウルフは食べて大きくなるのかなと考え込んだ。

朝食も昨日と同じくらい出してやる。体格から考えるとこのくらいの量でちょうど良さそうだ。

お母さんが嬉しそうにシロを撫でている。ふわふわの毛並みが気持ちいいらしい。

シロのチェックをしていたら出かける時間になってしまった。

僕はシロの首にスカーフを巻く。前は少し大きかったスカーフが今はピッタリだ。

僕らは急いで家を出た。シロが背中に乗ってと言ってくる。

僕は好奇心に抗えずシロの背中に乗ると、冒険者ギルドに向かった。

「シロ、重くない？」

『全然！　エリスを乗せられて嬉しい』

シロは尻尾を振りながら上機嫌で歩いてゆく。道行く人がシロを避けている。そりゃあこんな大きなウルフ怖いよね。シロはいい子なんだけどな。

冒険者ギルドに着くと、ギルドの前で待ち合わせをしていた皆が絶句した。

「おはよう、ごめんねちょっとバタバタしてたら遅くなって」

僕が挨拶すると皆正気に戻ったようで、口々に話し出す。

「いやバタバタしてたとかそんなレベルじゃないだろこれ」

「おっきい……おっきいもふもふ……！」

「なんでこんなに大きくなってるの!?」

「僕の鑑定でも確かにシロ本人だよ、なんで一晩でこんな大きく……」

僕はご飯をお腹いっぱい食べさせたらこうなったと説明した。

みんな納得できないみたいだ。気持ちはよくわかる。

グレイスだけはいち早く順応してシロを撫でている。幸せそうで何よりだ。

「可愛いからなんの問題もないと思います！」

「まあ、中身はシロのままだしね、問題ないと言えばないけど……」

テディーは複雑そうだ。鑑定でもシロの正確な種類はわからないらしい。

「まあ、今後の冒険ですごく役に立ちそうではあるな。すげー強そう」

「今後魔物研究者が押しかけそうね。気をつけてね」

メルヴィンとナディアも受け入れることにしたようだ。僕はホッとした。

『大変、私の影が薄くなっちゃうの！　もっと目立たなきゃなの！』

アオが見当違いな心配をしていて笑ってしまった。アオもレア種だから十分目立ってるんだけどな。

とりあえず僕らは当初の目的である冒険に向かうことにした。

「最初は日帰りできそうなのから行こうぜ」

「やっぱり基本のゴブリン退治からがいいかしら？」

依頼の選定はメルヴィンとナディアが率先してやってくれた。さすが長年冒険者をやっている二人だ、的確なものを選んでくれる。

今日は冒険者の基本、ゴブリン退治をすることにした。ゴブリンはすぐ増えるのに狡猾で、人間を襲ってものを奪おうとする。常に間引かなければならない存在だ。一匹ではそうでもないが、たくさん狩ると報酬が上乗せされて結構な収入になる。巣を潰したらかなりの額だ。

僕達は冒険者ギルドに設置されている転移ポータルで、ゴブリンの出現する森に転移する。

これは近場への移動なら冒険者は無料で使える有難い魔法陣だ。長距離になるとお金がかかってしまうが、それでも民間のものより安い。魔物の生息域の近くしか飛べないかわりに安くなっているんだ。

転移するとそこは森のそばの見張り小屋だった。受けた依頼の紙を職員さんに見せてそこを出る。僕らが若いからかとても心配されてしまった。

こうして僕らは初めての魔物討伐に挑むのだった。

森に着くとまずゴブリンを探す。

グレイスが皆に幸運値アップのまじないをかけてくれた。

個人的に冒険者と『まじない師』はかなり相性がいいと思っている。一つ一つのまじないの効果は低いが効率は上がるからだ。そのうえグレイスは一定水準以上の魔法が使える。冒険者としては是非仲間にしたい逸材だろう。

僕は途中遭遇したピンクラビットを風魔法で切り裂いてアオに血抜きをしてもらってバッグにしまった。

ピンクラビットの毛皮は可愛いのでよく売れるのだ。肉も売れる。見つけたら狩るのがいいだろう。

「可愛いもふもふが……」

グレイスは悲しそうだが、今日の僕達はハンターだ、お金を稼がなければならない。

「おお、エリスは狩りも得意なんだな」

メルヴィンは頭を撫でて僕を褒めてくれる。

テディーは周りを見つめながら歩いていた。時折珍しい植物や高く売れる植物を見つけて教えてくれる。さすが『鑑定士』である。今日は結構な収入になるんじゃないだろうか。

ちなみに冒険で得た収入は皆で均等に分けることになっている。

「やっぱお前ら勧誘して良かったよ。パーティーとしてのバランスも良いし、これなら上を目指せるな」

メルヴィンは嬉しそうだ。ナディアもゴブリン退治の前にかなり稼げているので嬉しそうにしていた。

『ゴブリンの匂いがするよ』

シロが教えてくれた。通訳するとみんな周りを見回して警戒態勢に入る。シロの指す方向にゆっくりと近づいてゆく。

すると三匹ほどのゴブリンがいた。僕はナディアとメルヴィンにシールドを張って指を指す。すると二人は走っていって二匹の首を引き裂いた。逃げようとした一匹をテディーが魔法で足止めして、メルヴィンが切り裂く。

ちなみにメルヴィンが使っているのは身の丈程の大きさの大剣だ。

あんなので首を切られたらひとたまりもないだろう。

ゴブリンは別に売れないので討伐証明の耳だけ切り取って持っておく。

「シールド張ってくれてありがとう。助かるわ」

ナディアのジョブは『剣士』、そしてメルヴィンのジョブは『大剣使い』だ。どうしても二人が前衛になる。前衛を守るのが後衛の義務だろう。

グレイスはまだ戦闘の感覚が摑めないらしく、今回はアワアワしていたが、次は集中力と判断力アップのまじないをかけると宣言していた。

やっぱりこのパーティーは相当いい人選なのではないだろうか。

シロが匂いを辿ってゴブリンを探すと、みんな次々狩ってゆく。途中テディーが高価な植物を見つけては採取し、ゴブリンを探してを繰り返す。

僕らはなんだか怖いもの無しのような気になっていた。

先日あれだけ油断してはいけないと心に刻み込んだのに、僕はまた油断していたようだ。

ゴブリンは狡猾だと忘れていた。知能の高いゴブリンが、僕達を見て対策しないはずはなかったんだ。

目の前に二匹のゴブリンが躍り出る。僕らはまた同じようにナディアとメルヴィンにシールドを張って前に出てもらう。

その時だった。背後から三匹のゴブリンが後方の僕らに襲い掛かってきた。

グレイスは驚いてその場に座り込んでしまった。腰が抜けたのだろう。

間一髪だった。僕はとっさにシールドを張ってみんなの身を守る。

前衛の二人が慌てて戻って来て僕達に襲い掛かったゴブリンを狩る。

「みんな！　大丈夫!?」

ナディアが言うとグレイスが泣きながら首を縦に振る。

テディーも僕にもたれ掛かって死ぬかと思ったと零していた。

「ゴブリン舐めてたよ、エリスのおかげで助かった」

僕らは後方警戒の人員も考えることにした。

とはいっても、まだグレイスとテディーが森での活動に慣れていないので、僕がその役目を担うことになるだろう。責任重大だ。

その後、みんなで少し休憩をとることにした。グレイスとテディーを落ち着かせる時間が必要だという判断だ。

少し開けたところに行くと、そこはテディー曰く宝の山だった。なんでも倒木の隙間から生えているキノコがとても高く売れるのだそうだ。

テディーは休憩がてらキノコを採取すると嬉しそうにしていた。

「このキノコがそんなに高く売れるのか、不思議だな」

メルヴィンがキノコを手に取ると匂いを嗅いだ。その瞬間メルヴィンが足元からくずおれた。

「あ、胞子を直接嗅いじゃったの!? 駄目だよ！ これは強い麻痺毒なんだから」

メルヴィンはうまく回らない舌でもっと早く言えと抗議した。

アオがメルヴィンに状態異常回復の魔法をかける。

「テディー、今後採取するものが危険な時は私達にも事前にそれを共有すること！ わかった？」

テディーがナディアに怒られている。本当に危ないからそうして欲しい。

ナディアに怒られたテディーは神妙な顔で謝罪している。

そうしているうちに、グレイスの緊張も和らいだようだった。

僕らはゴブリン狩りを再開する。

その後も新人にしてはなかなかじゃないかという数のゴブリンを狩ってゆく。

最後の方にはグレイスもテディーも自分で必要なまじないや魔法を判断できるようになっていた。

「今日のところはこれで帰りましょうか」

グレイスとテディーの疲労具合を見たナディアが言う。二人は体力があまりない。年齢的にも八歳と九歳だし街暮らしで森に慣れていないので仕方がない。充分稼げたから今日はもういいだろう。

森を抜ける前に少し休憩していると、シロがちょっと待っててと言って走って行った。帰ってきたシロの口には丸々と太ったボアが咥えられていた。

僕はシロを思いっきり褒める。今日出番の少なかったアオはご立腹だ。

『怪我人が出たら任せるの！』

そう主張して飛び跳ねている。僕はアオにボアの血抜きをお願いした。

頼りにされて機嫌がなおったようだ。

ボアの血抜きをしてバッグにしまう。シロはみんなに褒められていた。アオがまた嫉妬心を燃やして、テディーとグレイスに疲労回復の魔法をかけている。そんな魔法も使えるんだなと僕は感心した。

僕らは転移ポータルで冒険者ギルドに戻ると報酬を計算してもらう。五等分しても採取依頼しか受けられなかった頃の倍は稼げている。みんな大喜びだ。テディーとグレイスに体力がついてきたらもっと稼げるようになるだろう。

念のため明日は休養日にしてまた明後日、冒険に行くことになった。

明日は回復薬をたくさん作って売りに行こう。アオにはまた頑張ってもらわないと。

僕はシロに乗って家に帰った。

ベッドの中で今日あったことをおばあちゃんに報告する。

シロの成長に初めての冒険に盛り沢山な一日だった。

魔物の特殊進化についておばあちゃんに聞いたらなんて答えてくれるだろう。世の中には不思議なことがたくさんあるって言われそうだな。


その日の夢は理科の実験でスライムを作る夢だった。

前世の世界ではスライムは生き物ではないらしい。


今日は久しぶりの休日だ。朝から僕は回復薬を量産していた。

アオが絞り出してくれた体液を使ってできるだけ多くの回復薬を作る。

冒険者の人達に人気の回復薬だから、できるだけ隙を見ては作るようにしていたけれど、まだまだ需要はあるらしかった。

今回はアオがしおしおにならないようにこまめに水を与えながら作業している。

『頑張れ私！　絞り出すの！　もっと、もっと絞り出すの！』

必死に自分を鼓舞しながら体液を絞り出すアオに申し訳ない気持ちになった。納品した帰りに好きなものをたくさん買ってあげようと思う。

『スライムに限界はないの！　最弱なんて言わせないの！　人間共に思い知らせてやるの！』

どんどんアオの言葉が不穏になってゆく。今日はこの辺にしておこう。

平べったくなって心なしか小さくなった気がするアオにお礼を言って、回復薬を完成させる。

今回はもう一種類、アオをテイムする前に作っていた安価な回復薬もたくさん作る。実はパスカルさんにお願いされたのだ。安価な方は駆け出しの冒険者にとても人気らしい。これならアオに頑張ってもらう必要もない。

完成すると、シロに乗ってパスカルさんのお店に行った。

シロの上に乗って移動していると周りの視線が痛い。毎日街を歩いていたらみんな慣れてくれるだろうか。


「おいおい、シロはどうしちまったんだ!?」

パスカルさんが驚いて聞いてくる。

僕は事情を説明した。パスカルさんは驚いていたが、変異種だからなと納得していた。なんと昔回復薬を与えることで突然大きくなったスライムの話を聞いたことがあるらしい。

僕はアオを見た。

『わ、私は大きくならないの！　小さくて可愛いが私の売りなの！』

ぷるぷると震えながら何故か必死だ。大きくなるのは絶対に嫌みたいだ。

確かに僕もアオは小さい方が可愛くていいと思う。

パスカルさんが納品した魔法薬の数を数えている。納品した分のお金を受け取ったらパスカルさんになにか差し出された。

「冒険者になったって聞いたぞ、これは入学祝いも兼ねたプレゼントだ。受け取ってくれ」

中を見ると冒険者に必須な虫除けや魔物避けなどの消耗品がたくさん入っていた。

「ありがとうございます！」

嬉しくて満面の笑みでお礼を言った。パスカルさんは僕の頭を撫でると言う。

「回復薬も毎回たくさん納品してくれるが、勉強優先でいいんだからな。無理はするなよ」

今はまだ余裕があるけど、試験前なんかは納品が難しいかもしれない。その時は甘えさせてもらおう。


パスカルさんと別れると、またシロに乗って街に繰り出す。屋台でアオの求める料理を買いながら、僕もつまませてもらった。

みんなシロにビックリしていたが、大人しいとわかるとオマケをくれたりした。シロは大きくなっても顔が優しいからな。人混みや屋台の近くでは尻尾の動きを抑えてくれるくらいには賢いから、みんなすぐ慣れてくれると思う。

広場の席に座って、屋台で買った料理を食べていると声をかけられた。クラスの級長であるダレルくんだ。

「エリスくん、シロはどうしてそんなに大きくなっているんだ!?」

普段落ち着いているダレルくんにしては珍しく興奮している。経緯を説明するとますます興奮しだした。目がキラキラ輝いている。

「あの論文は本当だったんだ、魔物の特殊個体は急速な進化の可能性を秘めているって。それが何をきっかけに起こるのかはまだ解明されていないけど、シロの場合は食事で起こったんだね。すごいな、本物の事例をこの目で見られるとは思わなかったよ」

聞くところによるとダレルくんは魔物マニアらしい。実家がテイマー向け用品店で、幼い頃から色々な魔物を見てきたようだ。

ダレルくんは恥ずかしそうに言う。

「ごめんよ、驚かせて。テイマーの従魔に他人があまり構うのは良くないことだから我慢してたんだけど、二匹ともレア種だし、任意テイムみたいだし、ちょっとよく見てみたかったんだ」

ダレルくんは申し訳なさそうだ。

『触ってもいいよ』

『私もこの子は嫌いじゃないの』

二匹とも触っていいと言っていると伝えたら、ダレルくんは大喜びしていた。

ダレルくんが実家のテイマー用品店に来てみないかと誘ってくれたので、ついていくことにする。

なんと前にシロのスカーフを買った店だった。前に利用したことを説明するとダレルくんは驚いていた。

「そういえば、スライムカチューシャはこの店でしか売ってなかったね、うっかりしてたよ」

ダレルくんの言葉にどういうことかを聞いてみる。

この店は個人の作家さんと契約して他にはないグッズを売ったりしているらしい。

すごい商売上手みたいだ。

ダレルくんは商品の説明をしながら店を案内してくれる。面白いものがたくさんあって、ついシロのおもちゃや歯ブラシなどを買ってしまった。

スライム用のカチューシャも新作が入荷していて、アオにねだられる。結局二つも買ってあげることになった。

「シロは今スカーフをつけているけど、今後もう少し大きくなるかもしれないよね、伸縮性のある魔法道具の首輪に変えてみたらどうだろう」

ダレルくんの提案に確かにと思う。大きくなって首が絞められてしまったら可哀想では済まない。

『新しい首輪！』

シロも嬉しそうだし買ってあげることにした。黒にかっこいい銀の装飾が施された首輪をシロは選んだ。シロもアオもなんでかモノトーンのものが好きだ。似合うからいいんだけどね。

買い物の後はダレルくんのふれあいタイムだ。ダレルくんは終始感動して、ふれあいながら僕にもウルフ種とスライム種の健康管理の方法などを細かく説明してくれた。

今日はすごく勉強になったし、ダレルくんとも仲良くなれたと思う。

今後従魔のことで困ったらダレルくんに相談しよう。

四章　テイマー

今日も僕らはシロに乗って冒険者ギルドへ行く。

『ぼ～けん！　ぼ～けん！　ぼ～けんし～ましょ！』

上機嫌で歌うアオのリズムに合わせてシロの足も弾んでいる。

多分今日もゴブリン退治になると思うけど、楽しそうだ。

ギルドに着くと、まだグレイスしか来ていなかった。

「おはようございますエリス。シロちゃんにアオちゃんも」

シロから降りて挨拶すると、グレイスはシロをもふもふしていた。

シロも尻尾を振って喜んでいる。

「おはよう、シロは待ち合わせに最適だね」

テディーもやってきてシロを褒めている。目立つもんなシロ。

メルヴィンもやって来て後はナディアだけだ。

ナディアを待つ間、メルヴィンが依頼を物色している。やっぱりゴブリン退治が安定だろうということになった。

「ごめんなさい、遅くなって！」

ナディアが遅れたことを謝りながらやって来る。

「孤児院に熱を出した子がいてね、看病していたら遅くなっちゃった」

ナディアは孤児だと聞いている。生まれた頃から孤児院で育ったそうだ。だから学園には働きながら通っているんだ。昨日もソロで薬草採取をしていたらしい。その話を聞いてグレイスとテディーは早急に体力をつけると意気込んでいた。

「おし、今日はゴブリンの巣でも探すか！　シロ、手伝ってくれな」

メルヴィンがシロを撫でながら言う。

シロの嗅覚ならきっと巣も見つかるだろう。巣を破壊すると報酬がいい。前回のように油断しないようにしよう。


僕らはまた一昨日と同じ森に転移した。

グレイスが幸運値アップのまじないをかけてくれて、森の中を進む。今日もテディーは絶好調で珍しいものを見つけていく。

「あ、見て見てすごいの見つけたよ！　夜光草だ！」

それはどこからどう見ても普通の花だった。

「夜光草っていうからには夜光るのか？」

「そうだよ、別に光るだけだから売れはしないけどすっごく珍しいんだ」

そう言って花を摘むとナディアの髪に挿した。

「この花、押し花にしても光るんだよ。今もよく見てみると発光してるはず」

女性陣はそれを聞いて喜んで摘んでいた。押し花で栞を作るそうだ。

「夜にここに来たらすっごく綺麗だろうに、残念だな」

さすがに夜の森は危険だ。僕も見てみたかったけど残念だ。

僕らはゴブリンの巣を潰す時の陣形を話し合いながら森を歩く。

すると大きな川に出た。ナディアが地図を確認して大体の位置を把握する。

水辺は魔物が集まるから危険だ。早く離れようとしたけど、その前にブラウンベアに見つかってしまう。

ブラウンベアはブラックベアと違って温厚で、あまり人間は襲わないんだけど、お腹がすいていたんだろう。

こちらに向かってきたブラウンベアにみんな緊張する。

「俺に任せろ！」

メルヴィンがそう言うと、単身ブラウンベアに突撃していった。

僕は慌ててメルヴィンに二重でシールドを張る。

メルヴィンは大剣を振り回すとブラウンベアの頭部を中心に切りつけた。

何発か当たるとブラウンベアは動かなくなった。

メルヴィンは嬉しそうにしていたけど、ナディアのお説教が始まった。

「俺に任せろ！　じゃないのよ！　単身ブラウンベアに向かっていくなんて何を考えているの!?」

聞けばメルヴィンの憧れている騎士の人は、昔ブラックベアからメルヴィンを守ってくれたそうで、その真似をしたようだった。

ブラウンベアはブラックベアより弱いから何とかなったけど、他の魔物だったら危険だったんだから絶対やめてほしい。

メルヴィンはナディアに説教されて落ち込んでいた。

かっこよかったんだけどね。


その後もシロの鼻でゴブリンを探してもらっては狩りを繰り返していると。やがて洞窟にたどり着いた。

『あそこにいっぱいゴブリンがいるよ』

シロの言葉に気を引きしめる。グレイスが能力向上系のまじないをみんなにかける。相変わらずグレイスのまじないは効果が高い。

僕らは洞窟の中に麻痺作用のある発煙筒を投げ込んだ。煙に驚いて出てきたところを狩るのが巣潰しの定番なんだ。

僕らは巣から出てきたゴブリンを逃がさないように手当たり次第狩ってゆく。グレイスもテディーも次第に勝手がわかってきたようで、魔法でゴブリンの足を止めさせた。

足さえ止めてしまえばナディアとメルヴィンが止めを刺してくれる。

何十匹いただろう。全滅させるにはそれなりの時間がかかった。

みんな息を切らして健闘を称え合った。

討伐証明の耳を切り取っていると、巣に戻ってきたゴブリンがいたが、シロがやっつけてくれた。

シロは本当に強くなったな。


最後に一応巣の中を確認しようと慎重に入ると、そこには怪我をした通常より小さなピンクラビットがいた。食料にするつもりだったのだろう。

僕が討伐しようとすると、何故かアオから待ったがかかる。

『この子、ただのピンクラビットじゃないの』

どういうことだろう。そう思っていると、ピンクラビットが自身にシールドを張った。ピンクラビットは魔法が使えないはずである。

僕らは驚いた。この子は突然変異種だ。ゴブリンに捕まりながらもシールドで自分の身を守っていたんだろう。

「すごいねエリス、またレア種に巡り会うなんて」

テディーがからかうように言った。

「テイムするんですか?」

グレイスが期待に満ちた目をしている。

ピンクラビットを見つめると、相性は悪くなさそうだ。

僕はこの子をテイムすることにした。魔法陣を描くとピンクラビットの額に文様が浮かび上がる。

「名前は……モモ！」

そう言うと光が消えて額に文様が刻まれた。

『よかった、死なずにすんだ……もう駄目かと思った！』

モモは涙を流して生存を喜んでいる。

「僕はエリス、よろしくね、モモ」

『よろしくおねがいします、一生ついていきます！』

よっぽど怖かったのか、低姿勢だ。さっきは討伐しようとして悪いことをしたなと思う。

「また安直な名前だな」

後ろでメルヴィンが呆れていた。

「小さい可愛いもふもふ……！」

グレイスが触りたそうにしている。ナディアもソワソワしていた。

通常個体より小さくて可愛いもんな。

モモの怪我をアオが魔法で治す。

『感謝するの！　私のお陰で助かったの！　ちゃんと姉さんと呼ぶの』

『ありがとうございます！　姉さん』

謎の姉妹関係が成立したようだ。まあ、喧嘩しないならいいか。

洞窟を調べて、洞窟の前で見張りをしてくれていたシロの元に戻ると、仲間が増えて驚いていた。

『よろしくおねがいします。兄さん』

『よろしくね、モモ』

シロは嬉しそうだ。仲良くやれそうで良かった。

僕達はギルドに戻ってゴブリンの巣を潰したと報告する。すると職員さんが嘘を見抜く魔法道具を使って確認する。

嘘をつく人がいるから、こういう仕組みになっているようだ。

勿論審査に引っかかることもなく、巣の殲滅料金も上乗せしてもらえた。一昨日の三倍は稼げたのでみんなホクホクだ。

テイマーギルドでモモの登録をして、家に帰る。

お父さん達にモモを紹介すると、お母さんがあまりの可愛さに撫で回していた。

おばあちゃん新しい仲間が増えたよ。僕は何匹くらいテイムできるんだろう？


モモをテイムした翌日。今日も僕らは冒険に行くことにした。

テディーとグレイスが体力的に問題がないと言うので、軽く狩りをすることにしたんだ。

「今日もゴブリンでいいか、戦い方が掴めるまでゴブリン狩りしよう」

確かに僕達はようやく戦い方が掴めてきたところだ。安定するまではターゲットを変えない方がいいだろう。

「今日もよろしくお願いしますね、シロちゃん」

グレイスがシロを撫でながらお願いしている。

『まかせて！　ゴブリンをたくさん探すよ！』

シロの鼻には本当に助けられている。

今日からモモという新しい仲間も加わったし、どうなるか楽しみだ。

あ、うっかりピンクラビットを狩らないようにしないと、目の前で同種が殺されるところを見るのはいい気分じゃないだろう。今日からピンクラビットは森のお友達枠だ。

いつものように転移ポータルを使って森へ移動すると、昨日とは逆の方向に進む。この森は奥の方には強い魔物がいるので、行き過ぎないように注意して進んでゆく。

シロが鼻でゴブリンを探している間にテディーの鑑定で植物を採取する。ゴブリンを見つけると狩るのがいつものルーティンだ。

僕らのゴブリン狩りを眺めていたモモが言った。

『エリス、私がシールドを張りましょうか？』

今前衛組には僕がシールドを張っている。この中で一番強度の高いシールドを張れるのが僕だからだ。そしてシールド魔法は持続時間が長くない。

モモはシールド魔法しか使えないが、その分強度は僕より高い。常に後方でみんなを見ながらシールド魔法をかけてくれるならこんなに助かることはない。

モモの提案を話すとみんなモモを褒めたたえた。その分僕が攻撃に回れるから討伐効率が上がる。モモ様様だ。

『む……私も回復なら任せるの！』

討伐では出番のないアオが必死に存在をアピールしている。アオがいてくれるだけで回復薬を使わなくていいからすごく役に立ってるんだけどな。僕はアオを抱き上げて撫でてやる。

『後輩に負けていられないの！』

アオはこまめに皆に疲労回復の魔法をかけ始めた。

「なんかこのメンバー、負ける気がしないな」

メルヴィンの言葉に皆同意する。いたら嬉しい人材が揃ってるんだよね。

僕達がまた周りを警戒するなかシロにゴブリンの巣を探してもらった。

その日も巣を一つ潰すことができて、みんなご機嫌だ。


ギルドに戻ると職員さんに驚愕された。二日連続だもんな。僕らはシロの方を見る。シロは誇らしげに尻尾を振った。

「なるほど、匂いで探したんですね。巣を見つけるのは難しいので、できればこれからもたまにゴブリン退治をして欲しいです」

職員さんは嬉しそうだ。新人以外でゴブリン退治の仕事を受ける冒険者達があまりいないのかもしれない。それなら巣潰しの報酬が高めなのも納得だ。僕達には丁度いい依頼だし、これからも定期的に受けよう。

「冒険者を選んでよかったな、バイトするより断然稼げるよ」

テディーは嬉しそうに報酬を受け取る。

「普通ここまででは無いはずだけどね。みんなのおかげね」

ナディアは切実な事情で小さい頃から冒険者をやっていたから、パーティーメンバーの重要性を誰よりもよく理解しているんだろう。皆のことをすごく褒めてくれる。

「おし、明日は学園だし、今日はコレで解散するか！」

メルヴィンにテディーが明日の予習は終わっているか聞くと、メルヴィンは目を泳がせた。あ、終わってないな。

これは放課後勉強会も視野に入れるべきかもしれない。せっかく念願叶って入学できたのに、授業についていけなかったら大変だ。

ナディアが仕方ないなと笑う。グレイスはメルヴィンを応援していた。

帰宅すると、お母さんに手招きされた。なんだろうと思ってついて行くと、机の上にいくつかのリボンが置いてあった。

「モモちゃんにどうかと思って作ったの」

モモは大喜びで机の上に飛び乗った。

『わー！　これ頂いちゃっていいんですか!?　嬉しいです！』

僕はモモの首にリボンを結んでやった。

『可愛いの！　よく似合ってるの！』

アオが飛び跳ねて褒める。女の子組はオシャレが好きだよね。

「お母さんありがとう！　モモも喜んでるよ」

「良かったわ、可愛い家族が増えたから張り切っちゃったの」


その日の夜もベッドの中でおばあちゃんに今日の報告をする。

モモはとっても優秀で可愛い家族だよ。おばあちゃんにも会わせてあげたいな。

その日の夢はテスト勉強に追われる夢だった。

普段からちゃんと勉強しないからそうなるんだ。前世の僕を叱りとばしてやりたくなった。


目が覚めると、学園へ行く準備をする。

今日は全クラス合同の魔法学の講義だ。

みんなきっとシロを見てビックリするだろう。シロが大きくなって注目を浴びるのには慣れたけど、どんな騒ぎになるか少し怖い。

今日の僕にはダレルくんにモモの健康管理について聞くという目的がある。

三匹を連れて早めに学園に行くことにした。

『い～いおて～んきな～の、きょ～うはい～いひな～の』

アオの歌を聴きながら、シロに乗って学園へ行く。これからはこれが日常になるだろう。

モモはシロの頭に乗ってキョロキョロと辺りを見回している。まだ森から出たばかりで色々珍しいんだろう。

学園に着くと、思った通り注目を集めた。視線を無視して講堂に入る。

予習していたのだろう、テディーが前と同じ席に座っていた。

「おはよう、エリス。急に講堂が静まり返ったから何事かと思ったよ」

テディーは笑いながら周りを見回した。みんなシロを見て動揺しているのがわかる。先週までは小さかったからね。

僕はその中で苦笑しているダレルくんのところに行くと、モモを紹介した。

「またレア種!?　すごいね、エリスくん。レア種はなかなか人に懐かないって聞くのに」

そうなのか。僕がテイムした子達はみんな人懐っこいけどな。

ダレルくんにピンクラビットの健康管理法を聞いていると、クラスの子が集まってきた。口々にシロについて聞いてくる。コミュ力の高いレッドクラスの子やテイマーの子達も話に加わってきて、なかなか賑やかになった。

不意に僕は視線を感じた。振り返ると、前に授業で合わないウルフを強制テイムしていた子が僕を睨んでいた。僕、何かしたかな。今日は彼の隣にウルフはいない。

僕が首を傾げていると、ホワイトクラスのテイマーの子が気にするなと言ってきた。彼は従魔を連れてくることを学園に禁止されたらしい。それから合わない子の強制テイムについても学園に注意されたそうだ。今後は反省するまで任意テイムした子しか学園には連れてこられない決まりになったようだ。

それ以来テイマーの子はみんな彼に睨まれると困った様子だった。ホワイトは特にテイマーの子が多いのに大変だな。

「任意テイムじゃ弱い魔物しかテイムできないのが普通だろ？　エリスくんはレア種で能力の高い子ばっかり任意テイムしてるから、嫉妬してるんだよ」

そんなものなんだろうか。僕が任意テイムの仕方についてテイマーの子達と議論していると、やっぱり優秀なまじない師に縁結びのまじないをかけてもらって森を歩くしかないという結論になった。

でもそれは一人でできることではない。そもそも森が危険だからだ。ホワイトならテイマーが多いから休日みんなで森に入ってみたらどうかと提案する。テイマーの子達は楽しそうに計画を立てていた。みんな任意テイムに憧れていたらしい。

みんなの従魔はどうやってテイムしたのか聞いてみたら、テイマーのために魔物の生け捕りをしている商人から相性のいい子を買ったんだそうだ。そんな商人がいるのかと驚いた。見る限り彼らの従魔は幸せそうだ。強制テイムからでも仲良くなることはやっぱりできるんだろう。

授業の始まる時間になったので、席に戻る。いつものメンバーが既に揃っていた。

「エリスとシロ達、大人気だったわね」

ナディアが笑って僕達をからかった。僕としては友達が増えたので嬉しい限りだ。

「モモちゃん、授業の間こっちに来ませんか?」

グレイスが自身の前を指さして言う。授業中も可愛いもふもふを堪能したいんだろう。モモも嬉しそうにグレイスの前の机の上に陣取った。アオはシロの上に居座っている。お昼寝する気らしい。

授業が終わると、メルヴィンはまた机に突っ伏していた。この後皆で勉強会の予定なんだけど、頭がパンクしてしまわないだろうか。

みんなで連れ立って図書室に行こうとすると、例のウルフを強制テイムしていた子が話しかけてきた。

「お前の従魔を買い取りたい、いくら欲しい?」

僕は言っている意味がわからなかった。

「その白いウルフだけでいいんだ、他にも従魔がいるんだから良いだろう? 平民のお前が遊んで暮らせるだけの金は払うぞ」

彼は馬鹿にするように笑って言った。彼はどうやら貴族らしい。

「シロは家族だ。いくら出されても売ったりしないよ」

そう言うと彼は激高した。

「ふざけるな、僕が買い取るって言ってるんだ。お前は従えばいいんだよ」

そう言った時だった。彼の後ろに仮面の男の人が現れた。学園長だ。

「ディーンくん、君は私の言ったことがわからなかったようですね。このことは君の実家に報告して然るべき対応をさせてもらいます」

ディーンと呼ばれた彼は、青くなって学園長に謝罪した。

「君が謝罪するべきは私ではないでしょう。この学園では権力を笠に着た言動は禁止されています。しかも他人の従魔を無理やり買い取るなどとは非常識にもほどがあると思いますよ。さあ今日は帰りなさい。明日から一週間停学です。学園に来なくてよろしい」

ディーンは悔しそうに僕を睨んで帰っていった。あれは多分反省していない。

「ありがとうございます。学園長」

僕は学園長に頭を下げる。

「いえいえ、たまたま通りかかって良かったですよ。彼は王家の覚えもめでたい侯爵家の末っ子でね。彼に関してはこちらが対応しますので安心してください」

学園長は口元に笑みを浮かべて言った。

いったい学園長はどんな用事でここに来たんだろうか？

「そもそもこの学園で高位貴族の横暴が許されなくなったのはあなたの師である、大魔女ネリーのおかげですからね。今また昔のように身分が低い者が高い者に虐げられる学園に戻すわけにはいきません」

学園長の言葉に目を見張る。

「ふふ、私は当時学園生でしたが、痛快でしたよ。彼女はこの学園の女番長でした」

確か首謀者達一人一人と喧嘩して回ったんだっけ、伝記に書いてあったな。

「そんな彼女も、病には勝てなかったのですね。こんなに早く亡くなってしまうとは。あと三十年は生きると思ってました」

学園長はおばあちゃんと面識があったのか。話を聞いてみたくなったけど、なんだかあまりにも悲しそうで言葉に詰まってしまった。

「そうそう、今日は貴方の従魔を見せてもらいたくて来たのでした、エリスくん」

僕の従魔を？　どうしてだろう。

「特殊な進化をした変異種の子がいると聞きつけましてね。珍しいことですから一目見ておきたかったのですよ」

『はーい、僕です』

シロは学園長の元に行き体を擦り寄せた。

「この子ですか、見たところ色違いのジャイアントウルフのようですね。……人懐っこい子ですね。嫌われなくて良かったですよ」

シロは学園長が気に入ったらしい。尻尾をバタバタ振って甘えている。

「シロがすみません。普段はこんなにじゃないんですけど、学園長のことが好きみたいです」

学園長は仮面の奥で目を細めて笑った。

「嬉しいことですね。皆さんはこれから勉強会ですか？」

シロを撫でながら学園長が言う。

「はい、図書室に行くところでした」

シロの他にもアオとモモまで学園長の元に行って撫でてもらっている。学園長には従魔に好かれる何かがあるのだろうか。

「そうですか、図書室に関してわからないことがあればなんでも司書に聞くといいですよ。彼女は優秀ですから」

そう言うと、学園長は去っていった。

「びっくりした、でも学園長が来てくれて助かったね」

テディーが胸に手を当てて息を吐いた。

「従魔を売れとかふざけんなって話だもんな、危うく手が出そうになったぜ」

メルヴィンに殴られたら、彼はひとたまりもなかっただろう。

学園長が来てくれて良かった。

「彼は貴族の間でも問題児として有名ですから、きっと学園長がなんとかしてくれるはずです」

グレイスは一応貴族令嬢だ。家が放任主義らしく、あんまりそんな感じがしないけど。彼の噂を聞いているんだろう。

僕達はそのまま図書室に向かった。図書室の中には自習室があるらしいのでそこで勉強するんだ。

初めて来た図書室は凄いの一言だった。

塔のような形状に、円形の螺旋階段が設置されていて天高く伸びている。本棚には書籍がぎっしり詰まっていて、一体何冊あるんだろうという感じだ。

「あなた達、新入生？　目的はなにかしら」

司書さんが声をかけてくれた。見るからにお上りさんだったから、新入生なのは一目瞭然だったんだろう。

「勉強に自習室を使いたくて」

そう言うと複数人で使える自習室の場所を教えてくれた。

自習室に着くと早速勉強を始める。

「さてメルヴィン、わからないところはどこ？」

グレイスが集中力アップのまじないをかけ直してくれた。有難いことに、授業の前にいつもかけてくれているんだ。

『まじない師』は効力の弱いバフやデバフがかけられるジョブだ。

まじないの種類は多岐にわたる。魔法とはまた性質の違うものだ。

その証拠に、まじないを使っても魔法陣が出ることはない。ただ淡く光るだけだ。

市井のまじない師はまじない屋を営んでいたりして結構人気があるんだ。告白前に魅力値アップのまじないをかけてもらったりね。

グレイスの場合は魔力操作練度が高いのでより強力なまじないをかけられる。

自分も復習しながら皆で勉強を教え合う。シロとアオは寝ているが、モモはなんだか一緒に勉強しているみたいだ。

メルヴィンは魔法陣の暗記がとにかく苦手らしい。それでよく合格できたなと思う。

まあ、身体強化が得意なメルヴィンには無用の長物だろうけど、勉強しないとテストで悲惨な点数を取ることになる。そうしたら退学も有り得るんだ。

僕らはメルヴィンが魔法陣を覚えられる方法を考えた。とりあえずグレイスが記憶力アップのまじないをかける。

僕は前世で勉強に使っていた英単語カードのようなものはどうだろうと提案した。紙に一枚ずつ書いて束ねたものを持ち歩くんだ。

みんな乗り気で、帰りに文具屋に寄って行くことになった。

勉強と買い物を終えて、シロに乗って家路を急ぐ。つい時間を忘れてしまってもうすぐ夕食時だ。

その日の夜、ベッドでおばあちゃんに今日の出来事を報告する。

おばあちゃん、今日は学園長に会ったよ。おばあちゃんとはどんな関係だったのかな？

その日の夢は高校で皆と遊んでいる夢だった。

前世の僕は勉強嫌いだったんだろうか。

朝食の席でふと思い出して、昨日の従魔買い取りの話をすると兄さんとお父さんが本気でキレていた。学園長が対応してくれると言ったけど、家からも抗議するようだ。

貴族籍は与えられないとはいえ僕はラフィン伯爵家の養子だ。しかも大魔女のたった一人の弟子である。平民は言うことを聞けとか言われていい立場ではないらしい。

「今後このようなことがあったらすぐに私に相談してくれ」

お父さんは僕に念押しした。

彼はとりあえず一週間の停学処分になっていると言うと、生温いと怒っていた。

相手は侯爵家だから穏便にと思ったけど、家も貴族界隈では割と地位の高い家らしかった。知らなかった。追放された大魔女をかくまえるくらいの権力はあるらしい。

「困ったらすぐに家の名前を出していいからな」

お父さんは心配しきった顔で言う。

今度からお言葉に甘えることにしよう。


『う〜うう〜ら〜らら〜う〜ら〜』

今日のアオは歌詞が思いつかなかったらしい。ずっとハミングしていた。

リズムに合わせてシロが歩く。モモは左右に揺れていた。僕も揺れたくなってしまうが我慢した。

だってアオの歌は僕にしか聞こえていないから。こういう時皆にも従魔の声が聞こえたらなと思う。

クラスに着くとテディーがもういた。毎朝早く来て予習しているテディーは偉いと思う。

「おはよう！　よかった、シロの成長は落ち着いたね」

「おはよう！　そう？　それなら良かった」

テディーの鑑定で見たなら確かだろう。シロの成長は日増しにゆっくりになっているそうだ。

クラスのみんなとも挨拶して、席に着く。

グレイスが登校してくると真っ先にこちらにやって来た。

「おはようございます。今日もシロちゃん達は可愛いですね」

シロを思うがままモフモフして幸せそうだ。

「モモ、今日は勉強するの？」

『はい勉強楽しいです！　今日も楽しみです！』

僕はグレイスに言う。

「授業中モモを連れて行っていいよ。モモも前の席の方が見やすいだろうし」

モモは机の上に乗っても邪魔にならない大きさだ。グレイスもそちらの方が嬉しいだろう。

「いいんですか！　じゃあ連れて行きますね。モモちゃん一緒に勉強しましょうね！」

グレイスは大喜びだ。

ギャガン先生が教室に入ってくる。シロを見て固まっていた。

「なるほど、今年のトラブルメーカー枠はお前かエリス」

僕が何をしたと言うのか、酷い言われようだ。

「安心しろ、ブラックには毎年、無自覚にトラブルを起こしてくれる天才が必ずいるんだ。今年は非常に大人しくて逆に不気味だったが、安心した。お前なら校舎を破壊することもないだろう」

だから何があったんだよ歴代のブラック。楽しみだったはずのクラス対抗戦が不安になってきた。

「ところでグレイスはいつの間にテイマーになったんだ？」

先生がグレイスの席に居座っているモモを見て言う。

「すみません、僕の従魔のモモです。一緒に勉強したいと言うので、前の席の方がいいだろうと思って貸し出しました」

先生は従魔が勉強……？　と呟くとため息をついた。

「まあいい。モモと言ったか。俺の授業は厳しいぞ。ちゃんと聞くように」

モモはミっと鳴くと前足を上げた。先生はこういうところが優しいと思う。ピンクラビットにもちゃんと授業を受けさせてくれるんだから。

「ピンクラビットはこんなに頭のいい生き物だったか？　まさかお前も変異種か」

そう言った先生にモモがシールド魔法を披露する。先生は無言で僕を見た。

「なんでかレア種ばっかり集まってくるんですっ！」

僕は悪くないはずだ。先生は再びため息をついた。

「まあエリスだからな、校舎さえ壊さないならいい。授業を始めるぞ」

クラスの子達は今のやり取りに笑っていた。テディーなんて腹を抱えている。

僕としては非常に遺憾だ。僕だからという理由で片付けるのはやめて欲しい。まるで問題児みたいじゃないか。

授業は一般教養なので退屈だった。妖精の里やエルフの里の話になるとファンタジー感にテンションが上がったが、それだけだ。

ノートをキレイに書くことに集中していたら、あっという間に授業が終わって、僕は背伸びをした。

今日も放課後勉強会のためにナディアとメルヴィンと合流して図書室に行く。

そこでナディアが言った。

「ねえ、みんなにお願いがあるの」

ナディアがお願いなんて珍しいな。

「今孤児院にテイマーの子が二人いてね。でもまだ何もテイムできていないの。商人から従魔を買おうにも、あれって高いからさすがに厳しくて。従魔探しのために冒険に同行させたいんだけど、駄目かしら？」

そういうことなら断る理由なんてない。みんな二つ返事で了承した。

「ありがとう、明後日連れて行くわね！」

ナディアは嬉しそうだ。

明後日の冒険は、きっと賑やかになるだろう。


冒険の日の朝、ナディアが連れてきたのは十歳くらいの男の子と女の子だった。

ナサニエルくんとジーナちゃんというらしい。

「今日はよろしくお願いします」

「よろしくお願いします」

二人ともとても礼儀正しい子だった。

「何かテイムしたい魔物はいる？」

希望があるならその魔物が棲息しているところまで行かなくてはならない。

ナサニエルくんは言った。

「できればウルフ系がいいんです。俺、手紙の配達のバイトしてて、それを手伝ってくれる子が良くて」

ウルフは賢いので比較的任意テイムが簡単だ。こちらが敵意を持っていないとわかると襲ってはこない。

「私はピンクラビットがいいんです。女性向けの雑貨屋で働いてるので、可愛い子がよくて」

ジーナちゃんは意外な返答をしてきた。看板娘ならぬ看板ラビットが欲しいなんて面白いな。

ピンクラビットは弱いから任意テイムがかなり簡単だ。割と自分の方からテイマーに寄ってきてくれる。

でも臆病なので、このメンツが揃っている中出てきてくれるか心配だ。少し離れたところから見守るか。

僕達は転移ポータルでいつもの森に行った。ちなみに二人とも一応冒険者登録もしているらしい。仕事が休みの日に小銭を稼ぎに行くみたいだ。僕達と歳も変わらないのに大変だな。

グレイスが縁結びのまじないをかける。その後はシロにウルフの棲息地を探してもらった。ウルフの匂いが濃い場所に行くと、遠目にウルフを見つけた。シロが敵意はないと訴える。

すると何頭かのウルフがこちらに寄ってきた。ナサニエルくんが前に出ると、匂いを嗅いでいる。一頭のウルフがお座りをしてナサニエルくんを見つめている。

『テイムしてもいいって！』

シロが通訳してくれる。ナサニエルくんは緊張した面持ちで魔法陣を描く。するとウルフの額が光った。

「名前はライ」

テイム完了だ。

「すごい、手が勝手に動いた！」

ナサニエルくんは驚いている。ライはナサニエルくんに挨拶をしているようだ。相性のいい子が見つかってよかったね。

さて次はピンクラビットである。シロにまた匂いを辿ってもらってピンクラビットを探す。森の浅いところに戻ってきてしまった。

途中出てきたゴブリンやボアなどを魔法で狩りながら探していたら、ナサニエルくんに凄いと感動された。

魔法使い単体で獲物を狩るのは確かに珍しいからね。僕は逃げようとしたところを風の魔法で切り裂いている。

やがてピンクラビットの巣の近くにやってきたようだ。

近づいたら慌てて逃げようとするピンクラビットをモモが止めてくれた。ジーナちゃんが前に出てピンクラビットと見つめ合う。

相性のいい子がいたようで、ゆっくりと近づいてきた。

ジーナちゃんが杖を取りだして魔法陣を描く。

「名前はラビ」

こちらも上手くいったようだ。思ったより早く目的を達成してしまった。シロ達が説得してくれたお陰だろう。

うん、任意テイムには既に従魔と契約しているテイマーについてきてもらうのが簡単でいいのかもしれない。今度ホワイトクラスの子達に教えてあげよう。

二人はテイムできたことを喜んでいた。僕達は折角なので少し狩りをしてからギルドに戻る。

ナサニエルくんもジーナちゃんも、今日の狩りの取り分は全てこちらのものにしていいと約束している。タダではさすがに悪いと思ったそうだ。しっかりした子達だな。

そのまま二人の従魔登録まで見届けようとテイマーギルドに向かっていると、ギルドの前に豪華な魔法車が止まっていた。嫌な予感がする。魔法車は滅茶苦茶高い。つまり乗っているのは裕福な商人か貴族だ。僕らは少し時間をずらして行こうかと話し合う。

その時だった。もういいという子供の怒鳴り声と共にギルドからディーンくんが出てきた。ディーンくんは幸いこちらには気づかなかったようで車に乗って行ってしまう。

僕らは顔を見合わせながらテイマーギルドに入った。

受付のお姉さんに何があったのか聞いてみる。

「それが、ギルドは魔物を売る商人の斡旋もしているのですが、斡旋した商人から買った従魔が言うことを聞かないと抗議されまして……それはこちらでは補償しかねると言ったら、ジャイアントウルフを扱っている商人を紹介しろと言われまして……そんなのいるわけありませんのに」

ジャイアントウルフは強い。それこそ生け捕りなんて命懸けだ。テイムするにも、相性が良くても攻撃されることがあるくらいには大変だ。そんな危険な橋を渡る商人なんていないだろう。

気を取り直して僕達は従魔登録をした。

二人はテイマーカードを大事に首から下げていた。

今日は手伝いができて良かったな。きっと二人なら従魔を大切にするだろう。

ナサニエルくんとジーナちゃんの初テイムから二日後、僕達はまた冒険者ギルドにやって来ていた。

『きょ〜うの依頼はな〜にかな〜』

アオが楽しそうに歌っている。シロとモモはグレイスに撫でられていた。

「今日はゴブリン以外にしましょうか」

ナディアが依頼掲示板を見て、良さそうなものを見繕っている。

そこにメルヴィンも加わって依頼を吟味し始めた。

「よし、今日は畑を荒らすボアの討伐依頼だ。できるだけたくさん狩ればいいみたいだし、シロがいる俺らには丁度いいだろう」

『わかった！　ボアをたくさん探せばいいんだね！』

シロはシッポを振ってやる気十分だ。そんなシロをメルヴィンが撫でる。

「頼んだぞシロ！」

僕達はまた転移ポータルで目的地の近くに転移する。

なんだか視線を感じた気がするが、最近人に見られることが多かったので気にしなかった。

ポータルで転移した後、目的地まで少し歩く。このそばに小さな町があるらしく、その周囲のボアを狩ればいいそうだ。

町に着いて町長の家に行くと、まだ小さいのに大丈夫かと心配されてしまった。だがシロを見てこれなら大丈夫かと思ったようで、やっと送り出してくれた。

「最近はシロ様様だね」

テディーはシロを撫でて、褒める。シロは上機嫌でボアを探し始めた。次々見つけたボアを狩ってゆく。十匹以上狩った頃、それは起こった。

人間の気配がすると思ったら、突然煙玉のようなものが投げ込まれ、僕達は思いっきりそれを吸い込んでしまう。

意識が消えかけた時、アオの声が聞こえた。

『危ないの！　睡眠薬なの！』

アオが急いで状態異常を消す魔法をかけてくれる。僕は風魔法で周囲の煙を飛ばした。

この即効性は普通のものじゃない。違法魔法薬だ。軍などでしか使う許可が下りない、巨大な魔物に対して使うものだ。

シロとメルヴィンが煙玉が投げ込まれた方向に向かって走る。そこには数人の冒険者がいた。

シロとメルヴィンは彼らを昏倒させる。男達は話が違うと喚いていたが全て無視して捕まえてゆく。

しばらく呆然としていたテディーは、ハッとして縄を取り出すと男達を縛った。杖を取り上げておくのも忘れない。

僕は男達の荷物を漁った。すると契約書を見つけた。シロを攫ってこいという契約だ。書かれていた名前はディーン・スティルス。シロを買わせろと言ってきた子だ。

「なんでこういう違法な契約書に本名書いちゃうかな？　馬鹿なのかな？」

テディーが呆れたように言う。

「こんなものどこで入手したんだろう、軍でしか使われていないはずなのに」

僕は煙玉の残骸を拾って確かめた。間違いない、民間人は使えないものだ。おばあちゃんの元に制作依頼がきたことがある。

「スティルス家は軍部を取り仕切っている家です。もしかしたら侯爵も関わっているのかもしれません」

怯えていたグレイスがモモを撫でながら言う。

「アオがいてくれて本当に良かったわ、じゃないとシロが攫われていたでしょう」

ナディアがアオを褒めると、アオは得意そうにしていた。

『私に薬なんて効かないの！』

僕達は町の人達に頼んで彼らを運んでもらうと、冒険者ギルドに戻った。急いでお父さんに連絡を取って来てもらう。街の警備隊に渡したらもみ消される可能性があると思ったんだ。

お父さんは証拠を確認すると、男達を連れていった。

後は大人達に任せろと言われてしまった。

僕は少し反省した。珍しい従魔は狙われる危険もあるんだ。小さくて攫いやすいアオとモモじゃなくて、シロを狙ってくるのは予想外だったけどもっと気をつけなきゃいけなかった。

その後はまた町に戻り、途中だったボア狩りを再開する。

町長さんが、あんなことがあった後にと心配していたけど、みんな気分転換もしたかったから強行した。

メルヴィンは相当腹に据えかねたのだろう。怒濤の勢いでボアを狩っている。

途中テディーが見つけた価値の高い植物も集めて、かなりの重量だ。

魔法道具のバッグがいっぱいになるまで狩りをして、町に戻った。

狩った数を町長に報告すると、町長はこれでしばらくは大丈夫だと嬉しそうだった。

冒険者ギルドに戻ると、受付のお姉さんにまで心配されていた。珍しい従魔を狙った犯行が最近増えていたらしい。十分気をつけるようにと念を押された。

依頼の成功報酬を受け取って、ボアを換金すると、かなりの値段になった。ボア肉は美味しいから人気で、高めの買い取りをしてくれる。今日の収入も申し分無い。

僕達は喜んで、ボアを見つけてくれたシロを撫でた。シロも嬉しそうだ。

家に帰ると、みんな僕とシロを心配していた。

お父さんは今回の件で忙しく動き回っているようで、家にはいなかった。

ディーンくんは今回、さすがに罪に問われることになるだろう。証拠がはっきり残っているのだから。

おばあちゃん、今日は大変だったんだよ。人の従魔を手に入れたって懐くわけじゃないのに、どうしてシロに拘ったんだろう。珍しいからかな？

なんだかそれだけじゃないような気がして僕は不安になった。

しばらくは周りを警戒しようと思う。

五章　秘密基地と妖精の里

シロ誘拐未遂事件から数日後。なんとスティルス侯爵家は伯爵家に降格させられたらしい。ディーンくんが冒険者に渡した睡眠を誘発する煙玉は、侯爵が強い従魔が欲しいと言うディーンくんにこっそりあげたものだったそうだ。

さらに捜査が行われた結果、侯爵はかなりの数の魔物を収集し、飼育していたことがわかった。その中には飼育が認められていない危険な魔物も多くいたそうだ。

さらに誘拐された従魔と思われる、従魔の文様入りのレアな魔物も発見されたようで、侯爵は投獄されることとなった。

ディーンくんは父親を見て同じことをしようと思ったのだろうか。父親のコレクションの中にジャイアントウルフはいなかったようだから、収集したかったのかもしれない。

ディーンくんは結局学園を退学になって子供用の更生施設に送られることになったみたいだ。

伯爵家に降格させられたスティルス家は親族が継ぐことになるようだ。しばらくは社交界で肩身の狭い思いをするのだろう。

その他に、侯爵と交流していた魔物愛好家が何人か違法な魔物の飼育で捕まったらしい。

誘拐された従魔は無事テイマーの元へ返還されたようだ。良かった。

最近増えていたレア従魔誘拐事件は彼らの仕業だったようだから、僕達はお手柄だと褒められた。

狙われたのを撃退しただけで褒められるようなことはしてないと思うんだけどな。それでも助かった従魔がいることは良いことだ。

『従魔を誘拐なんて許せないの！　最低なヤツらなの！』

アオが怒って飛び跳ねている。

『子供は親を見て育つと言いますからね、あの子は侯爵と同じことがしたかったんでしょう』

モモが冷静に分析している。確かにディーンくんは甘やかされて育った子らしいから、父親の真似をしたかったのかもしれない。それが犯罪だとは知らなかったのかな。

そしてなんとお父さんは、貴族の犯罪を暴いたとして王様直々に報奨を貰えることになったそうだ。

僕の功績を奪うようで悪いと言われたけど、実際調査したのはお父さんだからお父さんの功績で間違いないと思う。

学園でこの話をするとみんな驚いていた。

「これもある意味良縁だったんじゃない？」

テディーが不思議なことを言う。

「だって今回シロが狙われなかったら、ずっと犯人は捕まらなかったわけでしょ？　エリスに関わったから犯罪者が粛清されたのかなって。大魔女様が従魔達を助けるために引き寄せてくれた縁かもよ」

僕はそうだったらいいなと思った。おばあちゃんはとても正義感に溢れた人だったから、死んだ後も従魔達を助けたかったのかもしれない。

うん、きっとそうだ。

「だとしたらエリスはこの先も色んなことに巻き込まれ続けるかもね」

ナディアは不安そうだ。メルヴィンが満面の笑みで言う。

「そうなったら今回みたいに俺も戦ってやるよ！」

なんて心強いんだろう。メルヴィンに頭を撫でられて僕は嬉しかった。

『僕も戦うよ！　大きくなったから絶対負けないもんね！』

そうだ僕にはシロ達もいる。僕はとても恵まれているんだ。全部おばあちゃんのお陰なんだから、おばあちゃんみたいに、悪いやつはみんな捕まえてやる。

グレイスが僕の決意を聞いて笑ってくれた。

「弟子のエリスが大魔女様の意志を受け継ぐんですね。素敵です」

僕はおばあちゃんみたいにカッコよくなれるだろうか。なれるといいな。おばあちゃんみたいな派手な喧嘩は苦手だけど、きっと色々なやり方があるよね。

「じゃあゴタゴタも片付いたところで、面白い話を聞いたんだ」

メルヴィンが楽しそうに話し出した。

「旧校舎の七不思議って知ってるか？」

僕達はみんな初耳だった。レッドの子が上級生から聞いた話らしい。

「一つ目は動く絵画。二つ目はトイレの亡霊。三つ目は階段の姿見。四つ目は屋上の魔法陣、五つ目は動く剝製。六つ目は音楽室の呪われたピアノ。七つ目は人が消える図書室だって」

なんだか楽しそうだ。みんな乗り気になって聞いている。

「一つ目は学園長室にある、この学園の初代マルダー学園長の肖像画に近づくと肖像画が動いて睨まれるんだ。見たことがある人は極わずかで、見たら不幸が降りかかると言われてるんだってさ」

これはぜひ確かめてみたい、僕はワクワクしていた。

「なあ、みんなで本当かどうか確かめてみないか？」

『とっても面白そうなの！　確かめるの！』

メルヴィンの言葉にアオが乗り気だ。ビョンビョン飛び跳ねて賛同の意を示している。

「確かに面白そう！　他にも何かありそうだし、忍び込んじゃおうか、旧校舎」

真面目なテディーにしては珍しく楽しそうだ。

「みんな行くなら私も行くわ」

ナディアがグレイスを慰めながら言う。

「置いていかないでください！　私も行きます」

グレイスは怖がっているみたいだが、置いていかれるのは嫌らしい。結局全員で旧校舎探索をすることになった。

一応旧校舎は理由もなしに入るのは禁止されているんだけど、きっと大丈夫だよね。

授業が終わった後、僕達は旧校舎に向かった。旧校舎は学園の敷地の端にある。この学園にまだ普通科と魔法科があった頃に使っていた校舎らしい。しかし、五十年以上前からもう使われていないようだ。

廃墟のような場所を想像していた僕は、中の綺麗さに驚いた。古いのは古いんだけど、今でも定期的に掃除されていそうだ。

「なんか幽霊が出そうな感じじゃないですね」

先程までは怖がっていたグレイスも、落ち着いたみたいだ。

「マジか、ハズレかな？　面白そうだと思ったんだけどな」

メルヴィンは残念そうだ。ナディアがメルヴィンの肩を叩いて言う。

「せっかく来たんだし、一応見に行ってみましょうか？」

僕達は校内図を見て、学園長室に向かった。

『おっばけな〜んて〜やっつけて〜や〜るの〜』

アオが歌うので緊張感もなにも無い。僕らは怯えることなく学園長室に向かった。

扉を開けると、中にはほとんど何もなかった。今は使われていないのだから当然か。

「あった、これだろ初代学園長の肖像画」

メルヴィンが指さしたのは年季の入った額に飾られた肖像画だった。初代マルダーと書かれたその肖像画の人物は、今の学園長とは違う仮面をつけていた。

全員でまじまじとその肖像画を見ていると、ギョロリと仮面越しの目が動く。

「ひっ……！」

グレイスがナディアの後ろに隠れる。僕は驚いて呼吸が止まるかと思った。

『お化けなの！　成敗するの！』

アオが飛び跳ねて肖像画のところまで行く。

「待った！　違うよ、これ、魔法道具だ！」

テディーが叫ぶと近くにあったテーブルに乗って肖像画を取り外す。鑑定で見たのだろう。僕達は魔法道具だと聞いて落ち着いた。

額を外すと確かに、幻術の魔法の魔法陣が彫られた魔法道具だった。

「誰だこんな悪趣味なもん作ったやつ」

魔法陣のそばに製作者の印が彫られている。名前はネリー・クーリエ。……おばあちゃんだ。

「なんか、ゴメン……」

僕は思わず謝ってしまった。なんでこんなもの作ったんだよ、おばあちゃん。

グレイスは大魔女の作品と知って興奮している。

『エリスのおばあちゃんはユーモアのある人だったんですね』

モモがフォローしてくれたけど、僕らは呆れてしまった。

「一応他の怪談も調べるか」

次はトイレの亡霊だ。一人で一階の男子トイレの一番奥の個室に入っていると、勝手に水が流れたり不気味な笑い声が聞こえたりドアが開かなくなったりするらしい。

代表してテディーが個室に入ってみる。鍵をかけてしばらくすると、水が流れる音が聞こえた。

グレイスがまた驚いて飛び跳ねていた。

次にケタケタ笑う声が聞こえてきた。テディーが鍵を開けて外に出ようとすると開かないらしくどうなってんのこれと慌てていた。テディーが慌てるってことは魔法道具ではないのだろうか？

ちょっと怖くなってきた。

ケタケタと笑う声が鎮まると、半泣きのテディーが扉から出てきた。

「僕の鑑定が利かないんだけど！　なんで!?　こんなこと初めてだよ」

テディーの言葉にグレイスが真っ青になっている。

「ちょっと待って、絶対タネがあるはずだ。幽霊なんているもんか！」

テディーはムキになってタネを探し始める。するとトイレの上の方、換気口のところに何かの箱を見つけた。

「あったこれだ！　高度な鑑定阻害がかけられてる！　なんでいたずらにこんな高度な魔法陣使うんだよ！」

テディーはかなり怒っていた。製作者を見るとまたネリー・クーリエと書いてある。

僕は頭を抱えた。

「こりゃ次の姿見も魔法道具かな？」

メルヴィンが残念そうに言う。アオもすっかりテンションが下がってしまったようだ。

グレイスはまたおばあちゃん作の魔法道具に興奮していた。さっきまで真っ青だったのに忙しいな。


次の姿見は十年後の自分が映るというものらしい。

これは魔法道具だとしても期待できるんじゃないだろうか。

僕らは十年後の自分はどんなだろうと話しながら階段の姿見へ向かう。

メルヴィンが駆け出して真っ先に自分の姿を映す。

そこに映っていたのは、大きくなって激太りしたメルヴィンの姿だった。

僕らは腹を抱えて笑ってしまう。

「これは……あり得ないけど面白いわ」

ナディアがツボにはまったらしく大笑いしている。メルヴィン自身もこれはねーわと笑っていた。

僕も姿見に姿を映してみる。僕は鏡に映りきらないくらいノッポになっていた。

「こんなに大きくはなりたくないな」

みんな楽しくなって順番に鏡に姿を映す。テディーは手足だけが伸びていて、ナディアは白髪の老婆になっていた。

グレイスが嬉々として鏡の前に立つと、そこに何も映らなかった。

「死んでるってことですか!?　縁起でもない！」

グレイスは怒っていた。

みんなで鏡の製作者を確かめる。やっぱりおばあちゃんだ。

次は屋上の魔法陣だ。これはドラゴンを呼べる魔法陣らしい。本当だったら大変だけど、そんな魔法陣は存在しないはずだ。

何が起きるんだろうと僕らは楽しみだった。

屋上に上がると、大きな魔法陣が描いてあった。細かすぎて難しかったけど、僕はその魔法陣通りに魔法を紡いでみる。

すると、巨大なドラゴンの幻影が現れて、僕らに問うた。

「力が欲しいか？」

テディーが即決ではいと答える。

「ならば授けよう！」

ドラゴンが咆哮すると、僕らの両手が光り輝いた。

そしてドラゴンの幻影は消えてゆく。

え？　これだけ？

幻影が消えてもまだ僕らの両手は光り輝いている。僕達はなんだかおもしろくなって笑ってしまった。

テディーが『シャイニーアタック！』と叫んでメルヴィンの背中を叩く。

当然何か力が宿っているわけもなく、ちょっと痛いくらいで何も起こらない。

僕らはそれぞれ技名を叫んでメルヴィンを集中攻撃した。

「ちょ、お前らやめろ！」

一通り遊ぶと光は消えてしまった。なんだかとてもおかしくて笑いが止まらない。

魔法陣のそばにあった署名を確かめると、やっぱりおばあちゃんだった。

なんでこんなの作ったんだろう。


次は動く剝製だ。僕らはもう怖がることもなく実験室に向かう。

実験室に行くと、そこにあった剝製達が動き出した。
一、二、三、四、五……多いな！
十数体もの剝製が、一糸乱れぬ動きで踊りだす。

これは怖いかもしれない。

製作者を確かめようと一体の剝製を捕まえると、全員動きを止めてこちらを見つめてくる。

これは怖い。

急いで製作者を確かめると、やっぱりおばあちゃんだった。これは悪趣味だよ、おばあちゃん。

捕まえた剝製を戻してやると、また一斉に踊りだした。

グレイスが気味悪そうに扉のそばで小さくなっていた。

これは夢に見そうだもんな。

「よし、次は音楽室のピアノだな。なんでもここで自殺した女生徒が恨みをこめてピアノを弾いているらしいぞ」

メルヴィンの言葉に、僕達は今度は足取りも軽く音楽室に向かった。

音楽室に近づくと、確かにピアノの音が聞こえる。グレイスはまた緊張しているようだ。

『今度こそお化けなの！　成敗するの！』

アオはどうやってお化けを倒す気なんだろう。何でか自信満々で飛び跳ねていた。

「どうせ今回も魔法道具だろ」

メルヴィンが音楽室の扉を勢いよく開ける。

すると、中を見て固まった。

メルヴィンの後ろから音楽室を覗くと、僕も固まってしまった。……学園長がいたからだ。

「おやおや、皆さんこんなところになんの用ですか？　ここは立ち入り禁止ですよ」

ピアノの椅子に腰掛けたまま学園長が言う。ピアノを弾いていたのは学園長だったらしい。

「ごめんなさい！」

学園長の言葉に我に返った僕達はとりあえず全力で謝った。

旧校舎にいる理由を話すと、学園長は腹を抱えて笑いだした。

「君達はあの魔法道具に引っかかったんですね！　数十年越しに弟子が引っかかったと、ネリーが知ったら大笑いするでしょうね！」

確かにおばあちゃんならそうだろう。僕はその光景が見えるようだった。

「あの魔法道具達は暇つぶしにネリーが作った玩具ですよ。この旧校舎は学生時代のネリーのアジトのようなものでしたからね。他にも色々な仕掛けがあります」

他にもあるのか、こんな子供だましが。

「じゃあ旧校舎の怪談は全部嘘なんですね、良かったです」

グレイスの言葉に、学園長は悲しげに笑った。

「それが全て嘘というわけでもないのですよ」

指先でピアノを撫でながら、学園長は言った。

「少なくとも自殺した女生徒がいたことと、彼女がいつもこのピアノを弾いていたのは本当です。あれが全ての始まりでした」

僕達は息を飲んで学園長の話を聞いた。伝記に確かに書いてあった、おばあちゃんが学園の貴族相手に戦争を始めたのは、一人の女生徒の死がきっかけだったと。それが自殺したという彼女なんだろうか。

「この旧校舎は元々、かつての貴族の親玉がサロン代わりに使っていたんです。彼女は下級貴族の娘でしたが、下僕のように扱われ虐げられていました。そしてとうとう自害してしまったのです。それからです。ネリーが上位貴族相手に戦うようになったのは」

そこまで言うと、学園長は話を変えた。

「せっかくですから、最後の怪談の種明かしをしましょうか。図書室に行きましょう」

そう言って学園長は歩き出した。僕らは黙って学園長について行った。

学園長について図書室に着くと、学園長は扉を閉めた。

そして一番奥の本棚の所まで行くと、ある本を順番に強く押した。するとガタンと大きな音が鳴り、横にあった壁が開いた。

『隠し部屋なの！』

アオが興奮した様子で飛び跳ねている。僕らは驚いて口を開けていた。

「これは学生時代にネリーがふざけて作った隠し部屋です。私達は秘密基地と呼んでいました。当時この校舎にはまだ少し人の出入りがありましたから、誰にも咎められることなくふざけられる場所が欲しかったんです。学生時代のネリーが置いていったものも残っていますから、弟子であるエリスくんが受け取るのがいいでしょう」

そこは小さな部屋だった。十人も入ったらいっぱいになってしまうくらい狭くて、いかにも秘密基地といった感じだ。

そこには魔法道具がたくさんあった。魔法道具だけじゃない、テストやノート、当時学生だったおばあちゃん達の痕跡が至る所に残されていた。おばあちゃんも僕のように学園に通っていたと考えると少し変な感じがしたけど、確かにおばあちゃんはここにいたんだ。

僕は少し涙が出そうになった。

「そろそろこの部屋を整理しなければと思っていたのです。ネリーがいた頃から怪談として噂になっていましたしね。……それにしてもまだあの当時の噂を知っている人が残っていたんですね。きっと卒業生のご家族から聞いたのでしょう」

学園長は懐かしげに部屋を見回しながら言った。

「よければあなた達の秘密基地にしたらどうですか？　荷物は私と他のメンバーのものは外に出しますから、ネリーのものはエリスくんが自由にしてください」

予想外の提案に、僕達は驚いた。

「いいんですか？　そんなこと許可して」

真面目なナディアがそう言うと、学園長は笑った。

「私が把握さえしていれば問題ありません。でも、他の生徒には内緒ですよ。なんだか君達を見ていると、昔の私達を思い出すのです。折角ですから有効活用してください。卒業する時には、ちゃんと片付けてくださいね」

僕達は大喜びで学園長にお礼を言った。秘密基地、最高に楽しそうな響きだ。荷物を片付けたらシロもギリギリ入れるし、勉強するのにも丁度いい。

僕達は部屋から荷物を運び出すのを手伝った。

荷物には伝記でおばあちゃんと一緒に行動していたという人達の名前が書いてあったりして、あの話は本当だったのかなと、少し気になった。学園長に聞けばいいのだろうけど、僕はなんだか聞いてはいけないような気がしていた。伝記の中には、学園長らしき人物が一切出てこないんだ。

そもそも学園長のマルダーという名前も、この学園の伝統で、代々の学園長に受け継がれるものだ。

仮面をつける風習も、また同じだ。

僕は学園長の本当の名前も知らない。そして学園長も、昔の思い出話はしても、自分のことは一切口にしなかった。

僕はもしかしたら、あの伝記の著者こそが学園長なのではないかと思った。これだけおばあちゃんと親しかったならあり得ると思う。

僕は意を決して聞いてみることにした。

「学園長は、おばあちゃんの……」

途中で指先で口を塞がれる。

「その質問の答えは、エリスくんが自分で見つけてください。何事もすぐにわかってしまっては面白くないでしょう？　ネリーが何を考え、どんな人と、何を試してきたのか。ヒントはたくさんあるはずです。ネリーもきっと、エリスくんが自分の意思で足跡を辿ることを望むでしょう」

なんだか僕はワクワクした。自分のことは大魔女であること以外、何も教えてくれなかったおばあちゃん。僕がおばあちゃんの謎を追ったら、どんな顔をするだろう。きっと仕方のない子だと笑ってくれると思う。

時間がある時に、おばあちゃんが巡った場所を訪ねてみよう。そうしたらおばあちゃんのことがよくわかるはずだ。

僕は学園長に頷いた。学園長は優しげに微笑んでいる。その笑みは、なんだかおばあちゃんに少し似ているような気がした。

学園長と別れて、秘密基地に残った僕達は、残された魔法道具の多さに呆然としていた。魔法のカバンにいれて持って帰るしかない気がする。

そのほとんどはおばあちゃんが暇つぶしに作ったガラクタだと言うから驚きだった。おばあちゃんはものを溜め込まない人だと思っていたのに。

「ガラクタって言うけど、結構使えそうなものもあるよ。この目覚まし時計とか、無駄に高性能だし」

鑑定したテディーが言う。僕達はまずテディーの鑑定に頼って、使えるものと使えないものに分けることにした。

結果ガラクタと玩具が九割だったけど、面白そうなものもちゃんとあった。僕はとりあえず両方持って帰ることにした。

テディー曰く、おばあちゃんの熱狂的なファンは多く、大魔女作というだけでガラクタでも買う人は多くいるのだそうだ。

今は売るつもりはないけど、もしもの時のために取っておこうと思う。

綺麗になった秘密基地は、思っていたよりも少し広かった。テーブルと椅子もあるし、明日からここで勉強会ができるだろう。

おばあちゃん、今日はおばあちゃん達の秘密基地を引き継いだよ。

学園長はおばあちゃんにとってどんな人だったのかな？


放課後に秘密基地で勉強をするのが僕らの日課になった。秘密基地で過ごすのに違和感がなくなった頃、休憩時間にナディアが言った。

「今度教会でバザーがあるの、孤児院のみんなもそれぞれ出店することになったんだけど、何を作ろうか迷ってて」

バザーなんて楽しそうだな、クッキーとか刺繍がされたハンカチとか手作りのものが売られていると聞いている。

「素敵ですね！　やっぱり簡単にたくさん作れるものがいいですよね……」

グレイスが真剣に悩んでいる。

教会のバザーは貴族なんかもやってきて、孤児達がやっているお店で買い物してくれたりするんだ。孤児院と教会が連携してやる商売で、孤児院の子達にとっては貴重な収入源だ。貴族にとっては慈善事業の一環だった。

「毎年クッキーとかばかりじゃ芸がないかと思ってね。何か面白いものがないかみんなで探してるのよ」

面白いもので一つ思い出したことがある。昔おばあちゃんにされたイタズラだ。

「声が変わる魔法薬のキャンディーとかどう？」

僕が言うと、テディーが心配そうに言った。

「それ、犯罪者とかに悪用されない？」

どうやら勘違いされたらしい。僕が言う声が変わるは、前世のヘリウムガスを吸ったようになるということだ。

僕が説明するとみんな興味を持ったようだった。

「でもそれ、大魔女様のレシピなんでしょ？　さすがに勝手に売るのはまずいんじゃない」

ナディアは心配そうだが、これに関してはおばあちゃんは好きに使えと言っていた。僕が孤児院にレシピを寄付してもなんの問題もない。むしろおばあちゃんのことだから積極的に寄付するだろう。

僕がそう言うとナディアはホッとしたようだ。これなら孤児院の子供達でも簡単な魔法が使えれば作れるし、丁度いいだろう。

「子供向けの商品だけど、大魔女様考案って言えば興味を持って買っていく人も多いだろうね」

確かにおばあちゃんの名前を出せば効果は絶大だろう。それで孤児達の懐が潤うなら、おばあちゃんのことだから反対なんてしないだろう。

「本当にいいのかしら？」

ナディアが心配そうに聞いてくる。僕は大きく頷いた。

次の日孤児院に集まって、魔法薬のキャンディー作りを伝授する。

作り方は普通のキャンディーとほぼ同じだ、違うのは触媒を加えて魔法をかけるだけである。触媒となるのはそこら辺にたくさん生えている薬草だった。とても安上がりなキャンディーなんだ。

先日会ったナサニエルくんとジーナちゃんが興味深そうに鍋を覗き込んでいる。メルヴィンは小さい子供達に剣を教えてとせがまれたので不在だった。シロも子供達に大人気で外で遊んでいる。

「本当に簡単にできるのね」

キャンディーを作って仕上げに魔法を掛けると、ナディアが感心していた。試食会をすると、予想以上にみんな面白がってくれた。

「これ絶対売れるよ、子供へのお土産にどうですかって薦めるのがいいと思う」

テディーが変わった声のまま真面目に言うのが面白くて、また笑ってしまった。笑っても声が高くなっているから面白い。

確かに大人にはウケないだろうけど、子供には丁度いいおもちゃだ。

折角なのでバザーには僕らも参加させてもらって、大量に売ろうという話になった。孤児院の院長先生の許可を取ると、バザーでたくさん売る作戦を考えた。

『たくさん売るの！　手伝うの！』

アオが飛び跳ねて看板スライムになると訴える。

『私も微力ながらお手伝いしますね』

モモも売り子をしてくれるようだ。シロもきっと参加してくれるだろう。

僕達は普通に売る班と、常時キャンディーを舐めて宣伝する班にわかれることにした。

僕はキャンディー班だ、バザー当日が楽しみだった。


バザーは僕が思っていたよりも大規模なものだった。教会が場所を貸して、近所の住民や商人も参加するらしい。

孤児院の子達の店はメインストリートに出るらしく。立地としては最高だ。

さて問題はキャンディーをどれくらい作っていくらで売るかだ。

バザーは二日間行われる。キャンディーは数時間もあれば作れるので、とりあえず大量に作って、足りなければ作り足す方法で良いだろう。

他の子供達の作品も売れるように、お客さんに声かけすれば尚良しだ。

値段は原価の十倍くらいで、ちょっと高めに設定した。一応魔法薬だし、原価がそもそも安いので、十倍に設定しても十分安かった。

これが売れたらかなり儲かると、みんな気合いが入っている。


おばあちゃん、おばあちゃんのレシピで店を出します。たくさん売れるといいな。

その日見た夢は、前世の僕がヘリウムガスで愛犬のポメラニアンを驚かせる夢だった。

いい歳して何してるんだろう、前世の僕。

バザーの前日、僕達は孤児院の子供達と協力して魔法のキャンディーを量産していた。

出来上がったキャンディーを小さな袋に詰める。ひと袋五個入りで銅貨五枚という手頃な値段だ。銅貨五枚は前世だと五百円くらいかな。

キャンディー本体よりラッピングの方がお金がかかっている気がするのは、まあ仕方がないか。

魔法をかけるのはナディアを中心とした魔法が得意な孤児院のメンバーだ。

今回、魔法をかけるのは孤児院の子供達に任せている。簡単な魔法陣だし、寄付したレシピで今後キャンディーを作るなら、孤児院のメンバーだけで作れるようになった方がいいだろうということで、僕達は手を出さないようにしている。

このキャンディーが、今後孤児院の名物になってくれたらいいなと思う。

翌日、空模様は快晴だった。絶好のバザー日和だ。

会場はバザーの参加者で賑わっている。僕達はキャンディーを口に含むと宣伝を開始した。

「食べると声が変わる魔法のキャンディーだよー！　お子さんへのお土産にどうですかー」

シロに跨った僕が叫ぶと、周囲の人達が笑っていた。連れられてきた子供達は興味を持ったようで買って欲しいとねだっている。

掴みは上々だ。アオも一緒にシロの上に乗って飛び跳ねている。

モモは売り子達に混じってキャンディーをお客さんに手渡していた。ジーナちゃんのテイムしたラビも一緒になって可愛いと褒められている。

看板従魔作戦も成功していた。シロに興味津々の子供達に囲まれて身動きが取れなくなってしまったけど、僕は一生懸命叫んで宣伝をした。

午後になると、キャンディーは残り僅かになっていた。思ったよりも売れたみたいだ。みんな忙しそうだけど楽しそうだ。明日はもっとたくさん用意した方がいいかもしれない。

バザーの終了を前に、キャンディーは売り切れてしまった。相乗効果で他の孤児院の子の作品もよく売れたようで何よりだ。

売り切れで撤収すると、僕達は明日のためのキャンディー作りを開始する。テディーとグレイスとメルヴィンと僕で出来上がったキャンディーを袋詰めしていると、今日の売上を計算していたナディアが喜色満面で報告してくれた。

「過去最高記録よ！　こんなに売れるなんて思わなかった！　ありがとうエリス！」

ナディアに両手でガシガシと頭を撫でられた。こんなに浮かれているナディアを見るのは初めてかもしれない。

「明日は今日以上に売れるだろうね。売り子を増やした方がいいかも」

テディーがそう言うと、今日で作ったものが完売してしまった子達が名乗りをあげてくれた。

翌日、買った人達のクチコミで広まっていたらしく、開店と同時に多くの人が押し寄せた。

貴族は慈善のため、孤児院の子達の作品を必ず買うという暗黙のルールのようなものがあるんだけど、それとは別に子供のお土産にするという貴族のご婦人方が多くいた。

買ったそばからその場でキャンディーを舐めて遊び出す子供達が多かったのも、宣伝になったのだろう。

結局終始大盛況で、作った分は午後には完売してしまった。


その後は孤児院のみんなで打ち上げをした。みんな最終的な売上を聞いてはしゃいでいた。

孤児院長は僕のところに来ると、頭を下げてお礼を言った。僕はおばあちゃんのレシピを寄付しただけだから、そんなに畏まられても困るんだけどな。

売上の中から僕達の取り分を引いても、結構な額をそれぞれに配分できるようでなによりだ。

次のバザーでも同じくらい売れるといいんだけど。

「ねえ、そういえばこのキャンディーの魔法陣、ちょっといじれば声を低くすることもできるんじゃない？」

テディーがそう言うと紙に魔法陣を描き始めた。たしかに声を高くに該当するところを低くに変えてしまえばできそうだ。

「じゃあ次は二種類作れますね」

グレイスが魔法陣を修正して、これでどうですかと見せてくれた。

「マジか、お前ら凄いな、俺全然わかんないんだけど」

この魔法陣、声を高くのところは目立っていてわかりやすいけど、それ以外のところは僕も組み合わせが複雑すぎてよくわからない。描くだけなら簡単なんだけど、理屈を説明できないんだ。メルヴィンがわからないのも仕方ないと思う。

僕はグレイスが修正した魔法陣を余ったキャンディーに使ってみる。

口に入れると、確かに声が低くなった。

「低すぎて怖いな」

メルヴィンが笑いながら言う。

これも面白いから売れると思う。こっちの魔法陣も寄付することになった。これで次のバザーも大丈夫だろう。

ナディアがまた大喜びで僕の頭を撫で回す。みんなの役に立てて良かったと思う。

おばあちゃん、今日はおばあちゃんのレシピでみんな笑顔になったよ。きっとおばあちゃんは喜んでくれるよね。

学園の昼休み。何気ない雑談でナディアが言った。

「最近野菜が高いのよねぇ」

ナディアは孤児院にいる。食費にあまりお金はかけられないんだろう。持ってきているお弁当もパンに軽い具材を挟んだだけと質素だ。

いつも僕とグレイスとテディーが学食でナディアとメルヴィンがお弁当なのだけど、いつも体が小さいからたくさんは食べられないグレイスがナディアにおかずを分けている。

学食は安くてボリュームがあるんだよね。僕も食べきれない時はナディアにあげている。

僕は軽い気持ちで口に出してしまった。

「もやしとか作ればかさましできるんだけどね」

みんな僕の発言にポカンとしている。しまった。もやしは前世の知識だった。

「もやしってなに？　できれば教えてくれない？」

ナディアが期待に満ちた目で僕を見ている。こうなるともうどうにでもなれだ。ついでに他の節約レシピもナディアに伝授しよう。

「もやしは豆の芽のことだよ。野菜の代わりになって栄養価も高いんだ」

ナディアの目がキラキラ輝いた。豆は安い。大豆に似た豆もこの世界にはある。あと安いのはやっぱり芋類かな。

「もやしは収穫できるまで十日くらいかかるから、十日後に教えるよ。ついでに芋料理も教えるよ」

みんな十日で食べられるのかと驚いていた。

よし、こうなったら最高の節約料理を提案しよう。

僕は家に帰るとシェフにキッチンを使わせてほしいとお願いした。実は家にはキッチンが二つあったらしく、一つを自由に使っていいと言われた。

さて、早速もやしを作ろう。大きな瓶を用意して一番安く買える豆を入れる。そして水を注ぎ日光に当たらないところに保管する。毎日二回水を変えて十日ほど経つと完成だ。

最初はナディアにあげようと大量に作った。

そしてもやしの作り方について詳細に描いたレシピカードを作る。これで孤児院でも作れるだろう。

後は芋料理だ。前世の知識からこの世界では見かけないものを探す。芋もちや芋をパスタのようにした料理が思い浮かんだ。おやつにしても主食にしてもお腹にたまるだろう。

後はやっぱりおからかな。副産物で豆乳もできるしちょうどいいだろう。

僕は一度作ってみることにした。

結果全部上手くいったのでレシピカードを作る。


十日後、ナディアが暮らす孤児院にお邪魔した。

孤児院の院長先生はキャンディーの時のことを覚えてくれていて、僕らを歓迎してくれた。

「いつも本当にありがとう。ナディアはいいお友達をもちましたね」

院長先生はナディアにとても期待して学園に送り出したけど、同時に心配もしていたらしい。いい先生だなと思う。

僕らはキッチンに移動した。シロ達は毛が入るといけないので部屋で子供達と遊んでくれている。シロは子供達に大人気なんだ。

僕は早速みんなに完成したもやしを見せた。

「確かに野菜に見えるわ。でもこれがそんなに早くできるなんて意外ね」

「もやしのいいところは季節を選ばないところだよ。冬でもちゃんと育つから食べられるよ」

そう言うとナディアは嬉しそうだった。冬は野菜が高いもんね。

「それに料理も簡単なんだ。ソースと炒めるだけで美味しいからね」

グレイスは料理初体験らしく、エプロンをつけて嬉しそうだ。テディーもメルヴィンも、手伝いくらいしかしたことがないらしい。

まず僕は芋をゆでた。時間がかかるからね。

芋の皮は事前に子供達が剝いておいてくれたそうだ。大量の芋が積まれている。

もやしを瓶から取り出すと、もやしだけでソースと絡めて炒める。もやしの美味しさはシャキシャキ食感にあるからさっと炒めるだけだ。

みんなに炒めたもやしを食べてもらう。みんな不思議そうに口に入れていた。

もやしを食べるシャキシャキという音がキッチンに木霊する。みんな無言で食べている。

どうだろう、気に入ってくれたかな。

「これ、美味しいわ！　すごいシャキシャキして野菜を食べてるって感じがする」

ナディアが大喜びで二口目に手を伸ばす。

「豆がこんなのになるんだな。これは旨い」

メルヴィンも気に入ったようだ。

グレイスとテディーも口いっぱいに頬張りながら頷いている。

「これ、あとで作り方教えて」

テディーも家で作ることにしたようだ。テディーは親戚の家で暮らしているから、あんまり料理はしないみたいだけど、いいのかな。

さて二品目は芋もちだ。ゆであがった芋を丁寧に潰してゆく。これはみんなで頑張った。

グレイスが初めての料理に大苦戦している。潰すだけだけど緊張しているらしい。

ナディアがそっと手を貸して熱いうちに芋を潰すことができた。グレイスは綺麗に潰れた芋に感動しているようだ。

潰した芋につなぎの粉を混ぜると焼いてゆく。これだけだけどシンプルで美味しいんだ。

上から甘めのソースをかけて完成だ。

「わあ、主食にもおやつにもなりそうね。食べ盛りにはちょうどよさそう」

みんな温かいうちに食べてみる。不思議な食感で美味しいと評判だった。

「これ、お腹にたまるね。満足感がすごいよ」

テディーがこれ、油で揚げても美味しいんじゃないかと言っている。試してみたら美味しいかもしれない。

中にチーズを入れると美味しいよと言うと、メルヴィンが早速作り出した。

メルヴィンの作ったチーズたっぷりの芋もちはとても美味しかった。


次はジャガイモ麺だ。潰したジャガイモに同量の小麦粉を混ぜ、少しの油を加えてみんなで頑張って練った。少し生地を休ませたらちぎっていく。すいとんみたいな感じだ。

うす味の具沢山スープを作って軽くゆでた麺を投入する。スープなのにお腹にたまるジャガイモ麺の完成だ。

「芋って麺にもなるんだね、よく思いついたね、こんなの」

テディーが美味しそうに麺を食べながら言う。

僕が考えたわけじゃないんだけどね。なんだか申し訳ないような気になった。

「エリスの料理はすごいわね、子供達もきっと喜ぶわ」

喜んでくれるなら何よりだ。


最後にお肉のかさましレシピを教える。登場するのは大豆に似た豆だ。

昨日から水につけていた豆を潰してゆく。綺麗に潰すと水を加え、煮立たせてゆく。さらしを使って絞ったら、おからと豆乳の完成だ。

おからの方はお肉に混ぜてハンバーグにする。

豆乳は砂糖を加えて飲みやすくしてみんなで飲んだ。豆乳はメルヴィンが苦手なようだった。味に癖があるからしょうがないね。

ハンバーグが焼きあがると、みんなで試食する。これは大好評だった。

「これなら安上がりだからたくさん食べさせてあげられるわ。豆ってすごいのね」

僕は豆乳の方は鍋にしても美味しいと教えてあげた。あとはミルクの代わりにお菓子にも使えると言うと喜んでいた。

僕の前世での知識がこんなに役に立つのって初めてじゃないかな。

あらかた試食が終わったら、今日は節約料理パーティーだ。

子供達の分も大量に作ってゆく。孤児院では毎日これをするんだから大変だな。

ついでにデザートに卵を使わない豆乳のプリンを作ろうと思う。寒天も砂糖もあまり高くないから大丈夫だろう。

途中でナサニエルくんとジーナちゃんが厨房を覗きに来て手伝ってくれる。

お芋を潰すのは重労働だからありがたい。

他の年長の子達も集まって来てみんなでワイワイ料理を作った。

ジーナちゃんが一食当たりの値段を計算してすごいすごいと大はしゃぎだ。

どうやらだいぶ節約になったらしい。

さて待ちに待った食事の時間だ。子供達は僕らがキッチンで料理をしているのを見て楽しみにしていたらしく。声をかけるとすごい速さで集まってきた。

ナディアが促すとみんないい子に整列して自分の分を取ってゆく。

みんなでいただきますをして、一斉に食べ始める。子供達を見ていると、人気なのはおからハンバーグとチーズ芋もちのようだった。

もやしをとても気に入っている子達がちらほらいるようだ。

「野菜が好きじゃない子が多いんだけど、もやしはみんな面白がって食べてくれるわね」

シャキシャキが面白いんだろう。味がそんなに濃くないのもいいのかもしれない。

僕らはさらにナディアとアレンジレシピについて話し合う。

「ハンバーグの中にチーズを入れるともっと美味しくなるよ」

「それは美味しそうね、でも焼くのが大変そう」

「煮込みハンバーグにしたらどうかな？　表面だけ焼いたらソースで煮込むんだ」

「それ、作るのが楽でいいかも」

話を聞いていた年長の子達もアイディアを出してくれる。

「煮込みハンバーグならパンにはさんだら最高なんじゃない？」

みんなああでもないこうでもないと大騒ぎだ。

「芋の麺は何にでも合いそうだね」

「ちょっと作るのが手間だけど、毎日でもいいかも」

昔おばあちゃんが芋の皮むきを魔法でやっていた話をすると、みんな食いついた。

魔法陣は覚えているけれど、難易度が結構高いと言うと、孤児院の子達は頑張って絶対覚えると意気込んでいた。そんなに大変なんだな、皮むき。

皮むきの魔法陣を紙に描いて渡して、成功を祈る。

豆乳のプリンは好き嫌いがわかれたようだけど、嫌いなのは数人の子達だけみたいで安心した。

そもそもデザートが出ることが少ないらしく、みんな喜んでいた。

これからおからを作るたびに豆乳が出ることになるから孤児院の定番デザートになるだろう。

今日は役に立ててよかったな。


いつものように冒険者ギルドで依頼を受けようとしていた時、僕達はギルドマスターに呼び出された。

僕達は呼び出されるようなことをしただろうか。戦々恐々としながらギルドマスターの待つ部屋へ行くと、にこやかに迎えられた。

どうやら叱られるわけじゃないみたいだ。僕達はホッとした。

部屋のソファに座ると、ギルドマスター補佐のお姉さんがお茶を出してくれる。

そのお茶を一口飲んで、ギルドマスターは切り出した。

「実は君達にギルドから依頼があるんだ」

ギルドから依頼なんて滅多にあることじゃない。僕達は何事かと緊張した。

「妖精の里に手紙を届けて欲しいんだ。君達ならきっと気にいられると思うからね」

僕達はポカンとしてしまった。妖精の里と言えば数ある異種族の中でも扱いが難しい、許可がなければ立ち入ることすらできない魔境だ。子供の僕らが立ち入っていいのだろうか。

「少し説明しようか、先日大規模な違法魔物の飼育摘発があっただろう。その中に、捕まった妖精が一人だけいたんだ。もちろん国の上層部が直接謝罪をして妖精の身柄は返された。その後の詳しい顛末を記した書状を届けて欲しいんだ」

ギルドマスターは一息つくとお茶を飲む。


僕達は眉をひそめていた。妖精に手を出すなんて危険きわまりない蛮行を、奴らはやってたのか。国を潰すつもりだったのだろうか。それとも一人くらいなら大丈夫だろうと思ったのか。どちらにしても愚かだ。

妖精の強さは一人ならそうでもないが、怖いのは集団になった時だ。

昔妖精を愛玩物として積極的に収集していた国が、一夜にして森になった。比喩などではない、実際に土地の全てを森に変えられたんだ。

妖精を怒らせてはいけないとは、子供でも知っていることだ。

「幸い、今の妖精族の長は温厚で理知的だ。王が直接里に赴き、真摯な謝罪と犯人の身柄を差し出すことで許してもらえた。そして事件の調査状況を逐一報告することになったんだ。君達にはその使いになって欲しい。事件の被害者の子供だと向こうもわかっているから、酷い扱いを受けることはないだろう。特にエリスくんは妖精と親しくしていた大魔女の弟子だしね」

おばあちゃんが妖精と親しくしていたのは本当だ。家にもよく妖精の使いが来ていた。僕の顔を知っている妖精もいるだろう。

国としてはおばあちゃんが亡くなったから、新たに弟子の僕に妖精との繋ぎ役になってもらいたいってことだろう。勝手な話だ。

僕は露骨に嫌そうな顔をしていたらしい。ギルドマスターが慌てて僕を説得しようとする。

「もちろん、正当な報酬は支払うし危険手当も出るよ。国からの依頼でもあるから報酬は高額だ」

僕は別にお金には困っていない、おばあちゃんのお陰でね。僕はわざと嫌そうな顔を作って言った。

「七賢者の内の一人に頼んだらどうですか？」

七賢者とはおばあちゃんを含めた七人の優秀な魔法使いのことだ。悪徳貴族を成敗しドラゴンを倒した英雄なので国民に非常に人気がある。彼らも妖精とは親しかったはずだ。おばあちゃんを追放した事件から王室とは疎遠になっていると知っていて、僕はあえて言った。

ギルドマスターは困った顔をしていた。彼は王室からの命令で動いているだけだからそうだろう。

僕はおばあちゃんに決して国に使われるなと言われている。前世の記憶のおかげでその意味がわかった。簡単に使われてやるつもりなんてない。

「依頼はお断りします」

他のメンバーも僕の様子になにかを察したようで、何も言わず退室する僕について来てくれた。

「ごめんね、せっかく高額な依頼だったのに」

皆首を横に振る。

「僕はこれで良かったと思うよ。子供だから簡単に扱えるだろうと思われたら七賢者の二の舞だろうしね」

テディーが呆れた顔で言う。

「英雄を切り捨てたのは王室ですから、その弟子に命令する権利なんてありませんよ」

貴族ゆえに内情をよく知るグレイスも怒っている。

「私は貴族のことはよくわからないけど、エリスが嫌ならそれでいいと思うわ」

「そうそう、エリスが利用されるのは嫌だしな」

ナディアもメルヴィンもそう言ってくれる。僕は仲間に恵まれたなと思う。これもきっとおばあちゃんのお陰だ。おばあちゃんを切り捨てた人達の思うようには絶対ならない。

『絶対許さないの！　おばあちゃんの敵討ちなの！』

アオの言うように敵を討つつもりはないけど、ただ思い通りに使われてやる気もない。いざとなったら七賢者に頼ってでも逃げ切ってみせる。

というか僕にこんな依頼を出して、七賢者側についた貴族が怒るとは思わなかったのだろうか。

帰ったらお父さんに報告しよう。

お父さんに報告したら、案の定怒っていた。家から正式に王室に抗議するらしい。おばあちゃんを身一つで放り出しておいて、その弟子に縋ろうなんて考えが甘すぎると怒っていた。

その日の夜のことだった。妖精の里から僕に招待状が届いたのは。

友達も連れて、妖精の里の祭りに来ませんかという招待だった。

どうやらおばあちゃんが亡くなってから、妖精は僕の行方を探していたらしい。子供が一人で残されて、生きていけるか心配されていたようだ。

僕の行方は王様に聞いたらしい。だからあの依頼だったのか。そうならそれを真っ先に説明すべきだろう。僕は憤った。

妖精には絶対に行くと返事をした。妖精のお祭りなんてとても楽しみだ。

秘密基地で皆に妖精の祭りに招待されたことを話すと、大興奮していた。ただでさえ妖精の里には招かれた人しか入れない。それなのにさらに祭りに参加できるんだ。皆喜んでいる。

週末に二日続けて行われる祭りは、妖精の夏祭りらしい。新鮮な果物や野菜がたくさんあるし、お酒も振る舞われるので親しい人間も招待されるそうだ。

七賢者も来るのだろうか。来るならおばあちゃんの話を聞いてみたいなと思う。

七賢者の内の数名は僕も会ったことがある。おばあちゃんを心配して訪ねてきてくれる人がいたんだ。

その時はそんなに凄い英雄だとは思っていなかったけど、おばあちゃんの伝記を読んで、すごい人達だとわかった。

そしておばあちゃん追放の一件以来、王城を出て王室とは距離を置いているということも知らなかった。

彼らは王室のしたことに懐疑的な貴族達の治める土地に移り住んだそうだ。今の王室はそれのせいでとても立場が弱いのである。


僕達は週末に転移ポータルを使って妖精の里の近くに向かった。森の入口にいたら妖精が迎えに来てくれるそうだ。夜通しのお祭りなんて初めてだからワクワクする。

待っていると、人の頭ほどの大きさの、綺麗な羽の生えた妖精が迎えに来てくれた。

「可愛い！」

妖精を初めて見たというグレイスがはしゃいでいる。可愛いと言われて嬉しかったのか、妖精はグレイスの周りをくるりと回った。

「すごい、本当に妖精だ」

テディーが感動している。妖精は用事がないと里から出ないから、滅多に見られないもんな。その上姿隠しの魔法も得意なんだ。

「ようこそ、私達の里へ。ご案内します」

鈴を転がすような綺麗な声で言うと、妖精は森の中へ飛んでいった。

慌てて僕達は後を追う。

しばらく森を歩くと、突然景色が変わった。妖精の里の守りを抜けたんだ。

木々は不思議な光で彩られていて幻想的だった。たくさんの妖精が飛びながらキラキラとした鱗粉を振りまいている。

あまりの美しさに僕達は息を飲んで見とれてしまった。

「まずは長のところに」

僕達の様子にクスクスと笑った妖精は、木々の間の道を進んでゆく。

しばらく歩くと開けた場所に出た。その奥に草で編まれた上等な敷物が敷いてある。そこに座っている小人のような老人が長だろう。

他にも何人かの人間がいたが、僕らは真っ直ぐに長の元に向かう。

「エリス・ラフィンです。ご招待ありがとうございます。お言葉に甘えて友人達と遊びに来ました」

僕は一人一人紹介してゆく。

長は目を細めてそれを聴いていた。

「ネリーの弟子よ。ネリーの死は大変残念なことであった。気づいた時には山小屋はもぬけの殻での、その後お前の行方を探したが見つけられなかった。いい家にもらわれたようで安心したぞ。今日は楽しんでゆくと良い。ご友人方もな」

「ありがとうございます。祖母が死んだ時、長にも連絡しなければと思ったのですが、連絡方法がわかりませんでした。申し訳ありません」

僕が頭を下げると、長は笑った。

「よいよい、人間は短命だと忘れていた私が悪い。ネリーは何故か長生きするのではと思っておったのだ。殺しても死なななそうな女子《おなご》だったからの」

長は少し寂しそうに笑っていた。僕らはそれぞれ挨拶すると、妖精が敷物のところへ案内してくれる。

長のすぐ隣の席を用意してくれたようで、なんだか嬉しかった。

座ろうと思った時、僕の体は誰かに掬いあげられた。驚いて見ると、見知った顔があった。

「デリックおじさん！」

おじさんは快活に笑うと僕を高く掲げて言った。

「よう、エリス、大きくなったな！」

デリックおじさんは、おばあちゃんのところへ一番よく来ていた七賢者の内の一人だ。僕をとっても可愛がってくれていた。

彼は七賢者の中では最年少で、今は四十代半ばだ。民衆が王都を救った英雄達を七賢者と呼ぶようになった時、彼はまだ八歳だった。

高位貴族がドラゴンの卵を盗んできて、コレクションしようとした時、卵を追ってきたドラゴンが王都を襲ったのだ。

彼は八歳でドラゴンの翼を素手でへし折った、自己身体強化魔法の天才だ。

ジョブは稀有な『魔法使い』であるために、普通の魔法も問題なく使えるすごい人だ。

ドラゴン事件は、卵を盗んだ貴族を王室が庇ったために、王家の権威が失墜した最初の事件でもある。

「今は学園に通ってるんだって？　どうだ？　楽しいか？」

僕はおじさんにこれまであったことを話して聞かせた。みんなを紹介すると、おじさんは安心したと言って僕の頭を撫でてくれた。

メルヴィンが自己身体強化魔法を得意としていることを話すと、今度休みの日に指導してくれることになった。メルヴィンは大喜びだ。

みんな突然英雄に会えて興奮して、色々質問していた。デリックおじさんは丁寧に質問に答えてくれる。

そうしていると、大きな鐘の音が鳴った。祭りの始まりだ。

僕はとてもワクワクしていた。

鳴り響いていた鐘が止むと、たくさんの妖精達が姿を現した。

楽器を演奏する妖精や、空中で舞い踊る妖精がいてとても綺麗だった。

妖精達が演奏する楽器はみんな木でできていて不思議な音色だった。

アオが演奏に合わせて歌いだす。妖精には従魔の声が聞こえているんだろう、みんなで歌を歌いだした。どうやら妖精の里に伝わる歌らしく、とても心に響く音色だった。

アオもすぐに歌を覚えて一緒に歌う。


『大地に芽吹く愛しき子らよ。

草木を揺らす優しき風よ。

今宵の月の暖かな光に抱かれて眠れ。

あなたが花になるならば、私は水となって大地を潤そう。

この身が朽ちるまで大地と共にあらんことを。

私は祈り続ける。

どうかこの身に祝福を』

妖精がみんな一緒にと言うので、僕らも覚えて歌いだした。

グレイスが歌ったとたん、グレイスの体が光り輝いた。これはまじないを使った時と同じだ。

みんな驚いてグレイスを見る。

この歌は妖精達の祝福のまじないだったんだ。

よく見ると歌う度、妖精達は光り輝いていた。

グレイスがまた歌って僕らにもまじないをかけてくれる。

妖精達も真似をしだして僕らはたくさんの祝福をもらった。

歌う度、妖精達のダンスも激しくなった。妖精の鱗粉が舞うと、地面に花が咲いてゆく。ただの土だったはずの地面が色とりどりの綺麗な花で埋め尽くされ、僕は感動した。

妖精達が花かんむりを作って僕達の頭に乗せてくれる。しばらく踊りを見ていると、料理が運ばれてきた。

人間用の料理なんてどうやって作ったのだろう。きっと頑張って作ってくれたんだろうな。

「たくさん食べてくださいね」

運んできてくれた妖精にお礼を言うと、料理を食べ始めた。新鮮な野菜がとても美味しかった。

普段はお肉ばかりのメルヴィンも、こんな甘い野菜は初めてだと喜んで食べている。妖精は植物を育てるのが上手なんだな。

モモとアオが夢中で野菜を食べている。

『これは最高です！　妖精の作る野菜は特別なんですね』

『美味しいの！　妖精、侮れないの』

シロは果物をちまちま食べている。さすがにシロがお腹いっぱい食べたら料理が無くなってしまうと思ったので、事前にご飯をたくさんあげてきたんだ。シロには丁度いいデザートになったみたいで良かった。

大人用にお酒が運ばれてくると、だんだん賑やかになってきた。僕達子供は果物のジュースだ。これもとても甘くて美味しい。

僕はいつの間にかデリックおじさんの膝の上に乗せられていた。昔からおじさんはいつもこうだ。

僕もうそんなに小さくないんだけどな。

「あんた何やってんだい、その子が困ってるよ」

おじさんに、四十代半ばくらいに見える女の人が話しかけてきた。初めて会う人だ。

「この子はエリスだ。わかるだろう」

おじさんがそう言うと、女の人は目を見開いた。

「そうあんたが……私はメリッサ・スウィッツァー。よろしくねエリス」

メリッサ・スウィッツァーと言えば七賢者の内の一人だ。『疾風のメリッサ』の異名を持った魔女。足元を見るとおばあちゃんの作ったフライングシューズが装備されている。

メリッサさんはおばあちゃんと真逆で、初心者用のフライングシューズを多く開発している人だ。彼女自身は上級者用のフライングシューズを装備しているが、誰でも使える補助機能の開発に熱心なんだ。その上それを安価で販売している。

「あんたもネリー様のフライングシューズなんだね。ちゃんと飛べるのかい?」

僕は頷いた。メリッサさんの作った初心者用のシューズのおかげで基本がわかったとお礼を言っておく。

「それは嬉しいね。空を飛べるって最高だろう？　あたしは一人でも多くの人にその素晴らしさを知って欲しいのさ」

それは素敵な目標だと思う。メリッサさんは上流階級だけでなく市井にもフライングシューズを普及させた立役者だ。

昔は空を飛ぶのは上流階級だけの特権だったのだという。僕はその時代は知らないけど、きっとつまらない時代だったんだろうな。

魔法道具オタクのテディーは、多くの初心者用魔法道具を生み出したメリッサさんを、ここぞとばかりに質問攻めにしていた。メリッサさんもテディーの知識量に感心している様子で、快く答えてくれている。

「おじさん、他の七賢者は今日は来ていないんですか？」

僕はおじさんに聞いてみた。

「今日は来ていないみたいだな、忙しいんだろう」

僕はちょっと残念に思った。

「他の七賢者なら、たまにふらっと立ち寄って帰っていくぞ」

長が教えてくれた。僕は長におばあちゃん達と出会った時のことを聞いてみた。

「今日来ている以外の、ネリー達五人の賢者と初めて出会ったのは、捕まっていた妖精を返しにきてくれた時だ。あの頃はまだ妖精が捕えられることが多くてな、いつ国を森に変えてやろうかと思っていたんじゃ。しかし、ネリーが国を変えるから待っていて欲しいと言ってきてな。面白そうだから待っていたら、本当に腐敗した貴族を粛清して革命を起こしおった」

長が当時を思い出したのか、豪快に笑う。

「あれは実に痛快じゃったのう。デリック、幼かったお前も協力していたのだろう？　お前はネリーの弟子のようなもんじゃったからな」

おじさんはため息をついて言った。

「いつの間にか強制的に巻き込まれてましたね。まあ、俺も当時の貴族には思うところがあったんで良いんですけど。大変でしたよ、ネリー様達についていくのは。基本作戦無しの強行突破でしたからね」

おばあちゃんらしいなと思う。基本拳で語り合うスタイルだったんだろうな。

「はっはっは！　それでこそネリーであろう！　あの女子は力こそ正義を地で体現していたからの」

長が腹を抱えて笑っている。きっと長は、おばあちゃんの活躍を遠見の能力で見ていたんだろう。長く生きた妖精には遠見の能力が発現すると聞いている。

「弟子であるお前はネリーとは似とらんな。力押しをするタイプではなさそうじゃ」

僕はおばあちゃんに自分を見習うなと言われてきた。弟子なのに師匠を見習うなとはどういうことだと思うかもしれないけど、僕とおばあちゃんでは持っている資質が違うのだそうだ。おばあちゃんは僕に合わせて色々なことを教えてくれていた。

すこし感傷的になって俯くと、長が頭を撫でてくれた。

「お前にもきっと持って生まれた役割があるのだろう。気負わずお前らしくあれば良い」

その言葉は僕の心に優しく響いた。

おばあちゃんも、きっとそう言いたかったんだよね。

明け方になると妖精達の祭りは終わりを迎えた。朝日に照らされキラキラと輝く妖精の鱗粉が、踊る妖精達の美しさを引き立てている。

最後の踊りは妖精達に手を引かれ、みんなで歌いながら踊った。


『大地に芽吹く愛しき子らよ。

草木を揺らす優しき風よ。

今宵の月の暖かな光に抱かれて眠れ。

あなたが花になるならば、私は水となって大地を潤そう。

この身が朽ちるまで大地と共にあらんことを。

私は祈り続ける。

どうかこの身に祝福を』

今日は本当に夢のような時間だった。

妖精はたくさんの手土産を用意してくれた。新鮮な野菜と果物だ。お父さん達にも食べさせてあげよう。

「楽しかったな、エリス」

僕の頭を撫でながら言うデリックおじさんに満面の笑みで頷いた。

長にみんなで挨拶すると、次の祭りも招待してくれるという。

僕達はみんな喜んで長にお礼を言った。妖精の友人であることを示す木札をもらって、みんな自由に遊びに来いとも言ってくれた。

大切にして、たまには遊びに来よう。妖精は人間の作るお菓子が好きだから、お土産に持ってくるのもいいだろう。

妖精の先導で森を出る時、デリックおじさんに明日は暇かと聞かれた。冒険に行く予定だと話すと、なんとデリックおじさんもついてきてくれるという。指導しながら狩りに協力してくれるそうだ。

僕達は大喜びでおじさんにお願いした。七賢者の指導で冒険できる機会なんて、これを逃したらきっと無い。

特に自己身体強化が得意なメルヴィンと、身体強化と魔法と両方に適性のあるナディアには貴重な機会だ。

ナディアはおじさんのように両方の魔法に適性があるのだと説明すると、おじさんも驚いていた。ジョブが『剣士』で両方の適性があるのはかなり将来有望だとナディアを褒めている。

ナディアは満更でもなさそうだ。

今日は一日眠って、明日の冒険に備えよう。僕達はすっかり登りきった朝日を眺めながら帰路についた。

帰宅すると、お母さん達が待っていた。お土産を渡すと喜んで、料理人に夕食に出すようお願いしていた。

僕は一緒に朝食をつまみながら、妖精の里での出来事を話す。明日はデリックおじさんと一緒に冒険するのだと告げるとお父さんは言った。

「デリックさんは確かルースさんと仲が良かったはずだから、エリスのことが可愛いんだろう」

ルースさんというのはおばあちゃんの弟子で、僕のお母さんのことだ。デリックおじさんからお母さんのことを聞いたことがないけど、仲が良かったんだろうか。

そういえば、おじさんもおばあちゃんの弟子のような存在だったと長が言っていた。兄妹弟子のような感じだったのかな。

おじさんにお母さんのことを聞いたら答えてくれるかな。

僕は部屋に戻るとベッドに横になって考え込んだ。どうしておばあちゃんもおじさんも、お母さんのことを僕に隠しているんだろう。

僕が知ってはいけない何かがそこにあるんだろうか。

僕は考え込みながらもどんどん眠くなってくる。夜通し起きていたのなんて初めてだったからな。

結局答えは出ないまま、僕は眠りについた。


夢の中で、僕は祭りに参加していた。花火大会というらしい。僕の隣には一人の女の人がいて、楽しそうにしていた。

前世の僕は結婚していたんだな。何となくポメラニアンだけが家族だと思ってた。

お昼前になって、僕はモモに無理やり起こされた。昼に寝すぎると今夜眠れなくなるからだそうだ。モモは頭がいいな。

僕は眠い目をこすって起き上がる。シロ達も起こして僕は回復薬を作ることにした。

いつも通りアオに頑張ってもらって、回復薬を作るとパスカルさんのところへ納品に行く。少し眠いから、シロに運んでもらうのではなく歩くことにした。

アオも眠たいのかシロの上で静かにしている。

パスカルさんのお店に着くと、いつも通りの笑顔で迎えてくれた。

「よう、どうした。なんだか眠そうだな」

妖精の祭りに行っていたことを話すと、羨ましがられた。パスカルさんはおばあちゃんのところで一度だけ妖精に会ったきりらしい。

僕はもしかしたらパスカルさんなら知っているかもと思って聞いてみた。

「パスカルさんは僕のお母さんのルースさんのことを知っていますか？」

そう聞くと、パスカルさんは固まった。

「……知っているよ。そうか、知っちまったのか。誰から聞いた？」

お父さんから聞いたと言うと、パスカルさんは何事か考えているようだった。

「なあ、ルースのことはあまり調べるな。お前の母親のことだが、みんなお前を守りたいから、何も言わなかったんだ。もう少し大きくなって、お前が自分の身を守れるくらい強くなったら、きっと教えてもらえるだろう……それまでもう少し我慢してくれ」

パスカルさんは悲しみに満ちた顔をしていた。僕は何も言えなくなってしまった。

静かに頷くと、パスカルさんは僕の頭を撫でた。

パスカルさんの店を出て、通りを歩くと、モモが言った。

『エリス、そんな顔をしないでください。大きくなったら教えてもらえると言っていたではありませんか』

僕は一体どんな顔をしていたんだろう。

『大丈夫です、みんなエリスを守りたかったと言っていました。エリスはそれを信じていいと思います』

そうか。みんな僕を守りたくて、あえて言わなかったのか。じゃあ今の僕が知りたいと願っても、きっと皆を困らせるだけだ。僕は強くならなければいけない。そうしたら、きっと皆お母さんのことを教えてくれるだろう。

なんだか少し心が軽くなった気がする。今はあんまりお母さんのことは気にしないようにしよう。

僕は僕だ。それでいい。

ねえ、おばあちゃん。いつかきっとおばあちゃんみたいに強くなるから、その時はお母さんのことを知りたがってもいいよね。約束だよ。


翌日、モモのおかげでちゃんと夜に眠れた僕は、元気に冒険者ギルドへ向かった。

シロに乗って移動していても、もう近所の人達は慣れたらしくにこやかに挨拶してくれる。

ギルドの前に着くとデリックおじさんが、テディーとメルヴィンと一緒に雑談していた。

すぐにこちらに気づいた三人が、声をかけてくれる。

「おはよう！　エリス！」

みんなで今日はどこに行くかを話していたらしい。せっかくだから強めの魔物がいるところが良いとメルヴィンが主張している。おじさんもそれで問題ないそうだ。

やがてグレイスとナディアもやって来て、僕達はギルドの掲示板を見に行った。

これなんてどうだと、おじさんがヒッポーの群れの討伐依頼を指した。最近増えすぎているので間引いて欲しいというギルドからの依頼だ。

本来僕達の階級で受けられる依頼ではないけど、今日は指導という形でおじさんがいるから大丈夫なようだ。

ヒッポーとはカバのような魔物のことだ。とにかく力が強いため、真正面から戦えるのは自己身

祝福されたテイマーは優しい夢をみる
SHUKUFUKU sareta tamer ha YASASHII YUME wo miru
～ひとりぼっちのぼくが、大切な家族と友達と幸せを見つけるもふもふ異世界物語～
はにかえむ
イラスト戸部淑

初回版限定
封入
購入者特典

特別書き下ろし。

暑い日の過ごし方

※『祝福されたテイマーは優しい夢をみる　～ひとりぼっちのぼくが、大切な家族と友達と幸せを見つけるもふもふ異世界物語～』をお読みになったあとにご覧ください。

EARTH STAR NOVEL

暑い日の過ごし方

「暑い……」

夏のある日、僕は回復薬を作りながら暑さに唸っていた。朝見た新聞によると今日は稀に見る猛暑だそうで、僕は午後になったら家の中で過ごそうと決めた。

僕の後ろでシロとモモがダレている。毛皮のある二匹にはこの暑さは辛いだろう。アオは全く問題なさそうだから、スライムは気温の変化には強いのかもしれない。

僕は二匹のために魔法で氷を作ってあげることにした。じゃないと薬を作っている間に熱中症になってしまいそうだ。

杖に魔力を込めて魔法陣を描く。すると小屋の中に山のように大きな氷が出来上がった。ちなみここは元々庭師用の簡易小屋なので床がなく、地面がそのまま土になっているので水浸しになっても問題ない。

『ふわー、ありがとうございます、エリス。死んじゃうかと思いました』

モモがフラフラと歩いて氷にくっついた。気持ちよさそうだ。

『わーい！　冷たくて気持ちいい！』

シロはゴロゴロと転がりながら氷に体をこすり付けている。これでしばらくは大丈夫だろう。

さて問題は僕だ。さっきから薬を作る大鍋の熱と外気で汗だくだ。この薬が完成するまでもつだろうか……いや、やるしかない。僕は気合を入れて薬と向き合った。

その時アオが氷の元に向かう。やっぱりアオも暑かったのかな。

アオは氷山のようになった氷の頭頂部に登ると、先端をジュワッと削り取った。

すごい、どうやったんだろう。アオの体の中には大きな氷の塊が入っている。凄く涼しそうだ。

アオはそのまま僕の方に飛び跳ねてきた。

そして僕の頭の上に乗ると言う。

『これで大丈夫なの？　私はあんまり気温がわからないの。エリスが倒れないか心配なの』

アオが乗った頭の上はとても冷たくて気持ちよかった。これなら最後まで頑張れそうだ。

「ありがとう、アオ！　急いで終わらせちゃうね」

僕はヒンヤリと冷たい頭の上のアオに感謝しながら回復薬を完成させる。

もう納品は明日でいいか。今日外に出るのは自殺行為だ。

僕はシロ達のところに行って氷に背中をくっつける。腕には氷の入ったアオを抱いて涼んだ。

「あー、生き返る」

みんなで氷に寄りかかり涼んでいると、小屋をノックする音がした。

「おーい、エリス。暑いけど大丈夫？」

パーシー兄さんだ。僕が返事をすると小屋の扉が開いた。大きな氷の塊を見て面食らっている。

「なるほど、エリスは賢いな。……なあ、もっと涼しくなることしないか？」

何か考えた様子の兄さんは、いたずらっ子みたいな顔で笑った。

興味を惹かれて兄さんについて行くと、屋敷の正面にある噴水の所で立ち止まる。

兄さんはそこに魔法で氷を沢山入れだした。見るからに涼しそうな氷風呂が完成した。

『わー！　涼しそう！』

シロが飛沫を上げて水に飛び込む。いいのかな、こんな事して。

『エリス！　涼しいよ、はやく遊ぼう！』

僕が恐る恐る兄さんを見ると、兄さんは悪魔的な笑みを浮かべていた。その笑みが共犯になれと言っている。

少し悩んだけれど、シロが楽しそうにはしゃぐ様を見ていたら我慢できなくなってきた。後で確実に怒られるだろうけど、兄さんも一緒だからいいかと水に飛び込んだ。

モモも水の中に入れてやって皆で水をかけあって遊ぶ。

アオが体の中に水を吸い込むと水鉄砲のように勢いよく発射する。アオは本当に器用だ。アオは兄さんを執拗に狙っていて兄さんは頭から水浸しだ。水をかけられている兄さんは実に楽しそうだった。二人は仲がいい。

シロとモモは氷風呂で元気を取り戻したのか先程までの落ち込みが嘘のようにはしゃいでいる。たまにはしゃぎ過ぎたモモが溺れそうになるので僕が救出する。

しばらくすると、シロはシッポをブンブン振る事で水を飛ばすことを覚えた。これが中々強力な攻撃だった。僕もなんとか勢いよく水を飛ばせないか頑張るけれど、けっこう難しい。

最終的に僕は杖を取り出して魔法で水を出した。兄さんも加わって乱戦だ。

モモはシールドを張って攻撃が当たるのを防いでいる。

シロがはしゃぐ度に冷たい飛沫が飛んで暑さを忘れるくらい楽しかった。

昼食の時間になっても食堂に現れない僕らを探しに来たお母さんは、水浸しになった前庭を見て頭を抱えた。二人でしこたま怒られたけど、とても楽しい時間だった。

魔法道具の冷房の効いた家の中でシロとモモを乾かしてやりながら、たまには暑い日もいいなと僕は思った。

体強化魔法の練度が高い者だけだ。

歯が高値で売れるので、採算も取れる。今日の冒険にピッタリだろう。

僕達は転移ポータルを使って目的地のそばに行った。突然英雄がやって来たので、ポータル管理の職員さんが目を丸くしていた。

指導してもらえることになったのだと言うと、羨ましいと返された。

職員さんがにこやかに送り出してくれて、僕達は森に入る。


とりあえずいつもやっているようにやれと言われて、僕達はグレイスにまじないをかけてもらった後、シロの鼻でヒッポーの匂いを探してもらいながら奥へ進んでゆく。その途中テディーが鑑定で珍しい植物を探すのもいつも通りだ。

途中シロが僕達でも倒せる魔物を見つけて教えてくれると、少し寄り道して魔物を倒す。

一連の流れを見ていたおじさんはただ感心していた。

「お前達は少しパーティーバランスが悪いんじゃないかと思ってたけど、凄いな！　冒険者の理想的なあり方を見てるようだ」

戦闘という意味では確かにバランスが悪いかもしれないけど、僕達はお金を稼ぐことに関してはこれ以上ないくらい理想的なパーティーだ。特に『鑑定士』と鼻が利くウルフがいるのは大きいと思う。

「この、モモだったたか？　戦闘時の前衛に従魔がシールド張れるのはかなり有難いな。それにアオは高位の治癒魔法が使えるんだろう？　隙がないな。『テイマー』はこれだから侮れないんだよな」

おじさんはアオとモモを撫でながら褒めている。二匹は誇らしげな様子だ。

「シロのおかげで危険回避もできるようだし、安心して冒険できるな。いい仲間に出会えて良かったな」

おじさんは僕の頭を撫でると、シロのことも撫でた。

そしてテディーとグレイスに向き直る。

「冒険者の冒険に『鑑定士』と『まじない師』がここまで役に立つとは気がつかなかったよ。パーティーを組む時に敬遠されがちなジョブだからな。実際パーティーを組むとここまで活躍できるのか、勉強になった」

おじさんは二人のことも撫でて、晴れやかに笑った。

「冒険のやり方に問題はなさそうだな、今日は実践方法を中心に教えよう。特に前衛二人だな。二人はこのパーティーの要だ。獲物に直接ダメージを与えられるのは二人だけだからな。後衛は前衛をよく見てサポートする練習だ」

おじさんはさっきの戦闘を見て改善点を教えてくれた。

「まずメルヴィンはもう少しナディアのことを気にかけろ。今まで全部ナディアがお前に合わせてくれてたぞ。ナディアが力押しのお前についていくのは大変だ。それに身体強化のかけ方にも無駄が多すぎる。もう少し強化範囲を絞って研ぎ澄ませろ。魔力の消費は最小限に抑えるべきだ。ナディアはその辺優秀だな。ただ目端が利く分積極的にメルヴィンの補助に回りすぎだ。お前はアタッカーなんだからな、補助は後衛の仕事だ」

二人は言われたことを噛み締めている。確かに二人の戦闘を見ていると共闘しているというよりナディアがサポートしているように見える。さすがアドバイスが的確だ。

「次は後衛、グレイスは判断こそ的確だが反応が遅い。もう少し戦闘における反射神経を鍛えろ。テディーは判断力もあるし反応もいいが、魔法が雑になりがちな傾向にある。もう少し魔力操作を早く正確にできるように鍛えろ。エリスは総合力はあるが、どうにも周りを気にし過ぎだ。保護者じゃないんだから常に周囲のサポートばかりする必要はない。威力のある魔法が使えるんだからもう少し積極的に敵に当てていけ」

おじさんのアドバイスに今後の課題が見えた気がした。僕は朧気だけど前世の記憶があるせいか、確かにみんなを守らなきゃという思いが強かった。でもみんな優秀なんだ。もう少し仲間を信頼しないと。

「よし、じゃあ今のことを踏まえてヒッポー退治だ。シロ、案内してくれ」

『まかせて！』

おじさんはシロに言うと、シロは元気に歩き出した。

アドバイスでどう変わるかな。僕は少し緊張した。

シロの案内でヒッポーの群れの住む水場にたどり着く。静かにヒッポーに近づくとグレイスが戦闘用のまじないをかけ、モモが前衛二人にシールドを張る。

僕が魔法でヒッポーの注意を逸らすと、前衛二人が駆け出した。今度はメルヴィンがナディアに合わせているのがよくわかる。二人の歩みは揃っていた。

ナディアがヒッポーの攻撃をいなすと、すかさずメルヴィンが首を落とした。テディーは他のヒッポーが邪魔をしないように牽制している。

仲間を殺されたヒッポーは怒り狂ってナディア達に攻撃を仕掛けるが、グレイスが魔法でナディア達の負担を分散させる。ナディア達が一体ずつ確実に狩れるように、魔法でヒッポーの気を逸らしてゆく。

シロもナディア達のサポートをして、ヒットアンドアウェイでヒッポーにダメージを与えていた。

中々いい感じじゃないかな。僕もヒッポーの胴体に風魔法で傷をつけて弱らせている。時間はかかったが、十体以上いたヒッポーを無事狩ることに成功した。デリックおじさんの手を借りなくても倒せて良かった。

おじさんは拍手で僕達を讃えてくれる。

「今までの戦闘との違いがなんとなくわかっただろう？　今の方が確実に一人一人の負担が減っているはずだ。もう少し練習すればもっと楽に倒せるようになるぞ。あとは各々の技術的な問題だな。これは日々練習あるのみだ」

僕達はそれぞれの問題点を胸に返事をすると、ヒッポーの解体を開始した。牙を抜くのは大変だったが、これが一番の高額部位だから仕方がない。

解体が終わるとみんな疲れ果てていた。

「そうか、お前らの力だとヒッポーの解体は重労働なのか。別のにすりゃ良かったな」

おじさんが苦笑しながら言う。盲点だったのだろう。いつも僕達は解体に時間がかかるが、今日はいつも以上だった。

これで今日はお終《しま》いにして、冒険者ギルドに戻る。


道中、おじさんに聞かれた。

「そういや、そろそろクラス対抗戦の練習が始まる時期じゃないか？　もう競技は決まったのか？」

僕達はちょうど来週のテスト明けから始まるところだと答えた。とても楽しみだ。

「そうか、お前達なら一年生ながら競技によっては上位も狙えるだろう。もしかしたら花形の競技にも出られるかもな」

花形の競技とは、対抗戦の目玉の陣取り合戦のことだろう。数種類の魔法のみ使用可で各クラス十五名のみ出場できる、対抗戦の大トリだ。毎年白熱するらしい。

「私は去年見に行ったけどすごい盛り上がりだったわ」

ナディアがとても楽しそうに競技について話してくれる。孤児院の子供達は毎年招待されて観戦できるのだそうだ。

花形の競技は毎年変わらないけど、ほかの競技は生徒のバランスを見て変わったりするらしいので、僕達もまだ全容はわからない。

「絶対見に行くからな、頑張れよ！」

おじさんは僕の頭を撫でながら言った。

『ぜ～ったい！　か～つの！　たいこ～せん！』

アオが歌っているけど今年はテイマー対抗戦があるかはわからない。ブラックはテイマーが少ないしな。その上アオは回復特化だからどの競技にも出られないと思うんだ。本人はやる気に満ち溢れているんだけどどな。残念だ。


ギルドに戻るとヒッポーの牙や道中採取したものを換金する。金額を聞いておじさんが驚いていた。

「お前ら本当に冒険者向きだな」

ほかの冒険者よりも確実に大金を稼いでいるからな。テディーはドヤ顔をしている。本当に『鑑定士』様様だ。ナディアは今日もテディーとシロを褒めている。

おじさんは報酬はいらないと言ったけど、申し訳ないので授業料として食事を奢ることになった。おじさんもそれくらいならと了承してくれた。

ギルドに併設された食事処でたくさん料理を頼む。ここの料理は、質より量といった感じなのに、とても美味しいんだ。

「初めて食べたけど美味いなここの料理」

おじさんも気に入ってくれたようでたくさん食べてくれた。

「そういえば、最近はどこに行っていたんですか？」

しばらく顔を見なかったからな、遠くへ行っていたのだろうか。

「あー、西の山の方で魔物が大量発生してな、倒しに行ってたんだよ。もう落ち着いたから、こっちに戻ってきたんだ」

おじさんの家はこの街にある。なるほど、ずっと留守にしていたのか。

「帰ってきたらネリー様は亡くなってるし、お前は領主の養子になってるし愕然としたよ」

おじさんは悲しそうだった。僕も少し感傷的になってしまった。

「ま、お前が無事で何よりだったよ」

おじさんは乱暴に僕の頭を撫でると、話を変えた。

「お前達はクラスも違うんだろ、なんでパーティーを組むことになったんだ？」

僕達が的破壊組だと言うと、おじさんは声を上げて笑っていた。

「そりゃ優秀なわけだ。今年入学のトップの集まりだったのか。大体トップ連中は仲が悪くなるもんだが、お前達は真逆だな」

確かに普通はライバル同士でいがみ合ったりするのだろう。でも僕達は各々得意分野が違うからか、争ったことなんてない。むしろ来週のテストに向けて協力し合っている。

そうか、もう入学してから半年近く経っていたのか。

僕達は五人で過ごすことが当たり前になっていた。きっとこれからもそれが続くだろう。そんな気がする。

今日は学園の中間試験だ。入試の時と同様、座学と実技にわかれている。僕達は今日のために皆で勉強を頑張ってきた。魔力操作技術も、入学時より上達したと思う。

『試験～試験～頑張るの～エリスなら～きっと大丈夫～なの～』

アオがシロの上で応援ソングを歌ってくれる。僕はアオを撫でてお礼を言った。

今日の試験に落ちると補習がある。さらに補習後の試験に落ちると退学もしくは留年もありえるんだ。それだけは絶対に避けたい。

僕らの中で一番座学が危ういのはメルヴィンだった。勉強にハマっているモモにまで負けることがある。

さすがにモモに負けたのがこたえたのか、最近は必死に勉強していた。きっと大丈夫だ。みんな補習組にはならなくてすむだろう。

従魔を預かってもらって講堂に入ると、そこは静かな戦場のようだった。僕達は授業の時と同じように五人でいつもの席に座る。

小声で挨拶するとみんな挨拶を返してくれた。みんな魔法陣を描けと言われるのが一番不安なんだろう。みんなで作った魔法陣覚えカードとにらめっこしていた。

僕も開始直前までテスト範囲を見直す。この緊張感は何度経験しても慣れそうにない。

先生が講堂に入ってきた時、僕の緊張はピークに達していた。

いつも通り魔法で問題用紙と解答用紙が配られて、試験が始まった。今回は本当に授業で教わったことばかりが出てきたので、僕の緊張も和らいだ。

解答用紙を埋めると見直しをしていく。うん、きっと大丈夫だ。わからなかった箇所は無い。僕は終了時間まで見直した。

終了が告げられると、メルヴィンは机に突っ伏した。テディーがメルヴィンの問題用紙を拝借してそこに書かれた答えを確認してゆく。予め問題用紙と解答用紙二つに答えを書くよう言っておいたんだ。

テディーがざっと採点すると、補習は確実に免れられる点数だった。むしろ平均点は超えているかもしれない。

「よかった、マジでありがとうみんな、これで後期も学園にいられる」

入学の時点で既に二浪しているメルヴィンは、結構崖っぷちなんだ。

僕達も一緒に学園生活を送りたいので協力は惜しまない。

僕達は精神的に疲れきったメルヴィンを引っ張って食堂に向かった。

アオが疲れきった皆に体力回復の魔法をかけている。とても有難い。

「途中スライムの生態を書けって問題あったじゃない？　歌うのが好きって書きそうになったわ」

ナディアが笑って言う。みんなスライムでアオを連想したようだ。

『そんなスライム私だけなの！　オンリーワンなの！』

アオが自身の個性を主張しだした。宥めるようにアオの頭を撫でると満足そうにしていた。

午後の試験は五項目ある。授業で習った実践的な魔法を実際に使ってみて、その合否を先生が判断するんだ。これは点数というより、個々の資質も判断に加えられて合否が決定する。点数にしてしまうと自己身体強化魔法の使い手が圧倒的に不利になってしまうからだ。

一人一人テストの順番が決まっていたので、指定された列に並ぶ。僕とテディーは基本魔法の威力を測定する試験からだ。グレイスはフライングシューズでのコース走破。ナディアは魔力操作精度の測定試験、メルヴィンは入学試験と同じ得意魔法と皆バラバラだった。

「ねえエリス、入学試験と一緒だ、見に来ている先輩達がいるよ」

テディーがこっそり僕に話しかける。見回してみると本当だ、何人かの上級生が見学している。

「あれってきっとクラス対抗戦の下見だよね。一年生にも使えそうな子がいないか見にきてるんだと思うよ」

だから上級生の試験は別日に設定されていたのか。そうと知ったら俄然やる気が出た。テディーとこっそり拳をぶつけ合う。ここで上級生の目に留まれば、対抗戦の時に良くしてもらえるだろう。個人指導も受けられるかもしれない。

この学園の上級生は学生だからといって侮れない。ここで六年生まで残るということは、将来はある程度人の上に立つことが確定しているんだ。だからクラス対抗戦は上級生の下の者に対する指導力が試される。先生は上級生の采配に一切口を出さないんだ。

僕はクラス対抗戦を想像したらちょっとワクワクしてきた。いい感じに緊張がほぐれたかもしれない。


僕達は順番に試験をクリアしていった。最後のフライングシューズのコース走破では過去最高スピードをたたき出すことができたと思う。ちょっと周りが騒がしくなったけど、ブラッククラスの子からしたらいつものことで、試験が終わった子達から相変わらず速いなと笑われた。

実は最近クラスの子達からフライングシューズの練習に付き合って欲しいと言われて、ナディアとメルヴィンも含めて皆で練習していたんだ。補助機能を減らしたシューズに買い換える子も多くいて、僕達のクラスはちょっとしたスピード狂の集まりみたいになっていた。やっぱり速く空を飛ぶのって気持ちがいいよね。

フライングシューズのスピードを競う競技が今年あれば、僕達のクラスはだいぶ貢献できると思うんだけどな。

来週からはいよいよクラス対抗戦の打ち合わせが始まる。

とても楽しみだ。どんな先輩達がいるのかな。

六章　対抗戦

中間試験の結果は全員合格だった。僕達は手を取って喜び合った。

メルヴィンが筆記で平均点以上を取っていたこともあって、僕達はみんな有頂天だった。これで後期のクラス対抗戦も気兼ね無く参加することができる。

今日はクラス対抗戦の打ち合わせだった。初めて先輩達と直接顔を合わせることになるんだ。僕らはブラッククラスのギャガン先生からの評価に一抹の不安を覚えつつも、楽しみにしていた。

第四練習場がブラッククラスに与えられた打ち合わせ場所だった。

一年生の僕らは真っ先に来て先輩達が揃うのを待っていた。

次第に先輩達が練習場にやって来ると、僕達は緊張した。無駄にクラスで固まって整列してしまった。シロ達従魔は後ろの方で寛いでいる。

最年長の六年生は入って来ると驚いていた。

「今年の一年生は大人しいのが多いと聞いていたが、本当だったんだな。整列して待っている後輩なんて初めてじゃないか？」

僕達も整列しているだけで突っ込まれるとは思っていなかった。正しい形だと思うんだけど違うんだろうか。

「いや、お前達が正しい。ただ過去の後輩達が自由すぎただけだ。ブラックは基本的に個人主義の集まりだからな」

恐らく六年生の級長だと思われる、長い青髪の先輩が言った。

僕らはホッとして目配せし合う。一年生のブラッククラスは個性的だけどみんな仲が良かった。

「ギャガン先生が今年のブラッククラスは仲が良いと仰っていたが本当だったな。心配事が減るのはいいことだ」


六年生の代表が前に出ると、みんなに挨拶した。

「私は六年生の級長のフランク・マクマホンだ、今回のクラス対抗戦での代表を務めることになる。去年はホワイトに苦汁を飲まされ、二位という結果に甘んじてしまったが、今年は優勝を狙っている。皆それぞれの特技を生かし、ブラックの勝利に貢献するように」

それだけ言うと、五年生の方から歓声が上がった。

「ひゅー！　フランク先輩サイコー！」

適当にも程がある野次だ。上級生達はそれを言った先輩と一緒に手を叩いているが、それでいいのだろうか。僕達は困惑した。

「ドミニク・エレビー。今年も元気でいいことだが、一年生が困惑している」

フランク先輩はため息をつきながら言った。

「すみません、うちのバカが……」

フランク先輩の横に補佐として並んでいた赤髪の五年生の級長が、申し訳なさそうに頭を下げた。

「構わない、ドミニクのあれはもはや特技だろう。一年生のことを考えながら適当に相槌を打ってくれればいい」

ドミニクと呼ばれた五年生の先輩は、さすがフランク級長と言いながら楽しそうにしている。

彼の騒がしさも軽さも性格なんだろう。フランク級長は特に気にしていなさそうだ。

「今年の競技は例年とは少し異なる。例年は大体フライングシューズを用いたレースが競技に含まれるが、今年はそれがない。恐らく今年のブラックの一年生が速すぎるせいだと思われる」

クラスの皆をスピード狂に育成したことが逆に徒《あだ》となったらしい。勝利に貢献できるかと思っていたのに残念だ。

「えーじゃあ今年の競技はなんなんですかー？」

ドミニク先輩がいい感じに相槌を打ってくれる。五年生の他の先輩がガヤを入れてくれるのでなんだかテレビ番組でも見ている気分だ。

「今年は滅多に見られない伝説の格闘技トーナメントが開催される。自己身体強化に特化した生徒を色ごとに五名ずつ集め、二十名でトーナメント戦を行うんだ。レッドクラスが有利だろうが、ブラッククラスも負けてはいられない」

おおーと今度は四年生が歓声をあげる。四年生には高度な自己身体強化魔法の使い手がいるらしい。見ればわかるほど筋肉を肥大させた大柄の先輩がそうだろう。

「他には正確性を競う的当てと、威力を競う的当てが今年の競技だ。これら三つの内のどれかに、全員が参加しなくてはいけない。それらの得点を合わせた総合点で、クラスの点数が決まる」

ドミニク先輩と五年生の先輩達が無意味な雄叫びをあげる。その流れに乗ってフランク先輩は断言した。

「しかし最も重要なのは、対抗戦のトリにして花形、陣取り合戦だ！　これに勝てば最早優勝と同じ。我々ブラックはこの陣取り合戦に全てをかけるぞ！」

熱狂する上級生達に僕達はよくわからないながらも楽しみになった。

見ると先輩達も、バラバラに座りながら楽しそうにしている。思っていたよりギスギスしていなくて安心した。

「一年生に自己身体強化魔法の使い手がいないことは確認している。それは上級生に任せて、一年の級長は残りの二つの競技に誰を出すか話し合って欲しい。威力と正確さ、どちらに優れているかで決めるといい。人数が偏っても構わない」

元気に返事をしたダレルくんはみんなに向き直った。威力と正確さではそれぞれ得意分野がある。僕は威力、テディーとグレイスは正確さを競う競技に出ることになった。

テディーはデリックおじさんに言われた、魔法が雑になりがちという言葉を気にしていた。それから必死で魔力操作技術を鍛えていたんだ。この対抗戦で実を結んでくれたらいいなと思う。

ダレルくんが出場競技の希望をまとめて提出しに行くと、フランク先輩は軽く確認して頷いていた。

戻ってきたダレルくんに笑いかけるとダレルくんはホッとしたように息をつく。先輩と相対するのは緊張するよね。

フランク先輩はまた声を上げて、自己身体強化魔法のトーナメント出場者を発表した。六年生が二人、四年生が一人、二年生が二人らしい。下級生が多い僕らは体格的にかなり不利かな。

そもそもオタク気質の多いブラッククラスには自己身体強化魔法の使い手は少ない。性質的にも運動が苦手な子が多いんだ。トーナメントの五人という数もブラックに合わせたと考えられる。

「皆も気づいているように、トーナメントはブラックが圧倒的に不利だ。しかし、我々にはまだ希望がある。最後の陣取り合戦の出場者を決めたいと思う。まず全員が陣取り合戦を体感してみて欲しい」

フランク先輩はそう言うと、五年生の級長のアジズ先輩に装置を起動するよう言った。

先程からずっと気になっていたんだ。空中に浮かぶ五つのキューブが練習場の四隅と中央に存在していた。

アジズ先輩が装置を起動すると、中央のキューブは無色に、左側二つは赤に、右側二つは黒に光った。

フランク先輩が腕輪を取り出して説明する。

「陣取り合戦はこの腕輪をつけて行われる。空中に浮かぶキューブに一人が触れるとその腕輪の色にキューブが光る仕組みだ。全員通信用の魔法道具を耳に装着し、自軍のリーダーとだけ連絡を取り合うことができる。試合終了時により多くのキューブを獲得していた方が勝ちだ。簡単だろう？　だからこそ奥深い伝統競技だ」

フランク先輩が主に一年生を見て言う。確かに単純な競技だ。でも楽しそうだな。

「細かいルールを説明しよう。魔法は特定の初級魔法のみが使用可で相手の妨害ができる。基本人数は十五人で、制限時間は十分を三回。間に五分の休憩がある。三回の合計獲得数を競う勝負だ。補欠として三人をベンチに待機させることができ、休憩時間に選手の入れ替えができる」

フランク先輩は一旦息を整えると、上級生の方を見て言った。

「まあ、見た方がわかりやすいだろう。手始めに上級生で十分間だけやってみよう、その後は一年生にも体験させるから楽しみにしていろ」

みんなワクワクしながら手を叩いた。ちなみに本番は怪我をしないように教師がシールドを張ってくれるらしい。シールド越しにでも衝撃は伝わるから妨害には支障がないようだった。

フランク先輩が適当に上級生の混合チームを作ると、早速試合をする流れになった。

今更だけどブラッククラスは異様に女性が少ない。ウチのクラスもグレイスしかいないけど、上級生達も似たようなものだった。

試合が開始されると、みんなまず真ん中のキューブを取りに行く。

上級生はみんな飛ぶのが速くて、その上飛びながら器用に魔法を放っているから凄い。

守りとして数名自軍のキューブのそばに残ってはいるけど、ほとんどが真ん中のキューブを取りに行っていた。確かにルール上ここを真っ先に確保する戦法が強いだろう。真ん中を確保したのは赤チームだった。

試合を見ながらフランク先輩が解説してくれるのを聞くと、色が変わってから三十秒はキューブに触れても数がカウントされず、意味がないらしい。試合終了三十秒前の行動が勝利に大きく影響するようだ。

赤チームは黒の妨害をしながら守りを整える。残り時間いっぱい防衛に専念するつもりだろう。一応数名は攻撃に回しているようだけど、あまり芳しくないようだ。

僕はハラハラしながら夢中になって観戦していた。

途中黒が攻め方を変えた。真ん中を取りに行くつもりらしい。残りは三十秒を切っている。

恐らく黒の最高戦力なんだろう、技術に長けた先輩が攻撃を避けながら赤の選手達を魔法攻撃で撃ち落とした。

その隙に黒の選手達が中央のキューブに触れる。これでもう真ん中を取られる心配は無い。黒は踵を返して自軍の防衛に回った。

なるほど、終了間際を狙って本気を出してきたのかと僕は感心した。

「確かに奥が深いねこのゲーム」

隣でテディーがブツブツ呟きながら分析している。

『リーダーの判断力が勝敗を分ける気がしますね』

いつの間にか隣に来ていたモモも楽しそうに戦法を考えている。

さて次は僕らの番だ。すごく楽しみだな。

先輩は一年生を五名ずつの二つの班に分けると、二、三年生も同じようにする。三年生が八名しかいないため、六年生からリーダーとして二人がそれぞれの班に加わった。

「お前、絶対爆発系の魔法は使うなよ、ルール違反だからな」

二年生の先輩が必死の形相でタンポポ色の髪をした先輩に言った。

「わかってるって、さすがに人に向けては使わないよー」

のんびりとした声で先輩が言うと、もう一人の先輩が人がいなくても危ないから使うなと説得している。

彼らのやり取りが気になって見ていると、三年生の先輩が教えてくれた。

「あの黄色い髪の奴はデボーン・ギャレット。去年魔法の練習中に校舎を爆破させた爆破魔だよ」

お前か！　と一年生はみんな思っただろう。ギャガン先生のよく言う校舎を破壊するなの元凶だ。

「どうにも爆破系の魔法が好きみたいでな、二年の要注意人物だ」

爆破系の魔法は鉱山や工事現場でしかほとんど使われない魔法のはずだ。魔法陣を暗記しているのは、その仕事をしている人くらいだ。それほど被害が大きいし、慎重に使わなくてはいけない魔法だ。

「確かに派手でカッコイイですもんね、爆破魔法って」

グレイスがあきれ返った口調で言う。

テディーとは班が分かれてしまったから、今隣にはグレイス一人だ。

「おまたせしました。早速作戦会議を始めましょう。私は今この班のリーダーになりました、フローレンス・オニールです」

銀色のふわふわの髪をした女の先輩だ。六年生にも女性は一人しかいないみたいで、気になっていたんだ。

「まずは真ん中を取りに行きます。速さに自信のある人から攻撃側に、自信のない人は防衛側に回りましょう」

一年生の皆が僕を見た。確かに一番速いのは僕だけど、一斉に見られると驚くからやめて欲しい。

「基本的には防衛に六人、攻撃に九人くらいがいいでしょう。必ず三名はキューブの防衛に残ってもらいます。まず防衛班を決めましょうか」

先輩は速さに自信のない順に防衛班を決めた。それから細かい作戦を立てる。

僕は基本的に攻撃班から動くことはないようだ。

渡された黒の腕輪をつけて、ゲームが始まった。

開始の合図とともに、最高速で真ん中を取りに行く。赤も同じ動きをしている。全速力でキューブに触れると、見事真ん中を取ることに成功した。ここからは真ん中のキューブに三名残して、ほかのキューブを取りに行く。

速く飛びながら魔法を使うのはとても難しかった。辛うじてバランスを崩さずに魔法を放つと、避けられなかった赤組の生徒が落下していく。その隙を狙って、僕にも魔法が放たれた。僕は落下しながら速いだけじゃダメなんだと痛感していた。相手の魔法をいかに上手く避けられるかも大切だ。

　そして飛びながら安定して魔法を放てるようにならないといけない。

　僕はなんとか体勢を立て直すと、上空の攻撃班に合流した。そして総攻撃を仕掛ける。なんとか敵陣のキューブを取ることができた。そこまでは順調だったが、終了間際に自陣のキューブを取られてしまい、結局三対二で黒の勝利となった。


　先輩達のところに戻る途中、後ろからテディーに強く背中を叩かれた。ビックリした。

「あー悔しい、せっかく人数割いてマークしたのにな」

　僕はマークされていたのか、必死すぎて気づかなかった。確かに僕が動く度に狙われていた気もする。

　グレイスがクスクス笑っている。グレイスは今回は防衛班だったから、僕のことがよく見えていたんだろう。

「グレイスも、次々こっちの仲間撃ち抜くんだもんな。近づけなかったよ」

　グレイスの方はあまり見えていなかったけど、さすがの魔力操作技術だったのだろう。グレイスの防衛していたキューブは敵が近づけなかったようだ。

　かなり大変だったけど、楽しかったな。

　先輩達がいる場所に戻ると、拍手で出迎えられた。

「いい勝負だったぞー」

ドミニクと呼ばれていた先輩がまた大声で褒めてくれると、他の先輩達も口々に褒めてくれた。

フランク先輩が皆に整列するように促すと、最初の位置に戻った。

「一年生も体験してみて難しさがわかっただろう。しかし今年の一年は優秀な者が多いようだ。これは本気で優勝が狙えるかもしれないな」

フランク先輩は上機嫌で僕らを見た。

「これから陣取り合戦の出場者を決める。出場したいという意思のあるものは各クラスの級長に報告しろ。学年は問わない」

ダレルくんがアジズ先輩から用紙を受け取ると、僕達に向き直った。

「みんなどうする？」

どうせ出場選手は上級生で埋まるだろう。三、四年ならまだしも一年生はきっと入れない。なら希望だけ出してみても良いだろう。結局うちのクラスは全員出場希望になった。

ダレルくんが先輩に用紙を提出すると、フランク先輩は笑った。

「今年の一年は本当にやる気があっていいな、補欠枠がもっと多ければ数人でも入れてやれるんだがな」

その言葉にダレルくんは笑って言った。

「みんなわかった上で出たいと言ってますから、でも練習くらいは参加させて欲しいです。将来のためになりますし」

さすがダレルくんだ。僕達は首を縦に振った。期待に満ちた僕らを見てフランク先輩もアジズ先輩も微笑ましげに頷いた。

「いいだろう、選手が決まったら練習相手になってくれ」

僕達はみんな喜んで手を叩いた。

結局その日は希望者達が数回適当にチームを組んで陣取り合戦をして終了した。フランク先輩は一年生の僕達にもたくさん参加させてくれたからいい先輩だなと思う。

終了間際、一年生はみんな、騒がしいドミニク先輩達に絡まれた。質問攻めにされたというか、色々教えてくれて楽しかったからいいんだけどね。

五年生は来年の対抗戦に向けて下のクラスのことも把握しておく必要があるんだろう。四年生の先輩達も僕達によく話しかけてくれた。

見ていて思ったのが一番自由人の集まりなのは二年生だってことだ。ほんとに個人主義なんだろう、クラスで会話することもなく一人でいる子が多い。級長と三名固まっている子達だけがとても仲がいいようだった。

面白いクラスだなと思う。二年生は対抗戦の出場希望者もほぼいないらしい。

先輩達が僕ら一年を可愛がってくれるのは、打っても響かない二年生の反動もあるんじゃないかな。

打ち合わせ時間が終了しても、ドミニク先輩に絡まれている僕らを見て五年生の級長のアジズ先輩が助け舟を出してくれる。アジズ先輩は『テイマー』だったらしく、珍しい赤毛のウルフを連れていた。

「あまり一年に絡みすぎるなよ、ドミニク。お前は本当に時間を気にしないんだから」

シロは待っているあいだアジズ先輩のウルフと仲良くなっていたらしく。アジズ先輩の後ろからついてくる。

「おおおー超かっこいいウルフじゃん！　気になってたんだよな！　エリスの従魔だろ？　かっこいいー！」

アジズ先輩の忠告は意味を成さなかったらしい。ため息をついて人の従魔に勝手に近づくなと言っている。

シロはかっこいいと言われて嬉しかったらしく、尻尾をブンブン振ってドミニク先輩に頭をこすり付けているから大丈夫だ。

「お、スライムもいる！　そのスライムカチューシャ可愛いよなー！」

『なかなか見る目があるやつなの！　ちょっとくらい撫でても許してやるの！』

ドミニク先輩は興味の対象にはどこまでも突っ込んでいくらしい。

アジズ先輩に代わりに謝罪されたが僕は気にしていない。ちなみに僕らと一緒に最前列で試合を観戦していたモモは今はグレイスの腕の中にいる。

ドミニク先輩は一通りシロを撫でて満足したらしい。僕達も練習場を出ることになった。選手は次の打ち合わせの時に発表になるようだ。

テディーとグレイスと三人で秘密基地に行くと、二人はもう待っていた。

「よう、遅かったな」

メルヴィンがお菓子を食べながら声をかけてくれる。ナディアはお茶を淹れていた。

「それで、どうだった？　打ち合わせ」

メルヴィンの言葉に僕達は感想を語り出す。ナディアが皆にお茶を淹れてくれながら笑っていた。

「いいなー、そんな何回も体験できたのか、陣取り合戦。ウチは一年生は一回だけだったよ」

メルヴィンは羨ましそうに言ってきた。でも嬉しいことがあったらしい、なんとメルヴィンは格闘技トーナメントの選手に選ばれていた。レッドは自己身体強化魔法の使い手が多いのに、一年生で選ばれるなんてすごいことだ。数が多かったので実際に戦ってみて出場者を決めたらしいが、上級生にも勝てたそうだ。

メルヴィンは二浪しているから一年生にしては年齢が高いけど、それでも上級生に勝てるのは凄い。体格差がやはりあるからだ。

ブラックにはそもそも五人しか自己身体強化魔法の使い手がいなかったことを話すと、ナディアのイエロークラスも似たようなものだったと教えてくれた。これだとトーナメントはレッドの圧勝かな。

レッドは陣取り合戦では四年連続最下位記録を更新中らしいので、丁度いいのかもしれない。

メルヴィン曰く、陣取り合戦よりもトーナメントで負けるわけにはいかないと張り切っていたらしい。

一方ナディアのイエロークラスはそもそも一年の参加希望者すら聞かれなかったそうで、上級生で固めることが確定しているようだ。頭のいい人が集まっているイエローらしい合理的な判断だ。練習に参加させてもらえる僕達を羨ましがっていた。結局一試合試しに参加させてもらえただけだったようで、もっと体験したかったと零していた。

「でも意外と難しいよね、僕飛びながら魔法を使うの苦手かも」

テディーが言うと、みんな首を縦に振る。

「僕は魔法を避けるのが難しかったな。マークされてたからもあるかもしれないけど、集中砲火されるとすぐに当たっちゃう」

みんな僕の言葉に共感しているようだった。

「将来のために今から対策を考えて練習しておくべきかもね」

僕らは今度から練習することにした。お互い撃ち合いをするだけでも練習にはなるだろう。僕はちょっと楽しみだった。陣取り合戦、楽しかったもんな。上手にできるようになりたいよね。

結局その日は少しだけ勉強してそのまま解散になった。


家に帰ると、なんとデリックおじさんが来ていた。お母さんと兄さんと一緒にお茶を飲みながら寛いでいる。

「よお、エリス！　おかえり！」

僕に気づいたおじさんは、僕を抱き上げると膝の上に座らせた。

いつものことながら恥ずかしい。

「挨拶がてらお前が帰ってくるのを待ってたんだ。対抗戦の打ち合わせはどうだった？」

おじさんは今日がその日だと話したのを覚えてくれていたらしい。僕は今日あったアレコレを話して聞かせた。

「僕の時は一年生に積極的に練習させてくれる先輩はいなかったな。ブラックは個人主義な人が多い分、色々と寛容なのかもしれないね」

ホワイトクラスだった兄さんがブラッククラスをそう評価する。変わり者の集まりと言われているけど、そう悪いクラスじゃなかった。

普通は勝負で勝たなきゃいけない時に、使えない最下級生に指導の時間を割くと不満が出るものだけど、ブラックに関してはそんなことは全くなかった。むしろ可愛がられたぐらいだ。

「そう言えば、去年はホワイトクラスが優勝だったんだよね。去年の雪辱を果たすって、先輩が張り切ってたよ」

僕がそう言うと、兄さんは去年は接戦だったからなと零す。

「本当に僅差だったんだよ。確かブラックの五年の級長も選手に選ばれてたから、相当悔しかったんじゃないかな？」

おじさんは青春だなと笑っている。

僕はふと思いついて、おじさんに上手く魔法を避けるにはどうすればいいのか聞いてみた。

おじさんは少し考えると言った。

「それは俺より飛行のスペシャリストに聞いてみたらどうだ？」

誰だろう、メリッサさんのことだろうか。でも彼女は忙しいだろう。

「違う違う、この間会っただろう？　いつも飛んでる子達に」

あ、妖精のことか。確かに彼女達は飛行のスペシャリストだろう。いつも飛んでいるんだから。

確かに妖精に教えてもらうのはいいかもしれない。娯楽の少ない森の中に住んでいる彼女達なら、遊びがてら楽しく付き合ってくれるだろう。

「メリッサも昔は妖精に飛び方を教えてもらったらしいぞ」

七賢者の一人がそうなら、僕達も彼女達に教えてもらえば上達するかもしれない。

それに陣取り合戦を妖精に教えてみたら面白いことになりそうだ。彼女達用に小さい色の変わるキューブでも作ってもらおうかな。魔法陣さえ手に入れば、テディーなら作れるかもしれない。

「へえ妖精の陣取り合戦か、見てみたいな。よし、俺が妖精用のキューブを作ってやるよ」

おじさんは興味津々で僕の話を聞いていたと思ったら、嬉しい提案をしてくれた。

おじさんのジョブは『魔法使い』だ、魔女と同じで魔法に関係することの全ての才能を持っている、即ち『魔法道具技師』や『まじない師』などの複数のジョブを持っているのと同じなんだ。

だから代々国に仕えさせられてきた。

当然魔法道具を製作する腕も本職の『魔法道具技師』と変わりない。

「やった！　おじさんありがとう」

僕は上機嫌で妖精の里に行く計画を立てた。

その日の夕食はおじさんも一緒だった。

お父さんが学園に通っていた頃の話も聞くことができてなかなか面白かった。

二十年程前はクラス対抗戦は今みたいに多くの人が見に来るものではなかったらしい。今でこそ優秀な人材を見つけてスカウトするための場になっているが、元はただの授業の一環だったようだ。

ちなみにお父さんはイエロークラスだった。

おじさんはおばあちゃんが貴族を粛清して革命を起こした時に生まれた子供だったので、慌ただしくて学園に通う暇がなかったらしく、羨ましがっていた。必要な勉強は賢者達に教わったようだ。

きっと大変な時代だったんだろうな。

夕食後におじさんを玄関まで見送って、僕は部屋に戻った。

クラス対抗戦はおばあちゃんが学園の貴族を締め上げた後から始まった行事らしくて、おじさんが確か発案者の中におばあちゃんがいたはずだと教えてくれた。

僕はベッドに横になりながらおばあちゃんに感謝した。おばあちゃんのお陰で僕は楽しく学園生活を送れているんだ。

クラス対抗戦も花形の競技にはまだ出られないけど、今から楽しみだ。おばあちゃんも見に来られたらよかったのにな。

その日の夢は運動会の夢だった。僕は小麦粉に顔を突っ込んで真っ白になっていた。何故よりによってその競技を選んだのか。前世の僕はひょうきん者だったらしい。

翌日学園でみんなに妖精に飛び方を習いに行かないかと提案した。

「へえ、妖精に習うなんて発想はなかったな」

テディーが感心したように言う。

「確かに飛行のスペシャリストよね。さすがデリック様」

ナディアがおじさんを褒める。

「いいじゃん！　みんなでまた行こうぜ！　俺ももっと妖精と仲良くなりたかったんだ！」

メルヴィンの言葉にグレイスも頷いている。

「じゃあ決まりだね。明日は妖精の里に行こう！　おじさんもついてきてくれるって！」

僕達は妖精にあげるお土産のことなどを話し合ってその日は解散した。


次の日、学園の休日に冒険者ギルドの前で待ち合わせる。

『よ〜うせい、ようせい、あ〜いにいく〜からまって〜るの〜』

シロに乗ってギルドの前に向かうとアオが上機嫌に歌っている。

途中で妖精が大好きなお菓子を購入するのも忘れない。できるだけ小さいお菓子を選ぶのが大変だった。

少し時間をかけ過ぎたらしい。みんなもうギルドの前で待っていた。

「おう、おはようエリス。妖精用のキューブができたぜ」

おじさんが見せてくれたキューブは完璧だった。妖精も喜んでくれるだろう。

僕達はギルドの転移ポータルで妖精の森の近くに転移した。

すると前に貰った妖精の友人の証のおかげか、普通に妖精の里に入ることができた。

妖精達が僕達を見て飛んでくる。

「いらっしゃい、遊びに来たの？」

「今日はちょっとお願いしたいことがあって来たんだ。先に長に挨拶させてくれる？」

何人かの妖精が長の元まで案内してくれる。

「おお久しいの、また遊びに来てくれたのか」

長は僕達を歓迎してくれた。僕達は手土産を渡すと、事情を説明して協力をお願いした。周りで話を聞いていた妖精が楽しそうだとみんなを呼びにいった。

「人間の遊びか、楽しそうじゃのう。森は退屈だからな、みな喜ぶじゃろう。飛び方の練習もみなに教わるといい」

僕達は長にお礼を言って、早速広場に小さなキューブを設置した。妖精用の小さな腕輪もある。小さいと可愛いな。

たくさんの妖精が集まってこちらを見ていた。僕らはみんなを呼ぶとルールを説明した。とりあえずやってみることにしたらしい。妖精はジャンケンをして十五人ずつにわかれていた。妖精もジヤンケンとかするんだな。

僕らは飛行のスペシャリスト達の戦いを観察させてもらうことにした。

全員にシールドを張ってゲームが始まる。ここからは圧巻だった。とにかく速い。真ん中のキューブを取りに行った後は攻防戦になるが、妖精はとにかく魔法を避けるのが上手かった。ゲームは点を取られては取り返しの白熱したものになった。

僕は何が違うんだろうと妖精達を観察する。するとあることに気づいた。妖精達はいつもギリギリのタイミングで攻撃を避けている。そして最小限の動きしかしていないんだ。攻撃を引き付けて最低限の動きで避ける。なるほど、そうすれば次の行動が読まれることも少ないしスピードもほとんど落ちない。相当弾幕で魔法を打たれない限りは当たらないだろう。

僕は感心した。

「なにか掴んだ顔してるな」

おじさんが頭を撫でて僕に言う。僕は大きく頷いた。

妖精達は陣取り合戦を気に入ったようだった。おじさんが予備で作っていたもう一組のキューブも取り出すと、みんなで遊び出す。僕らは陣取り合戦をする妖精の片隅で飛ぶ練習をした。年長の妖精達が僕らの指導役になってくれた。

「懐かしいわ、メリッサにもこうして飛び方を教えたものよ」

この妖精はメリッサさんの指導をしたことがあるらしい。妖精は長生きだもんな。

その日は夕方までひたすら飛ぶ練習をした。たった一日だけど安定して飛べるようになったと思う。メルヴィンは運動神経が良いからか、飛躍的に上達していた。

みんなも手応えを感じたようで、嬉しそうだ。

妖精達はずっと横で陣取り合戦で遊んでいた。

帰りには楽しい遊びを教えてくれてありがとうと、お土産に果物を貰った。気に入ってくれたならよかった。

帰りにおじさんが僕達を褒めてくれた。おじさんから見ても上達していたらしい。

その日は疲れきってぐっすりと眠った。

明け方、前世の僕がバンジージャンプに挑戦する夢を見た。普通に飛ぶより怖いと思うんだけど、何故そんなことをするんだろう。楽しいのかな？


今日は二度目の対抗戦の打ち合わせの日だ。

練習場に着くなりドミニク先輩がシロに突進してきた。

「今日もかっこいいなぁー！　なんだかいつもよりフカフカな気がするぞ」

さっきまで外で日光浴をしていたせいだろう。確かにシロはフカフカになっていた。よく違いがわかったな。

アオはシロの毛に埋もれておやすみモードだ。スライムであるアオは人間より睡眠時間が長いように思う。

「お、ちっさいウサギもいるな！　ピンクラビットか！　可愛いな！」

モモは若干迷惑そうに撫でられている。騒がしいのが好きではないらしい。

何故か先輩はシロ達を堪能すると僕らの頭も撫でてくる。ドミニク先輩は今日も自由人だ。

「こら、後輩を困らせるな」

アジズ先輩がドミニク先輩を叱りとばす。アジズ先輩の従魔がシロを見つけて駆けていった。モモはシロから飛び降りてグレイスの元へ行く。今日も前方で観戦するつもりだろう。シロ達は邪魔にならないよう後方の広場に行ってくれた。

「あら、可愛いウサギね」

フローレンス先輩と何人かの女生徒がグレイスに話しかけている。ブラックの数少ない女性陣だ、ぜひ仲良くなって欲しい。

「この子はエリスの従魔のモモです。勉強が好きなのでよく預かるんです」

モモが会話のきっかけになったようで、人見知りの嫌いがあるグレイスが早々に打ち解けていて安心した。モモは大人気だ。

フランク先輩が入ってくると、その場は少し緊張した。今日は選手の発表があるもんな。

「みんな揃っているか？　では始めよう、まずは出場選手の発表だ」

一人一人名前が呼ばれて枠が埋まってゆく、やっぱり五、六年生で埋まりそうだ。一人四年生で呼ばれる子がいて喜んでいたけど、それだけだ。わかってはいたけどちょっぴり残念だ。

僕達は今日も練習に参加させてもらえることになった。基本的に出場選手が練習するのでその相手役だ。一年生も混ぜてくれるのは本当に嬉しい。

練習が終わると僕らはフランク先輩に声をかけられた。

「なんだか前回よりかなり上達していたようだが、練習でもしたのか？」

僕らは素直に妖精に飛び方を習ってきたと話す。

「は？　妖精？」

フランク先輩は口を開けて唖然としていた。

「そうか、エリスは大魔女様の弟子だったか……しかし妖精か、なんて羨ましい……いや素晴らしいな」

フランク先輩はブツブツと何やら呟いていたけどやがて納得したようだ。

「エリス、テディー、グレイス。できればその妖精に習ったことを俺達にも教えてくれないか？」

フランク先輩の言葉に僕らは驚く。下級生の僕らが先輩に指導だなんていいのだろうか。

すると周囲にいた先輩方が期待に満ちた目で僕らを見ていることに気がつく。

みんな妖精の技術に興味津々らしかった。僕らは妖精に教わったことを先輩達にも伝えることにした。

七賢者の『疾風のメリッサ』さんも妖精に飛び方を習ったらしいと言うと、みんなますます興味を持ったらしく色々なことを聞かれた。

練習時間は終わっているけど、みんな残って僕らの講義を聞いている。

実践に移行するとさすが先輩達。講義内容を即座に反映させて上手に飛んでいた。

「すっげー！　飛びやすくなった！　さすが妖精！」

ドミニク先輩が楽しそうに飛び回っている。

フランク先輩も何かつかんだようだ。

「これはすごいな、些細な違いだが格段に飛びやすくなった」

そうなのだ、妖精が教えてくれたことは本当に些細な姿勢だったり力の入れ方だったりなんだけど、すごく飛びやすくなるんだ。

負担が減るというか、空気抵抗が減るというかそんな感じだ。

先輩達と一時間ほど練習すると、みんな少しだけ速く飛べるようになったようだった。魔法の避け方も上達していた。

「陣取りに下級生の参加が難しいことが悔やまれるな、お前達なら面白い試合になっただろうに」

先輩は僕らの頭を撫でると去っていった。ほんと、下級生の試合もあればいいのにね。

練習が終わると僕達は少し先輩達と話してから秘密基地に向かう。途中で学園長と会った。

「おや、こんにちは。今日は対抗戦の打ち合わせでしたね。長くかかっていたようですがどうでしたか？」

僕達は口々に今日あったことを話した。学園長は穏やかな人だから話しやすいんだよね。

「そうですか、確かに下級生はあまり楽しめないでしょうね。毎年気にはなっていたのですが、なかなか解決策が見つからないんですよ。陣取りに参加しない全ての生徒が参加できる競技があればいいのですが……」

難しそうな顔をして学園長が言う。僕は前世の記憶から何か面白そうなものがないか考えた。運動会……借り物競走……騎馬戦、色々あったな。僕らは飛べるんだから騎馬戦みたいに帽子やハチマキを取り合うだけでも楽しいんじゃないかな。飛びながら他の色の帽子を取り合って取られたら退場。最終的により多くの帽子を獲得した色の勝ちだ。

僕は学園長にそんな話をした。学園長は楽しそうに会議で話してみると言ってくれた。実現したら下級生も楽しいと思う。

「よく咄嗟に思いついたね。面白そうなやつ」

テディーが楽しそうにしている。実現したら嬉しいな。

「ナディア達も喜びますね。練習に参加できなくてふてくされてましたから」

グレイスがくすくすと笑っている。モモもグレイスの腕の中で笑っていた。

秘密基地でその話をするとメルヴィンとナディアに褒められた。まだ実現すると決まったわけじゃないんだけどな。

後日本当に競技が実現することになって、僕達は大喜びで練習に励んだ。発案者が僕だと知るとみんなに揉みくちゃにされて大変だった。

おばあちゃん、おばあちゃん達が考えたゲームと一緒に僕の発案したゲームが競技に加わることになったよ。でも前世の記憶を元に考えたから、結局はおばあちゃんのお陰かもね。

さて三度目の合同練習日、僕達は取り合い合戦の練習をすることにした。半分は先輩の陣取り合戦の練習に協力して、残りは取り合いの練習だ。

取り合い合戦の陣取りとの違いは魔法が使用禁止なところだ。単純に飛行の腕で勝負しなければならない。僕達ブラッククラス一年生はスピード狂の集まりだ。これは勝てるかもしれないとほくそ笑む。

しかし、実際に練習してみると全方向に注意を払うのがなかなか難しい、ルール上他人が争っているうちに帽子だけ奪う漁夫の利戦法がいちばん強そうだ。だから周りには気を使わなきゃいけないのに、つい帽子を奪うのに夢中になってしまう。

僕らは作戦を考えた。そして気づいた。総合的に多くの帽子を取ればいいのだ。何人かで協力しちゃダメなんてルールはない。僕達は追い込み漁方式を採用することにした。数名で協力しながらブラックの軍勢の中に追い込むのである。

それともう一つ、ブラックの一年が速いのは他の一年も知るところだ。まず間違いなくブラックを分断させて帽子を取ることを狙ってくるだろう。僕達はまず帽子を取られないように練習をしなければならない。

不思議なことに、超個人主義な二年生もお願いすればちゃんと協力してくれる。別に個人行動が好きなだけで和を乱したいわけではないらしい。

二年生は特に研究者気質の者が多いみたいで、隙の少ない戦法の議論には毎回積極的に参加してくれる。二言目には会場を爆破させようとするデボーン先輩以外はだけど。多分デボーン先輩はみんなの反応を面白がっている。去年の事件をちゃんと反省して欲しい。


そうして互いに二つのチームに分かれて帽子を取り合っていると、コツが掴めてきたように感じられた。なかなか帽子を取られなくなったし、逆にみんなの帽子を取るのも難しくなってきた。

少し休憩をとることにしたのか、フランク先輩達も僕らの戦いを見学していた。

「短時間で随分上達したな。これなら他のクラスにも勝てそうだ」

フランク先輩が僕達の戻ってきたタイミングで話しかけてくれた。

さっき、下級生も全員参加できる競技が追加されたと嬉しそうに報告してくれたのは先輩だ。我がことのように喜んでくれた先輩に褒められるのはとても嬉しい。

「本当にいい競技を発案してくれたな」

フランク先輩に頭を撫でられて、僕は気恥ずかしかった。他の生徒にもまた揉みくちゃにされる。女性陣に微笑ましげに眺められていた。

その時練習場に学園長が現れた。皆慌てて整列しようとする。

「楽にしていてください。私は新しいゲームのルールに穴がないか確認しにきただけなので」

学園長は全クラスを回ってルール上の不備がないか確認しているようだった。

魔法の使用禁止や暴力行為の禁止、帽子を取られたら即座に地上の待機所に離脱、相手が一度獲得した帽子は奪えないなどのルールがあるが、僕達は特に不備があるようには感じなかった。

一応僕達は休憩を終わらせて一試合やってみせることになった。陣取りの選手達も一度やってみたかったようで、参加してくれるという。

「申し訳ありませんね、休憩中にお邪魔して」

学園長の言葉にフランク先輩が気にしないで欲しいと返す。

「取り合いにも一度参加してみたかったので、機会をもらえて嬉しいですよ。下級生達と一緒に参加できるのは楽しいですね」

フランク先輩と学園長は楽しそうに話している。

人数が少ないのでチームを四つではなく三つに分けた。ゲームが開始されると、陣取りに参加していた先輩は僕らに早々に帽子を取られて離脱してしまった。僕らはそれが少し嬉しかった。練習の成果が出ている証拠だ。

先輩達は一様に驚いていた。実はこのゲームは飛行以外の魔法を使わないので、実力差が発揮されづらいんだ。こういうところが下級生向けだなと思う。

試合中でも騒がしいドミニク先輩の帽子を奪うと、ドミニク先輩は大笑いしていた。実に楽しそうだ。

制限時間まで余裕があったので、結局最後は残った生徒同士の一騎打ちになる。最後まで残っていたのはグレイスだった。グレイスは避けるのが上手いからな。

僕はグレイスとの一騎打ちに緊張した。お互い帽子に手を伸ばしながら飛行を続ける。このゲーム、一対一になると途端に難しくなる。

どうにか緩急をつけながら飛んで、騙し合いをする。一瞬の判断が勝敗を分けるだろう。

結果帽子を取ったのは僕の方だった。反射神経は僕の方が上だったようでグレイスが作った一瞬の隙を逃さなかったんだ。

グレイスは悔しそうにため息をついた。

帽子を数えると結構いい勝負だった。優勝したのは結局テディーのいるチームだった。僕とグレイスの一騎打ちは勝利になんの影響もなかったらしい。僕達のチームは二位だった。

学園長が拍手で迎えてくれる。

「いい試合でしたね。何より学年関係なく戦えるのが素晴らしいです。ルールはこのままで良さそうですね」

上級生達も帽子を取られてしまったけど、楽しかったらしい。

本番も頑張れよと僕らの頭を撫でてくれた。


対抗戦当日の朝、僕は緊張のあまり早起きしていた。今日は家族皆とデリックおじさんで観戦に来てくれるらしいから、頑張らないと。

今日は午前中が的当てと魔法威力対決、そして午後からが格闘技トーナメントと取り合い合戦、そして陣取り合戦だ。

それぞれ順位によってポイント制になっていて、全てのポイントを合わせて総合順位が出る仕組みになっている。しかし陣取り合戦はポイントが大きいので、例年は陣取り合戦の勝利チームがそのまま優勝することが多かったそうだ。

今年は同じ点数で取り合い合戦があるから、総合優勝がどこになるのか予想が難しい。

今回は新しい下級生向け競技があると話題になっているようなので、今から緊張していたら身が持たなそうだ。

『きょ～うは～対抗戦な～の～出られ～な～いのが～残念な～の～』

アオが歌いながらスライムが出られないことを嘆いている。

『私も出たかったです。楽しそうで羨ましいです』

モモも残念がっている。今日はお父さん達がシロ達の面倒をみてくれるから、一緒にいられない。

そう思うととても心細く感じた。

『僕、一生懸命エリスの応援するからね』

シロがそう言ってくれたので、僕は頑張ろうと思う。

朝学園に向かう道を一人で歩いていると、なんだかとても寂しかった。早く学園に行こう。

僕は駆け足で学園に行った。今日は全ての学年のブラッククラスの集合場所に行く。

「あれ？　モモちゃん達は!?　もふもふはどこに!?」

学園に着くと真っ先にグレイスが言った。お父さんに預けてきたと言うと落胆したようだった。

手が何かをモフモフするように動いている。僕と同じようにグレイスも緊張をモフモフで癒したかったんだろう。

グレイスは家族が見に来ないようなので、お昼を僕達の家族と一緒に食べないかと誘った。グレイス以外は家族が見に来るので一人になってしまうのが可哀想だと思ったのだ。お父さんはこの学園がある土地の領主だからビップ観戦席が用意されているらしい。広いらしいからグレイスが一緒でも大丈夫だと言われていた。

「え？　いいんですか？　家族団欒の邪魔になりませんか？」

グレイスは遠慮していたが、おじさんもいるからと言うとちょっとホッとした様子だった。

「じゃあ、お邪魔させてください。いつかエリスの友人としてご挨拶できればと思っていたので嬉しいです」

グレイスは礼儀正しいから、きっとお父さん達も気に入るだろう。

その後次々やってくるブラッククラスの子達に、シロの所在を聞かれた。ドミニク先輩なんて地面に手をついて項垂れていた。

大人気だなシロ達。みんな試合前に癒されたかったらしい。アニマルセラピーってやつだな。アジズ先輩の従魔のウルフが少し寂しそうだ。連れてきた方がよかっただろうか。

待機所からは、円形に作られた大きな競技場を見回すことができた。なんでもマジックミラーになっていて、競技場からはこの中は見えないらしい。一応学園の敷地内に建っている競技場だが、普段は一般に貸出したりもしているようだ。

その競技場の高いところに作られた観覧席が、時間とともに埋まってくる。まだ半分ほどしか埋まっていないけど、午後になると一気に観覧者が増えて席が埋まると教えてもらった。

午前は地味な競技しかないからね。身内しか来ないいんだろう。しょうがない。

観覧席を見ていると、招待されたであろう孤児院のメンバーを見つけた。この学園は入学の倍率が高いが、学費がすごく安い。学園に貴族が入学する時は毎年多額の寄付金を納めなければならないという暗黙のルールがあったりするのだけど、貧しいけど優秀な者にはとにかく優しい学園だ。

だから貴族は跡取りをこの学園に入学させることがほとんどない。優秀な魔法使いを育成するための学園に、将来領地経営をする跡取りを入れるのは貴重な平民のチャンスを奪うことに繋がるという理由からだ。

兄さんが入学したのはこの学園の建つ土地の次期領主だからである。学園のことを知っておかなければならない立場だからだ。

学園が孤児達を招待するのは、貧しい者にも優しい学園であるというアピールのためでもある。国最高峰の学園だが貴族を優遇しているのではないと言いたいのだ。もっとも一部の貴族には学園のあり方が不満なようだが、今は七賢者のお陰で不満を口にすることは無い。

さてそろそろ対抗戦が始まる時間だ。僕は頬を叩いて気合いを入れると、開催式のために皆でフィールドに向かった。

僕達が競技場に出て整列すると、観覧席の人達が手を振って迎えてくれた。

ドミニク先輩は観覧席に手を振り返して応えている。実に楽しそうだ。

学園長が登壇して挨拶する。

開催を宣言すると、空に花火が打ち上がった。魔法を使った花火かな。空を埋め尽くすようなたくさんの光の花が、最後には落ちてきた。

僕達も観客も、みんな夢中になって拍手をしていた。

午前の前半の競技に参加する人以外はみんな各待機所に戻ってく。競技の準備中、解説だろうか先生方の声が観覧席の方に響いていた。観覧席を飽きさせないためでもあるんだろう。

耳を傾けていると去年の結果の話をしているようだ。ホワイトとブラックの一騎打ちの話をしている。

そうこうしているうちに、競技が開始された。

最初の競技は威力を競う的当てだ。僕はこれに出場する。参加人数は九十人くらいだ。順位によって入る点数が違う。

学年ごとに順番に的に同じ魔法を当ててゆく。威力は数値化されて表示されるのでわかりやすい。

僕はなんとか五点ゲットできる順位に滑り込むことができた。一年生の中では一番らしい。やっぱり先輩は強いな。

次はテディー達の出場する、正確さを競う的当てだ。動く的に魔法を当てていってその正確さを競う。これも成績が点数化されるのでわかりやすい。

「テディーとグレイスはさすがだな。一年生の中でも抜きん出ている」

フランク先輩が僕の横でそう評価した。グレイスはともかく、テディーはおじさんに魔法が雑と言われてから頑張っていた。努力の成果だ。

「そうか、努力か……今年の一年は本当に勉強熱心だな」

フランク先輩は感心した様子だった。


競技が終わると、午前の成績発表のためみんなで競技場に行く。テディーを見つけると声をかけた。

「テディー、すごい上達してたね！」

テディーは照れたような顔をして、グレイスには勝てなかったけどと言う。

「私も負けるかと思って頑張りました。まさかこんな短期間でテディーに追い越されそうになるなんて……本当にすごいです」

グレイスは一学年の中では一位だ。次点がテディーである。

僕達はみんな五点を貰える順位になんとか食い込めたので少しは点数に貢献できただろう。結果発表が楽しみだ。

壇上に先生があがると、点数が発表された。同時に大きな掲示板に点数が表示される。

ブラッククラスの得点は百五十二ポイントだ。百七十ポイント獲得したイエロークラスに続いて二位だった。ちなみにホワイトは百二十六ポイント、レッドは九十二ポイントだった。毎年のことらしいけど、レッドの勝ちはもう難しいんじゃないかな。

僕達も思いの外イエローに差をつけられてしまったけど、まだ午後の競技がある。陣取りと取り合いの二つの競技は一位になると三十ポイントゲットできるから、まだ勝ち目は残されている。

僕達は一旦家族と合流してお昼休憩をとることになった。グレイスと僕は一緒に観覧席に向かった。

警備員さんに名前を確認されると、僕達は席というか部屋に通される。僕達の待機所と同じでマジックミラーになっているらしい。競技場の様子がよく見えた。

僕を見るとシロが突進してくる。寂しかったのかもしれない。僕はシロを撫でると、まずグレイスを紹介した。グレイスは礼儀正しく挨拶していた。

「君がコービン伯爵のお嬢さんか、彼とは領地が近いから親交があるが、君とは初めて会うね」

お父さんがそう言うと、グレイスが少し俯いたように見えた。

やっぱり家族と仲が良くないのかな。少し心配だ。

お屋敷のシェフが張り切ってくれたようで、昼食はとても豪華で美味しかった。

お父さん達とおじさんは食べながら、僕らのことを褒めてくれた。

兄さんはホワイトの後輩の成績が低かったので少し心配しているようだ。兄さんは去年のホワイト六年の級長だったから、責任を感じているのかもしれない。

でも僕らだって負けていられないんだ。フランク先輩達に優勝をプレゼントして、去年の雪辱を果たしてから卒業させてあげたい。

そのためにも取り合い合戦は絶対負けられない。グレイスも拳を握って気合を入れている。

昼食を食べていると、徐々に観覧席が埋まってゆくのが見えた。家族席とそれ以外の席は分けられているらしく、今まで人がまばらにしかいなかった場所が人で溢れてゆく。軍服や仕事の制服の人も多いから、スカウトに来ているんだろう。

一年生の僕らにはまだ関係ない話だ。

僕達は昼食が終わると待機所に戻った。午後の最初は格闘トーナメントだ。メルヴィンが出場するからどうなるのかとても楽しみだ。

格闘トーナメントが始まると、観客は先程より盛り上がっていた。無理もない、このトーナメントが開催されるのは実に十年ぶりなのだという。レッドクラスの張り切りようもわかる。

トーナメントは人数が多すぎるので、最初に全員で混戦して場外になった者十人が落とされる。それから抽選でトーナメントの組み合わせが決まるんだ。

ここでブラックは四人脱落してしまった。恐ろしいのはレッドが作戦などたてずに個々の力量で十人脱落させてしまったことである。

レッドクラスの子は強すぎる。メルヴィンも中盤まで勝ち残っている。今のところレッドクラスには誰一人として脱落者がいないのに、ブラックで残っているのは四年生の先輩だけだ。イエローは二人、ホワイトも二人勝ち残っているが、実力差とトーナメント表を見るかぎり次で負けそうだ。

案の定、四人は負けて、上位五名はブラックが一人とレッドが四人になった。上位五名は十ポイント、十位までは五ポイントなので、このトーナメントで四十五ポイントも獲得したことになる。ポイントは確定したが、まだ試合は続けられる。

次はメルヴィンの番だ。相手はレッドの五年生、体格が違うから少し心配だ。

メルヴィンは先輩に殴り掛かる。身体強化魔法を使っているからその速さと強さは桁違いだ。先輩は危なげなく拳を受け止めると、反撃に出る。手に汗握る試合だった。結局メルヴィンは負けてしまったけれど、一年でここまでいければ快挙だろう。

結局ブラックの先輩も負けてしまってトーナメントは幕を閉じた。

「くじ運も良くなかったね」

隣でテディーがそう言う。レッド同士で当たってくれれば、もう少し他のクラスもポイントが取れただろう。

ただ、レッドが四十五ポイント獲得しても順位は四位のままなのである。三位のホワイトとは三ポイント差まで追い上げたけど、最下位なのはそのままだ。今のところやはりイエローがトップだ。

ブラックは十七ポイント差でイエローに負けてる。残り二つの競技は一位が三十ポイント、二位が二十ポイント、三位が十ポイントを貰える。まだ逆転は十分にできる、どのクラスもだ。

僕達は次の取り合い合戦の準備をする。ブラックの帽子をかぶり、僕達は作戦を確認し合う。まず狙うのはイエローだ。彼らを勝たせるわけにはいかない。とにかく帽子を取られないようにだけ注意しながら彼らを追い込もう。

会場にアナウンスが流れると、みんな僕達に手を振って応援してくれた。僕らはシューズに魔力を流して宙に浮く。開始の合図がされると同時にイエローを囲むように追い込んでいった。

僕らがイエローの帽子を粗方取り終わった頃。レッドはホワイトにほとんど取られていた。次はホワイトとブラックの取り合いだ。ホワイトは連携があまり取れていなかったので、簡単に帽子を奪うことができた。時間切れが来る前にブラック以外の帽子を取り尽くしてしまった。ブラックはまだ結構人数が残っている。練習の成果が出し切れたと思う。

テディーが僕のそばまでやってきた。小声でやったね！　と呟いていた。僕達は笑い合う。

ブラックの陣営に戻って帽子の集計をすると、僕らの圧倒的一位だった。皆で歓声を上げて喜び合う。二位はホワイト、三位はイエローだ。レッドが勝ってくれればよかったんだけど、そう上手くはいかないか。これで総合点でイエローを上回ることができた。

今の点数は僕らが百九十六ポイント。イエローが百九十三ポイントだ。これでレッドとホワイトの一位は無くなったから、ブラックとイエローの一位争いになる。後は先輩達にかかっている。

待機所に戻ると、陣取りに出る先輩達に揉みくちゃにされた。優勝が目に見えるところまできたんだ。

歴代でブラックが優勝したことはあまりないらしい。大体優勝するのはイエローかホワイトだったのに去年も今年も優勝目前まできている。去年は負けてしまったが、今年は勝てるかもしれない。先輩達は後は任せろと言って陣取りの準備を始めた。

会場には大きなキューブが設置されようとしていた。観覧席を見ると、みんな楽しそうにしていた。今総合成績一位のブラックは、初戦は三位のホワイトと戦うことになるらしい。去年の雪辱を果たせるのか、ドキドキする。

先輩達が競技場に現れると、僕達はガラス越しに試合にかじりついた。初戦はホワイトとの試合だ。試合の最初では危なげなく真ん中を取ることができた。練習の時のキューブとは少し違い、キューブの真ん中に三十と数字が表示され、一秒ごとに減ってゆく。

キューブの色が変わってから三十秒は誰が触れても色が変わらないからそれを示しているんだろう。

その間に先輩達は態勢を立て直す。三つのキューブを守りながら相手のキューブも取りに行かなければならない。

相手は真ん中を放置して隅のキューブを狙うことにしたようだ。自陣のキューブは四方から攻められる危険が少ないため、僕達には嬉しいことだ。

だが、試合が進むにつれてブラックはホワイトを撃ち落とせなくなってゆく。ホワイトがメンバーを変えてきたようだ。

結果隅のキューブはホワイトに取られてしまった。しかしブラックも負けていない。こちらも隅のキューブを取り、この回はブラックが三つのキューブを獲得した。

休憩を挟んで二度目も、最初に真ん中を獲得したのは黒だった。速さではこちらが勝っている。この回のホワイトは防御より攻撃を取ることにしたらしい。初手で真ん中を取れないと悟ったんだろう。ブラックもそれを見て守りを固くする。結果、数回ホワイトに奪われては奪い返してブラックが三つのキューブを取って終わった。

最後のターン、コレで四つ以上のキューブを取らなければホワイトは勝てなくなった。後は油断しなければ大丈夫だ。危なげない試合でブラックは勝利することができた。これで次にイエローが勝てばイエローとブラックの優勝争いだ。

戻ってきた先輩達を僕達は囲んだ。本当はそっとしておいてあげるのが良いんだろうけど、優勝が見えてきて我慢できなかった。

汗だくの先輩達に飲み物を渡して感想を伝える。はしゃぐ僕達に先輩達はしょうがないなというように笑った。

ガラスの向こう側ではイエロー対レッドの試合が始まっていた。先輩達は次の試合のために真剣にイエローを見ている。フランク先輩が小さく呟きながら作戦を考えていた。

結果はやはりイエローの勝ちだった。この後はホワイトとレッドの三位決定戦の後、試合が始まる。

三位はホワイトになった。イエローとの戦いで、レッドが疲弊していたことも大きいだろう。ホワイトの圧勝だった。ちょっとレッドが可哀想になった。

先輩達は再び競技場に向かう。僕達はもう応援することしかできないけど、優勝して欲しい。

「イエロー、指揮官が有能なんだろうね、態勢を立て直すのがとにかく早いからペースを乱されないように注意しないと」

隣でテディーが先程の試合の感想を言っている。グレイスと僕はテディーの見解を聞きながら先輩方の勝利を祈っていた。

最終戦が始まると、観客も熱狂していた。ほんの十ポイント程度の差で勝った方が優勝になるんだ。去年と同じくらいの接戦だ。興奮する気持ちもわかる。

最初に真ん中のキューブを取ったのはブラックだった。幸先の良いスタートだ。しかしイエローとはタッチの差だった。二回目も同じようにいくかはわからないだろう。

フランク先輩が防衛に回るよう指示を出しているのが見える。ホワイトの時とは違う陣形だった。練習の時に見たことがある。自陣の防御を強く固める陣形だ。

どうやら主な攻防の場を真ん中に絞ることにしたらしい。イエローも陣形を見て理解したようだ。すぐに自陣の防御を固めて同じような構成にした。判断が早い。

それからは主に真ん中を取っては取られの連続だった。見ているだけでハラハラする。結果ブラックが真ん中を取って一回目は終了した。

休憩後の二回目は、イエローが真ん中を取った。その後は中央に人員を集中させた形を取っていた。ブラックが守りが薄い敵陣のキューブを取ろうとする度、中央から人員を送り込まれて苦戦していた。結果敵陣のキューブを一つ奪ったけど、相手にも一つ奪われてしまって終了した。

これで同点、物凄くいい勝負だ。ここまで白熱するとは思わなかった。


最後のターン、真ん中を取ったのはイエローだった。二回目と同じように中央に人員を固める。それからはほとんど膠着状態だった。

互いになかなか相手のキューブを奪うことができずに時間が過ぎてゆく。そろそろ終了というところでブラックが動いた。戦力を相手陣地のキューブに集中させる。イエローはその隙にブラックのキューブを取ろうと人員をブラック側に集中させた。キューブを一つ取られても、相手のキューブを取ってしまえば負けることはないからだ。

その時フランク先輩が動いた。先輩は防御の薄くなった中央のキューブに単身突っ込んでゆく。まさか指揮官が単身突っ込んでくると思っていなかったイエローは対応が遅れた。

懸命に撃ち落とそうとするも先輩には当たらない。先輩はキューブに触れた後、妨害魔法に当たり墜落していった。

指揮官が墜落したブラックだったが、フローレンス先輩がブロックサインで他の生徒に指示を出していた。戦力が集中した相手方のキューブを取ると、全てのキューブの守りを固める。

墜落した先輩が戻ってくる頃には守りが固められていた。形勢が逆転してからはイエローの必死の攻撃も虚しくキューブを取り返すことはできなかった。

試合終了の合図が響く、ブラックの優勝はこれで確定したのだ。

僕達は競技場に走った。歓声の中、丁度空から降りてきた先輩達に飛びつく。みんな満面の笑みだった。

大きな歓声が上がる中、僕達は皆で先輩を褒めたたえた。特にフランク先輩の、相手の意表をついた捨て身の作戦が勝敗を分けたのだ。僕達だって驚いた。

その後のフローレンス先輩の指示も鮮やかだった。指揮官が落ちた時のために、事前にブロックサインを決めていたのは知っていたけど、まさか使う機会があるだなんて思わなかった。言いたいことはたくさんあった。でも感動で言葉にならない。

すごいすごいとしか言えない僕に、フランク先輩は僕の頭を撫でて言った。

「お前達が頑張ってここまで繋いでくれたんだ。応えないわけにはいかないだろう？」

なんてかっこいいんだろう。僕はフランク先輩みたいな先輩になりたいと思った。来年後輩が入ってきたら、先輩を手本にしよう。

今年の対抗戦は歴史に残る名勝負だったと、最後の式で学園長が言った。僕達は興奮が覚めやらないまま、学園長の演説を聞いていた。

最後に、優勝したブラッククラスにトロフィーが贈られる。フランク先輩はトロフィーを受け取ると高く掲げた。僕達はまた歓声を上げて拍手する。式が終わっても、興奮はなかなか収まってくれなかった。

「あーもー凄かった！　フランク先輩カッコよすぎだよ！」

テディーが握った手を振り回しながら言った。僕は何度も首を縦に振る。

「フローレンス先輩も凄かったです！　打ち合わせしてたわけじゃないんですって！」

僕達は驚いた。咄嗟の判断であんなに鮮やかに指揮がとれるのか。本当にすごい。

先輩達は今年で卒業してしまうのか、寂しいな。ほんの少しの間しかお世話にならなかったけど、なんだかとても多くのことを教わった気分だ。

卒業する時には花を贈ろう。笑って見送れるだろうか、なんだか泣いてしまいそうだ。


テディー達と別れお父さん達の待つ観覧席に戻る。

お父さん達はみんな笑って僕を出迎えてくれた。優勝おめでとうと声をかけてくれる。兄さんだけはちょっと悔しそうだったけど、僕は嬉しかった。

『エリス！　おかえり！』

シロが尻尾を振って僕に擦り寄ってきた。今日は寂しい思いをさせてしまった。

『エリス、見てたの！　凄いの！　よく頑張ったの！』

アオが僕の周りを飛び回って言った。

『名試合でしたね。手に汗握りました』

モモもシロに乗って僕らを讃えてくれる。

なんだかとても長い間離れていたような気がして僕は思い切り皆を撫で回した。

「さあ、続きは家に帰ってからだ。早く帰らないと面倒なやつに絡まれるって俺の勘が言ってるぞ」

おじさんの言葉に、僕は歩きながら今日の話をすることにした。おじさんが早く帰った方がいいと言うならそうなんだろう。

おばあちゃんも時々そう言うことがあった。おじさんのジョブは『魔法使い』すなわち魔法に関する全てのジョブを持っているのと同じだ。当然『占い師』が持つ先見の力も持っている。どれくらい未来が見えるのか、どれくらい未来が当たるのかは人によるけど、先見の力は侮れない。

面倒な人が誰かは知らないけど、おじさんのおかげで回避できるなら嬉しい。今は楽しい気分に水を差されたくないからね。

僕達は今日のことを話しながら家に帰った。おじさんは一緒に夕食だけ食べて帰るという。賑やかで嬉しいな。


その日の夜はご馳走だった。お屋敷のシェフが昼食に続いて頑張ってくれたらしい。後でお礼を言いにいこう。

「しかし、今年の対抗戦の新しい競技はエリスが考えたんだろう？　楽しそうで良かったな、俺もやってみたかったよ」

兄さんが残念そうにしていた。卒業してから競技が増えるのは確かにとても残念だろう。

「学園長がとても褒めていらしたぞ、エリスは優秀なのにそれをひけらかしたりせず、クラスの子達にもとても好かれていると」

お父さんの言葉に僕は少しむず痒い気持ちになった。クラスのみんなは確かに個性が強いけど、とても勉強熱心で優しいいんだ。

皆で仲良くできているだけで、僕の人徳とかではないと思う。みんなをまとめているのは級長だしね。


夜になって僕はおばあちゃんのペンダントに話しかけた。今日はおばあちゃんにお話ししたいことがたくさんあった。フランク先輩達の活躍や、取り合い合戦で圧勝できたこと、観客が多くて驚いたこと。語り出したら止まらなかった。

時々アオ達も相槌を打ってくれて、とても楽しい時間だった。


僕は話している内に眠ってしまった。眠っている間に見た夢は、前世の僕が剣道の大会で優勝する夢だった。剣道はガッツポーズとか勝利を喜ぶ動作が禁止されているらしい。

ストイックなスポーツだな。僕はもっと楽しいスポーツがいいな。

今日は久しぶりの何もない休日だ。対抗戦で疲れてしまったから、皆で休みをとることにしたんだ。そんな日は回復薬を作って売りに行くんだけど、それも午前中で終わってしまった。暇だった僕はおばあちゃんの作ったからくり箱の謎に挑戦することにしたんだ。

これは秘密基地に置いてあったものだ。おばあちゃんが作ったガラクタの中の一つで、テディーいわく中にもう一つ魔法道具が入っていそうだということだったんだけど、中々開かなかったんだ。何故だか今なら開けられるかもしれないと思って挑戦している。

ずっと挑戦していたら夕方になっていた。難しすぎるよ、この箱。ご飯を食べて、再度挑戦する。もう今日一日はこの箱に使うって決めたんだ。シロもアオもモモもからくり箱への挑戦には飽きてしまったらしい。固まって眠ってしまった。

「あーもー！　開かない！」

僕はベッドに倒れ込む。特に何も考えず、からくり箱を天窓から差し込む月明かりに当てた時だった。なにか箱のパーツに違和感があった。僕は少しだけ色が変わったパーツを動かす。するとまた別のパーツの色が変わった。僕は横になったまま夢中でパーツを動かしていた。するとカタッと小さな音を立てて箱が開いた。そうか、月明かりが必要だったのか、開かないわけだ。

僕はベッドから起き上がって箱の中身を確認する。

中に入っていたのは腕輪のようなものと手紙だった。僕はその手紙の宛先を見て固まった。手紙にはハッキリと『エリスへ』と書かれていた。

間違いなくおばあちゃんの字だ。僕は心臓がバクバクして指先が震えた。おばあちゃん？　どうして、死んだはずのおばあちゃんの手紙がここにあるの？

何故か涙が溢れてきた。僕は震える指で手紙を開封する。

『エリスへ

この手紙をお前が読んでいるということは、一番可能性の高い未来へ進んだんだろう。領主様の家での生活はどうだい？　学園は楽しいかい？　聞きたいことはたくさんあるけれど、私が先見で見た未来の話をするよ。』

僕は涙を零しながら滲む視界で手紙を読んだ。大魔女と呼ばれたおばあちゃんは、どれほど先まで未来が見えていたんだろう。

『お前はいつか必ず巻き込まれることになる。おばあちゃんのせいさ、ごめんね。怖い思いをさせてしまうかもしれない。だからせめてその未来が訪れてしまった時のためにアンクレットを渡しておくよ。絶対に、絶対に外してはいけないよ。どこに行くにも身につけるんだ。王家の持つ魔法道具の効果を妨害できるのはそのアンクレットだけだ。だから、それを肌身離さず身につけて、王族には関わるんじゃないよ。』

王族？　どうして王族が出てくるんだろう。僕は狙われているんだろうか？　何故？　大魔女であるおばあちゃんはともかく、僕は普通の『テイマー』なのに。お母さんが関係しているんだろうか、わからない。

『あとはそうさね、お前の前世の記憶のことだ。少しずつ精神に馴染むように夢で過去を見られるようにしたけれど、お前が記憶のせいで変わってしまわないか心配だ。前世はあくまで前世、それを覚えておくんだよ。それと夢はお前の精神を映す鏡だ。嫌な夢を見た時は注意するんだよ。感情的になって俯かないように、前を向いて歩くんだ。いいかい？　おばあちゃんとの約束だよ？』

前世の記憶は朧気だ。たまに夢で過去の記憶を見るけれど、僕は前世の自分の名前も知らない。何故かそういうのは見えないんだ。おばあちゃんが僕が変わってしまわないようにそうしてくれたのかな？

『さて、私が見た未来もこれが最後だ。これからは助けてあげられない。本当にお別れさ。いいかい、何度だって言うよ。前を向いて生きるんだ。そして困ったらデリックや他の七賢者を頼るといい。一人で何とかしようとするんじゃないよ。』

僕は涙が止まらなかった。こんなの反則だよ、おばあちゃん。

『言いたいことはまだまだたくさんあるけれど、時間切れさ。おばあちゃんとの最後の約束、どうか守っておくれ。おばあちゃんはいつだってエリスの幸せを願っているよ。』

手紙はそこで終わっていた。僕はしばらく泣き続けた。いつの間にかシロ達が起き出して僕の様子を窺っている。僕は久しぶりにおばあちゃんの痕跡に触れて、嬉しいのか悲しいのかよくわからなくなっていた。ただ、涙が溢れて止まらなかったんだ。

シロ達が気遣わしげに近くに来てくれた。僕はシロに抱きついて心が鎮まるのを待つ。ようやく涙が止まった僕は、アンクレットを身につけた。

効果はわからないけど、おばあちゃんが最後に僕に残してくれたお守りだ。肌身離さず身につけよう。

僕はその日はシロに抱きついたまま眠った。見たのはお葬式の夢だった。棺桶の中の顔だけが、塗りつぶされたように見えない。僕は夢の中でも泣いていた。

それでも、起きたらちゃんと前を向いて歩くから、今だけは悲しんでもいいよね、おばあちゃん。

外伝　かりそめの英雄

「学園ですか？」

あたし、ネリー・クーリエは王家所有の人間兵器だ。今年で十四歳になる。

ただ『魔女』のジョブを持って生まれただけで、ロージェ国の王家に全てを取り上げられた哀れな人のなりそこない。

生まれてすぐに王城に連れてこられたあたしは親も知らない。

王家による洗脳教育により、王家に忠誠を誓うよう教育された人間兵器。

もっとも、王家に忠誠心など欠片も無いが。あたしは訓練の時だけ忠誠を誓っているように見せているだけだ。

自分を人間とも思わない連中に、誰が忠誠を誓うかアホらしい。

いつか隙あらば死んだふりでもして逃げてやるとずっと思っている。

そんなあたしに特別任務が下された。今度学園に通うことになる妾腹の第二王子の護衛兼学友として学園に通うこと、それが課せられた任務だった。

あたしの他に『魔女』であるマリリンと、『魔法使い』であるブライトンも一緒に任務に参加するようだ。年齢が近いから一緒にということだろう。

第二王子のジョブは『魔法使い』だ。正直三人も護衛がつく理由がわからない。しかも彼の能力はあたしより上だ。一緒に訓練を受けたこともあるから間違いない。

しかし、兵器であるあたし達に逆らうなんて選択肢はあるはずもなく……。

「かしこまりました。学園ではどうすればいいですか」

「あの王子が何かしないように監視しろ」

なるほど、王太子はよほど第二王子を警戒しているらしい。

第二王子も哀れだな。彼も『魔法使い』として生まれたがゆえに、自由などなく、しなくてもいい苦労をするはめになった人間だ。

最近近隣国で民衆によるクーデターが発生してどこの国もピリピリしていた。貴族による支配に懐疑的な民衆は増えている。

特にこの国の建国王である大賢者ロージェは、暴政を働いた国から逃れた多くの移民達を率い国を興したという過去を持つ。

そこに大賢者ロージェと同じ『魔法使い』のジョブを持った王子が誕生したのだ。第二王子を王にと考える下位貴族や民衆も多い。

王太子は彼のことを何度も暗殺しようとした。しかし『魔法使い』のジョブを持つ第二王子を殺すのは難しく、暗殺を目論む度に反撃にあい王太子としての資質を問われていた。

殺せないから王都から最も離れた領地にあるこの学園へ追い出すという方法をとることにしたのだろう。本来王族は学園になんて通わない。

「お久しぶりでございます。ネリー・クーリエです。アンドレアス・ドゥ・ロージェ殿下」

第二王子であるアンドレアス殿下はどうにも摑みどころのない人だった。いつも口元に微笑をたたえ、表情が読めない。とても十二歳とは思えない少年だった。

マリリンとブライトンも、それぞれ挨拶する。

「うん、楽にしてくれてかまわないよ。これから一緒に学園に通うんだ。畏まる必要なんてないさ」

アンドレアス殿下は寛容な方だった。あたし達兵器に顔をあげることすら許さない王太子とは大違いだ。

礼儀作法が苦手なあたしには嬉しいことだ。

護衛はとても楽な仕事だった。基本的に誰か一人が殿下のそばにいればいいんだから。真面目なマリリンとブライトンがほとんどやってくれた。

あたしはよく授業をサボって旧校舎のそばの庭で昼寝をしていた。

こんなにのんびりできるのなんて人生で初めてだ。王城では毎日ぎっしりと訓練の予定が入れられていた。

サボっても『魔女』であるあたしが怖いのか、誰も何も言わない。

学園で習うことなんて、幼いころから兵器として王城で仕込まれ続けたことばかりだ。テストは何も問題がない。

というか、この学園のテストは意味がない。教師が高位貴族に買収されているからだ。みんな金でテストの成績を買うのだ。この学園は貴族社会と同じように腐ってるのだ。

庭の木陰で昼寝をしていると、綺麗なピアノの音が聞こえてきた。あたしは音楽には詳しくないけれど、とても心休まる音色だった。そうか、もう昼休みか。

それからはたまに昼休みにそのピアノの音色が聞こえるようになった。

あたしはいつの間にか、ピアノの音色を聴くのが楽しみになっていた。

＊

学園に通うようになって半年も過ぎたころ、あたしはアンドレアス殿下から呼び出された。

とうとうサボりを怒られるのかなと思っていると、ブライトンとマリリンが真剣な顔をしていることに気がつく。

殿下は相変わらず表情が読めない。

「率直に聞こう、君は今のこの国の『魔女』の扱いについてどう思っている？」

この質問をする時だけ殿下の目が真剣な色を帯びた。さて、どう答えたものか。

その時、唐突に未来が見えた。勝手に先見の力が発動したらしい。

その未来では、あたしが他の魔女や魔法使いと共に貴族屋敷を襲撃していた。

この王子はクーデターを起こすつもりなのか？　それに協力してほしいと？

あたしは楽しそうだと思ってしまった。

だから言う。

「狂ってると思ってますよ」

そう言うと、殿下は安心したようだった。王家の洗脳教育があたしには微塵も効いていないとわかったのだろう。

本来『魔女』と『魔法使い』は王家に仕えることが誉だと言うように教育される。

まあ、堂々と仕事をサボっている時点でバレバレだっただろう。

「君ならそう言ってくれると思っていた」

そう言った殿下は、自身の計画について話しだした。

「僕は王城で管理されている『魔女』と『魔法使い』を解放したいと思っている。何も僕が王になろうというわけではない、今の王家から力を削ぎたい。そして不遇な目にあっている『魔女』達を助けたいんだ」

なんだ、クーデターではないのかと少しがっかりした。

この場にいるということは、マリリンとブライトンも殿下に賛同しているのだろう。

マリリンはともかく、頭の固いブライトンをたった半年で仲間に引き込んだその手腕には脱帽する他ない。

「とはいっても、僕はまだ幼く力が足りない。学園にいる間は準備期間だ。派手に動くことはないだろう。大々的に動くのは卒業した後になる。もどかしいだろうがどうか協力してほしい」

そう言って、殿下はあたしに向かって頭を下げる。

あたしはこの二つ年下の王子を見直した。兵器であるあたしにも頭を下げられるのは、あたしをちゃんと人間だと思っていないとできないことだろう。

明日からは仕事も少しはやることにしよう。

「わかりました。暴れるのは得意なんです。任せてください」

あたしはワクワクしていた。退屈で窮屈な日常に光が差したようだった。

早く学園を卒業したい。そう思った。

「君には特に期待しているんだよ。どうかこれからよろしく」

あたしと殿下は握手をかわす。あたし達を兵器扱いする王家の連中に一泡吹かせてやるのだ。こんなに愉快なことはない。


次の日から、あたしは殿下の護衛としての仕事もちゃんとするようになった。

殿下のそばにいると、色々見えてくるものがある。

一つ目は殿下の協力者は案外多いのだということ。学園の中だけではない、恐らく市井にも殿下の協力者は多くいる。

人望のある殿下が王様になった方がみんな平和に暮らせるんじゃないかと思ったが、本人にその気は無いらしい。

残念だと思いながら、殿下の優秀さに卒業が楽しみになった。

そして二つ目は、上位貴族はクズばかりだということ。

彼らはとにかく自分より下の身分の人間を人と思っていなかった。下級貴族を奴隷のように扱い虐げていたのだ。

教室でのやり取りを見て、何度殴ってやろうと思ったかしれない。

その度にマリリンとブライトンに止められた。今は力を蓄える時だ。

魔女達を救出する時まであたし達が目立つのは避けなければならない。

何もできないまま半年が過ぎて、あたし達は二年生になった。


「おい、そこの女。退屈だから豚になれよ」

今日も教室では幼稚で下らない虐めが横行していた。

床に這いつくばって豚の鳴きまねをさせられた女の子が泣いている。それを見て、上位貴族達は笑っていた。

胸糞悪くて反吐が出る。

あたしは癒しを求めて旧校舎近くの庭に行った。

今日はあのピアノが聴けるだろうか。あの演奏を聴くと不思議と心が休まるのだ。

庭に着くと美しいピアノの旋律が聞こえた。

荒んでいた心が浄化されてゆくようだ。

その日、ピアノを聴くだけで終わらなかったのはただの気まぐれだった。あたしの足は旧校舎の音楽室に向かっていた。

自分で思うより心が疲弊していて、誰かと話したい気分だったのかもしれない。

ピアノが止んだその隙に、ノックをして音楽室の扉を開ける。

そこにいたのは、地味な風貌をした大人しそうな、水色の髪の女の子だった。

女の子は驚いて言う。

「申し訳ありません。教室を使う予定でしたか？」

あたしは首を横に振った。

「ごめん、綺麗な演奏だったから、もっと近くで聴きたかったんだ」

女の子は目を見開くと、花がほころぶように笑った。

「それはありがとうございます。家族以外に褒められたのは初めてです」

「あたし、二年のネリー・クーリエ。何か一曲聴かせてくれない？」

あたしが名乗ると女の子も名乗ってくれた。

「四年のセニカ・コービンです。ではリクエストにお応えして演奏しますね」

セニカはあたしのために演奏してくれた。初めて間近で聴いた演奏はとても心に響く音だった。

演奏が終わって、あたしは拍手でセニカを称える。

「ありがとうございます。ちょっと気恥ずかしいですね」

こちらに笑いかけてくるセニカになんだかとても癒された。

セニカは地味だけど、笑うととても可愛い。

その日から、あたしとセニカは友達になった。友達なんて初めてできた。

王城に仲間はたくさんいるけれど、友達という感じではない。

セニカは学年こそ違うけど同い年で、お互いに波長が合った。

性格は正反対だったけど、だからこそ馬が合ったのかもしれない。

昼休みは毎日音楽室で落ち合って、ご飯を一緒に食べて授業開始ぎりぎりまでおしゃべりして過ごした。

時折セニカのピアノを聴かせてもらって、あたしはとても楽しかった。

セニカは子爵令嬢なのに気取ったところのない優しい子で、いつもあたしを気遣ってくれた。

兵器として育てられ、市井のことを何も知らないあたしを外に連れ出してたくさんのことを教えてくれた。

「最近楽しそうだね、ネリー」

セニカに会って一年が経った頃、殿下に言われた。

一緒に遊ぶ親友ができたのだと言うと我が事のように喜んでくれる。

この頃には殿下ともだいぶ打ち解けて、軽口をたたき合えるくらいには仲良くなっていた。

「市井探索か、羨ましい」

マリリンが恨めしそうな目であたしを見た。

少しは仕事をするようになったといってもほとんどマリリンとブライトンに任せきりだったから、マリリン達には外に出る時間なんてなかったのかもしれない。

さすがに悪いことをしたなと思う。今度外に出られる時間を作ってあげよう。

「いいね、私も一緒に行こう。そしたら問題ないだろう?」

殿下が軽く言う。確かに市井に出ても、『魔法使い』である殿下には危険はないだろう。

というか『魔女』と『魔法使い』が四人そろっている時点で並の軍隊では勝てっこない。

「セニカに案内をお願いしてみます」

セニカはきっと驚くだろう。その顔を想像して楽しみになった。

しばし雑談して笑いあっていると、殿下が真剣な顔をして語りだした。

「みんなに聞いてほしい話があるんだ」

殿下は珍しく緊張しているらしく、しきりに指を組み替えていた。

「私はこの学園に入るまで『魔女』と『魔法使い』さえ解放できればいいと思っていた。でも最近は思うんだ。それだけで本当にいいのかと……。私はこの腐った貴族社会を変えたい。そしてできるなら、君達にも協力してほしいんだ」

殿下の言葉にあたし達は息をのんだ。

あたしの思いは決まっている。この学園に入学して三年、嫌なものをたくさん見てきた。

それを変えようというなら、いくらでも力を貸そう。

殿下にならきっと世界を変えられる。それだけの知恵が、力がこの人にはある。

「あたしは殿下に従います。あたしもこんな腐った国のままじゃダメだと思う」

マリリンは少し考えて言った。

「私も殿下に協力します。やっぱり今の貴族社会は間違ってる」

ブライトンはまだあまり納得していないようだ。

「僕は『魔法使い』の解放を優先したいです。ですが、殿下が望むなら少しぐらいは力を貸します」

殿下は安心したように微笑んだ。

「ありがとう、みんな。いずれにしても動くのは学園を卒業してからになると思うけど、情報収集と準備は引き続きしておくよ」

そうしてあたし達は貴族に喧嘩を売ることになった。殿下がどんな作戦を考えてるのかは知らないけど、貴族に吠え面をかかせてやれるのが楽しみでしょうがなかった。


次の週、学園が休みの日にみんなで市井探索をした。

あたしの突然のお願いにセニカは驚いていたが、快く案内を受け入れてくれた。

今日は、セニカが幼馴染の婚約者を連れてくるという。

ずっと会ってみたいと思っていたから楽しみだ。

セニカの婚約者は商家の次男坊だ。子爵令嬢であるセニカの婚約者が商家の人間でいいのかと思ったけど、セニカの父は応援してくれているようだ。

卒業と同時に結婚するという。そう語ったセニカは幸せそうだった。

「初めまして、パスカル・フェザーと申します」

青い髪をしたその青年は十七歳になる、少し年上の優しそうな顔立ちの男だった。

セニカに相応しいか見極めてやらねばと思っていたが、二人並んだ姿は幸せそうで絵になった。

余計なお世話というものだったらしい。

パスカルは商人らしく貴族とのやり取りにも慣れていた。あっという間に人の心をつかむ手腕はなかなかのもので、殿下とすぐに打ち解けていた。

市井探索は楽しいの一言だった。

初めて街を歩くマリリンとブライトン、殿下は終始珍しそうに街を見まわしている。

買い食いがしてみたいという殿下に串焼きを渡すと、おっかなびっくり口に入れていた。

マリリンとブライトンは歩きながら食べるのは苦手なようで、目を白黒させていた。

あたしはぶらぶらと街を歩きながら食べる串焼きは最高だと思っているので、わかってもらえなくて残念だ。

「街歩きはいいな、民のことがよくわかる」

殿下はここぞとばかりに色々なことをパスカルに質問していた。


「あ、これ、ネリーに似合いそう」

セニカが指したそれは、可愛らしい赤い花が連なったブレスレットだった。

「こんな可愛いの似合わないよ」

「そう？　すごく似合うと思うけど」

「兵器がこんな可愛いのつけてたら叱られちゃう」

あたしの言葉にセニカは怒った。

「たまに言うけど、ネリーは兵器じゃないよ、ちゃんと人間だよ」

セニカの言葉にあたしは嬉しくなった。

あたしはいつの間にか無意識の内に、兵器であることを理由にしていろんなことを諦めるようになっていた。

セニカはそれに気づいていてくれたんだ。

「はいネリー。友情の証に、私からプレゼント」

セニカはあたしの腕にブレスレットをはめてくれた。

「私の分はネリーが選んで！」

あたしはセニカのために青い花のブレスレットを選んだ。デザインが完全にお揃いだ。

「お揃い嬉しいな、大事にするね」

あたしはブレスレットを光にかざす。生まれて初めてつけた可愛らしいアクセサリーは、やっぱりあたしにはちょっと似合わないような気がしたけど、とても暖かな気持ちになった。

あたし達の友情がずっと続けばいいと、ブレスレットに願った。

その後あたし達は日が暮れるまで市井探索を楽しんだ。

それから週末にはよくみんなで市井に遊びに行くようになった。

殿下はいつの間にかパスカルを味方につけ、市井の情報操作をお願いするようになっていた。

実際大きな商家の子供であるパスカルの情報発信力は素晴らしく、殿下は市井の噂を思い通りに操れるようになった。

そしてパスカルを通して市井にも仲間を増やしていった。

そんなある日のことだった。

あたしに王家から大量繁殖した魔物の討伐命令が届いた。何故あたしなのか、訳がわからなかった。

しかし、命令自体におかしなところはどこにもない。学園に通う前は普通にこなしていた仕事だったからだ。

あたしは後ろ髪をひかれながら、しばらく学園を離れて魔物討伐をすることになった。

「気を付けてくれネリー。何を企んでいるのかわからない。あまり一人にならないように」

殿下は心配しながらあたしを送り出してくれた。

任務は拍子抜けするほど普通だった。魔物を討伐し、数か月そこに逗留して経過観察をする。

本当に何故あたしに割り当てられたのかわからない任務だった。


そのまま三か月ほど経ったある日の朝。あたしは夢で未来を見た。

見慣れた旧校舎の音楽室で、血まみれの人が倒れている。水色の髪をしたその女性は、間違えることなんてない、セニカだった。

あたしは飛び起きた。

身支度もそこそこに、宿舎を飛び出す。最寄りの転移ポータルを使って学園を目指した。

学園にたどり着いたのは夕方になってからだった。


旧校舎の音楽室に飛び込むと、そこにはすでに事切れたセニカがいた。

あたしは茫然としてセニカに近づく。よく見ると、友情の証のちぎれたブレスレットをセニカは握りしめていた。

セニカを抱き起こして回復魔法をかける。無駄だとわかっていてもやめられなかった。

どうして、セニカがこんな目にあっているのか、どうして、目を開けてくれないのか。


あたしは過去視の魔法を紡いだ。

そして見えたのは、この旧校舎をアジトにしている上位貴族から、セニカが凄惨ないじめをうけている光景だった。

その貴族は王家と親戚関係にある侯爵家の嫡男だった。彼は以前からセニカに目をつけていたが、あたしが邪魔で近づけなかった。

だから王太子に頼んだのだ。あたしをセニカから遠ざけるように。

あたしがいなければ、か弱いセニカをどうにかするのなんて簡単だった。

この三か月の間、セニカはずっと耐え続けていたのだ。

そしてとうとう今日、セニカは自害した。

どうしてもっと早く、未来を見ることができなかったのか。

どうしてセニカは、助けを求めなかったのか。

どうしてあたしは、セニカをもっと気にかけておかなかったのか。

頭の中を様々な後悔と疑問が巡っている。

あたしはセニカを浄化魔法で綺麗にすると、自分にこびりついた血はそのままに歩き出した。

向かう場所なんて決まっている。


例の貴族達がサロン代わりに使っている会議室に着くと、扉を開ける。いきなり扉を開けた血まみれのあたしに、貴族達は驚いていた。

よかった、全員そろっている。

あたしは彼らが逃げられないように施錠の魔法をかけた。

「な、なんでいるんだ、任務を与えたはずだ」

任務？　そんなのどうでもいい。あたしは怒りのままに首謀者を殴りつけた。

自己身体強化魔法は苦手だけど、あたしは兵器だ。

幼いころから苦手を克服できるくらいまで鍛え上げられている。

今日ほどそのことに感謝したことはない。

ああ、でも殺さないようにしないと。セニカが受けた苦しみを、百倍にして返してやるんだ。

拷問は得意だ。幼いころからやり方は学んでいる。
生かさず殺さず、痛めつけ続けるにはどうすればいいかわかっている。
あたしは兵器なのだから。
あたしを人にしてくれたセニカを死なせたのはお前らだ。
精々後悔するといい。

そこからの記憶はほとんどない。覚えているのは、殿下に肩をたたかれて、よく殺さなかったと褒められたこと。そして朝日に照らされた半死半生の貴族達の姿だけだ。

その日あたしは貴族を害した罪で投獄された。牢屋の中で、セニカのことを想う。
パスカルはどうしているだろうか。
セニカは卒業したら結婚するのだと、嬉しそうに言っていた。
きっとあたしと同じように絶望しているだろう。
あたしもこのまま死刑になるのかな？　そうしたら、またセニカに会えるだろうか。
そう思っていたのに、それから十日ほど経ったある日、あたしはあっさり釈放された。
殿下が何かしたらしい。

投獄された時に没収された友情の証のブレスレットは、結局戻ってこなかった。

久しぶりに会った殿下は、少しくたびれていたように思う。きっとあたしを釈放するために奔走してくれたのだろう。

どんな魔法を使ったんですかと問いかけたら、子細に話してくれた。

最初は貴族を害したことで処刑の予定だったが、市井であるうわさが広がったんだそうだ。

虐めで女生徒を自殺に追い込んだ貴族を糾弾したある生徒が、王家に投獄されたのだと。

不思議なことに貴族の名前とその貴族が犯した罪の詳細も一緒に。民は王家を糾弾した。

それに彼らの被害者の下級貴族の生徒達も彼らの蛮行を暴露し、やり返したあたしを英雄だと称賛した。

今の国王は日和見だ、そして数年前他国であったような民衆と下位貴族のクーデターを恐れていた。

あたしを処刑しようとしていた王家は手のひらを返したようにあたしを釈放して加害者の貴族を罰することにしたらしい。

他人事のように語っていたが、すべて糸を引いていたのは殿下だろう。

王太子は、今回のことで王にひどく叱責され、『魔女』達を動かす権利を剝奪されたらしい。

その日からあたしは、悪徳貴族を成敗した英雄になった。

殿下は卒業するまでは力を蓄えると言っていたが、あたしのせいで早く動かなければならなくなたのだ。

セニカの葬儀は、もう終わっているらしい。あたしは親友の葬儀に出席することすら叶わなかった。

彼はまだ立ち直れてはいないようだった。無理もない。

殿下にパスカルがどうしているのか聞いた。

「私だって、腸《はらわた》が煮えくり返っているんだ」

気にしなくてもいいと殿下は言う。

「ごめんなさい」

あたしは学園に蔓延る悪徳貴族に英雄として鉄槌を下していった。

いつしかあたしや殿下の元には多くの人達が集まり、殿下とあたしの名声は高まっていった。

王太子は焦ったが、王に行動を封じられ何もできなかった。

ある日パスカルが、あたし達の元へやってきた。

「セニカの仇を討ってくれてありがとうございます。これからは殿下の手足となって貴族の蛮行を止めたいと思います」

そう言ったパスカルは少し危うく見えたが、きっと何かしていた方が気がまぎれるだろう。

殿下はパスカルを歓迎した。

あたし達は旧校舎に秘密基地を作り、暇な時間はそこで過ごした。教室にいると人に囲まれて煩わしいからだ。

その頃のあたしは魔法道具ばかり作っていた。何かしていないとセニカを思い出して叫びだしそうだった。

殿下達も何も言わずに今にも壊れそうなあたしを見守ってくれていた。

あたしは本来英雄なんかじゃなかったんだ。

親友一人さえ救えなかった、かりそめの英雄だ。

でもあたしはこれから一生その看板を背負っていくことになるだろう。

回りだした大きな歯車はもはや誰にも止められないのだから。

外伝　王都ドラゴン襲来事件

俺はデリック・ジョーンズ『魔法使い』だ。今年で八歳になる。

『魔法使い』ゆえに生まれてすぐに王城に連れてこられて、数年前まで王城で兵器として教育されていた。

数年前、大魔女と呼ばれるネリー様と、大魔法使いと呼ばれる王子のアンドレアス殿下の働きかけによって王家が新たに『魔法使い』と『魔女』を連れてくることはできなくなった。

民衆を味方につけたその手腕は見事だったとマリリン様が話してくれた。

でも未だ多くの魔法使い達は王城に残ったままだ。

前の王様の時は良かった。良くも悪くも小心者だったから、魔女達と民衆の反乱を恐れてほとんどアンドレアス殿下の言いなりだった。

しかし数か月前、その前王が急逝し新たに王となった王太子は違った。彼が王になってから折角自由になっていた魔法使い達を不当に縛り付けるようになった。

アンドレアス殿下に何度も煮え湯を飲まされていた現王は、どうやら魔法使いが大嫌いらしい。

まるで人間とは思っていないようだった。

魔法使い達の保護に全力を注いでいたブライトン様は舌打ちをしていた。

今は秘密裏に魔法使い達による一斉離反を計画している最中らしい。

俺は子供だから詳しくは教えてもらえないけど、アンドレアス殿下も何か企んでいるようだった。

アンドレアス殿下は優しいけど、現王が絡むととても怖い。昔から何度も暗殺されそうになっていたらしいから、恨みも深いのだろう。

いっそアンドレアス殿下が王になればいいと思ったけど、それでは駄目らしい。

なぜ駄目なのか聞いたら、そんな未来を見たのだと言われた。残念だけどそれなら仕方ないか。


「いた、何サボってんだいこっちに来な」

訓練の時間少しボーっとしていると、ネリー様に連れ出される。

今年三十になったというネリー様が俺の教育担当だ。

俺は珍しい体質で、自己身体強化魔法と普通の魔法をどちらも同じ完成度で使いこなすことができた。そのせいで若い魔法使いの中で一番期待されている。ネリー様直々に俺の面倒を見てくれるのはそのせいだ。

ネリー様はあらゆる格闘技を会得している。自己身体強化魔法は苦手だと言いながら何故か戦闘方法が肉弾戦が多いという不思議な魔女だ。さすがに戦う相手は選ぶようだけど、危ない人だ。

アンドレアス殿下と〝良い仲〟らしいけど、アンドレアス殿下の趣味は変わってると思う。

今日もネリー様に鍛え上げられる。自己身体強化魔法の使い手である騎士との模擬戦を強要されたので、自分よりかなり大きくて強い相手に何度も立ち向かわなくてはならなくなった。

自己身体強化魔法に関しては俺の方が強いが、さすがに現役の騎士相手では技術で劣る。隙を見つけられ何度も投げ飛ばされる。その度にネリー様の叱責が飛ぶ。

普通訓練ってもうちょっと段階を踏んでやるもんじゃないのか？

投げられながら俺はネリー様の教育方法を疑問に思っていた。


「あーあ、情けないったらありゃしない！」

訓練終了後に投げ飛ばされた姿勢のまま空を仰いでいると、猛スピードで空を飛んでくる影があった。

間一髪で避けると、舌打ちをされる。

こいつはメリッサ・スウィッツァー。十五歳になるブライトン様の弟子だ。

ネリー様の大ファンらしく、ネリー様直々の指導を受けられる俺に嫉妬して突っかかってくる面倒な奴だ。

俺だって代われるものなら代わってやりたい。

メリッサの後ろから、クスクスと笑いながら近づいてくる人がいた。

彼はマリリン様が面倒を見ているソドム・カデリーさんだ。歳は十八歳になる。

「相変わらず仲がいいね」

ソドムさんの言葉に、メリッサと共に仲良くないと返す。

図らずもハモってしまってげんなりした。ソドムさんが今度は腹を抱えて笑い出す。

メリッサもソドムさんも、アンドレアス殿下から特に将来を期待されている優秀な魔法使いだ。アンドレアス殿下が特に重用しているマリリン様とブライトン様を指導役につけたくらいだ、その才能には目を見張るものがある。

俺も一応その枠に入っているけど、ネリー様が無理難題ばかり押し付けてくるおかげで少し自信を失いかけていた。

「あたしも自己身体強化魔法がうまく使えたらネリー様に見てもらえるのに」

メリッサはそう言って俺に殴りかかる。はっきり言って少しも痛くないからこいつには格闘の才能がないと思う。

何度も殴りかかったり蹴りかかったりしてくるが、さっきの騎士相手と比べたら赤子も同然だ。

これでネリー様に憧れているのだから始末が悪い。

俺がメリッサを投げ飛ばすとメリッサはフライングシューズを起動し地面に体がつく前に飛び上がった。

飛ぶ技術はものすごいんだよな、こいつ。

ブライトン様が師匠でこいつには合っていると思うのに、そういう問題ではないらしい。本当に面倒くさい奴だ。

ソドムさんが練習場の隅でお茶を淹れて待っていてくれた。ソドムさんの淹れるお茶は色々な種類があってどれも美味しい。

疲れている俺達を気遣ってアイスティーにしてくれた。

「二人とも日増しに上達しているね。僕は追い抜かれそうだ」

ソドムさんがそう言うが、ソドムさんも格闘向きではない。

繊細な魔法はソドムさんの専売特許なのだから、格闘で追い抜かれても何の問題もないだろう。

人には向き不向きがあると、ネリー様も言っていた。


その日は朝から雨だった。

空気が水をはらんで気持ちが悪い。こんな日は部屋に引きこもるに限る。

俺が二度寝を決め込もうとすると、部屋の扉がノックされた。

しぶしぶ起き上がって扉を開けると、なんとアンドレアス殿下がいた。

「ケーキを用意したんだ、一緒にどうだい？」

アンドレアス殿下はとても機嫌が良いようだった。

俺はさすがに殿下の頼みを断るわけにはいかず、屋根付きのバルコニーへ向かう。

何故この雨の中、半分外でお茶会をするのか俺は不思議でしょうがなかった。

バルコニーにはネリー様とマリリン様とブライトン様、メリッサとソドムさんまでいた。

この七人がそろったということは、何か重要な話でもするのかもしれないと俺は身構える。

しかし予想に反してお茶会は終始和やかだった。

久しぶりに食べるケーキもとても美味しかった。

ゆうに一時間は経った頃、アンドレアス殿下が空を指して言った。

「ああ、やっと来た。待ちくたびれたよ」

不思議に思って殿下の指す方向を見ると、そこにはこちらに向かってくるドラゴンがいた。

はぁ!?　ドラゴン!?

俺とメリッサとソドムさんは大混乱していた。王都にドラゴンが来るなんて一大事だ。なのに殿下とネリー様達は嬉しそうにしている。

「さあ、もう少ししたら討伐に向かおう」

きっと殿下達は先見でドラゴンが来ることを知っていたんだ。それなのに王都に近づくまで放置していた。

そのうえ目に見えるところまで来てもまだ動く気はないようだった。

一体何を考えているんだろう。

ドラゴンが向かった先は国王が重用している侯爵家の屋敷だった。

まさかと思いアンドレアス殿下を見る。

「墓穴を掘ってくれるなんてありがたいよね」

そう言った殿下の恍惚とした微笑みの恐ろしさを、俺は生涯忘れないだろう。

ドラゴンは侯爵家の屋敷を破壊しだした。

そこでやっと殿下は重い腰を上げる。

「さあ何の罪もないドラゴンには悪いけど、討伐しに行こうか」

殿下達はフライングシューズを起動してバルコニーから飛び立った。俺とメリッサとソドムさんは慌てて後を追う。

初めて間近で見たドラゴンは巨大だった。こんなのが暴れたら王都はひとたまりもないだろう。

「怪我人を保護します」

マリリン様がソドムさんを連れて崩壊した屋敷の方に行く。

「まずは翼を使えなくするよ！　デリック、ドラゴンの上に乗って翼を折ってきな！」

思わずネリー様を罵りたくなった。何言ってんだ、正気かこのおばさん。

「なにやってんだい、早くしないと街を焼かれるよ！　とっととやりな！」

俺はもうどうにでもなれとフライングシューズでドラゴンの上に飛び乗った。

ドラゴンは突然上に乗ってきた俺を振り落とそうとする。雨で滑る上に、ぶんぶんと体を振り回されて落ちそうになる。

俺は必死にドラゴンの背中にしがみついた。なんとか翼に手を伸ばすと全力で身体強化を行う。

そしてドラゴンの翼を根元から引き裂いた。回復できないように完全に引きちぎってしまう。

するとドラゴンは恐ろしい咆哮をあげてネリー様達に攻撃し始めた。

俺はドラゴンの背中から離脱した。

「やればできるじゃないか！」

ネリー様が褒めてくれる。これで褒められなかったら泣くところだ。

翼さえ落とせば後は狩るだけだ。みんなでドラゴンを囲んで集中攻撃する。

ドラゴンはとにかく硬いから時間がかかるかもしれない。

魔法の弾幕を浴びせていると、妙なことに気がつく。

殿下達の使う魔法が、とにかく派手なものばかりなんだ。まるでパフォーマンスでもするみたいに……ん？　パフォーマンス……？　もしかして本当にそうなんじゃ……。

思わず殿下の方を見ると、目が合った。穏やかに微笑まれる。……怖っ！

メリッサは何も気づいていないのだろう、高速で空を駆けながら上から魔法を浴びせている。

俺は空気を読んで派手な爆破魔法でドラゴンの体力を削り始めた。

ネリー様が感心した様子でこちらを見ている。俺は空気の読める男だ。もっと大きな音も鳴らした方がいいかな？

やがてドラゴンは動かなくなった。魔法使い五人で攻撃してこんなに時間がかかるなんて思わなかった。

マリリン様が倒壊した屋敷から何か持ってくる。それはおそらくドラゴンの卵だった。

もしかして侯爵はドラゴンの卵を盗んできたのか？

アホじゃないだろうか、ドラゴンはどこにいても自身の産んだ卵の居場所がわかるのに。

殿下は卵に穴をあけると中のドラゴンの幼体を殺した。孵化したところで人間に懐くはずがないからだ。

この事件の死者は奇跡的にゼロだった。被害も侯爵邸とその周辺の屋敷しかない。

侯爵邸の周辺の屋敷はみんな現王の味方の家だ。


事の顚末を現王に報告すると、現王は侯爵をかばった。罰する必要はないだろうと言うと、周囲にいた多くの貴族達は懐疑的な様子だった。

不思議なことに、この事件の詳細な顚末は翌日には王都中に広まっていた。

民衆が王城前の広場でデモを始める。侯爵を処刑しろと叫ぶ民衆の声は日増しに高まっていった。

反対に、ドラゴンを倒して王都を救ったアンドレアス殿下の名声は高まった。

民衆はドラゴンを倒した七人の英雄を、健国王の賢者ロージェになぞらえて七賢者と呼び褒め称えた。

数か月前に国王になったばかりの男の名声は、たった一日で地の底まで落ちたのだった。自業自得だ。

こうなると国王は、懐刀である侯爵を処刑するしかなくなった。

多くの貴族と民からの信頼を失った王は、最も重用していた臣下も同時に失ったのだ。

アンドレアス殿下達はとても嬉しそうだった。大人の世界は怖い。

殿下はさらに追い打ちをかけるように、違法な魔物や妖精やエルフなどを収集していた貴族達を摘発していく。

みんな王の重用している臣下だった。

王はこれもかばおうとしたが、民衆や多くの貴族の反対にあいそれができなくなった。

いつの間にか王の力は弱まり、飾り物のようになってゆく。

実に鮮やかな手並みだった。俺はアンドレアス殿下だけは敵に回したくないと思う。


このドラゴン騒動が落ち着いたころ、殿下にお忍びで舞台を観に行かないかと誘われた。

舞台なんて生まれて初めて観る。俺はとても楽しみだった。

メリッサとソドムさんも一緒に舞台を観に行くと、それは『英雄七賢者の活躍』というタイトルだった。

ちょっと待て、どういうことだ。

舞台はひどいものだった。いや、演劇としては素晴らしいんだけど事実と乖離していることが多すぎる。

なんで大怪我をしながらドラゴンの翼を引きちぎった俺をメリッサが助けたことになってるんだよ。怪我なんてかすり傷程度だったぞ。

俺らの反応を見て殿下が笑っている。この人ほんといい性格してるな。

「英雄になるというのはこういうことだよ。この先こういうのに慣れてほしいから今日は連れてきたんだ」

殿下は絶対俺達をこき使う気だ。俺はあきらめと共にため息をついた。

メリッサは作中『疾風のメリッサ』なんて呼ばれていて目を白黒させていた。

ソドムさんもドラゴン退治にこそ参加しなかったが、怪我人の救助に尽力した英雄ということになっていて居心地が悪そうだ。

劇が終わって、久しぶりに歩いた街の中は七賢者の話と新しい国王の話で持ちきりだった。

見事に国王が悪役になっている。

何があっても七賢者がいれば安心だなんて言っている街の人達を見て、俺は八歳にして決まってしまった英雄としての将来に一抹の不安を覚えたのだった。

外伝　従魔達の冒険

私はアオ。ミラクルキューーティースライムなの！

大切な家族のエリスとシロとモモと一緒に冒険するのが大好きなの。

今日も楽しい一日になるかなと思っていたんだけど、なんだか今朝はエリスの様子がおかしいの。

顔が赤くてとっても寒そうなの。体温も高いしこれはきっと病気なの！

私は回復特化のスライムだけど、病気にあんまり回復魔法を使うのは良くないらしいの。

メンエキリョクっていうのが低下して、また病気にかかりやすい体になっちゃうらしいの。

『どうしようアオ！　エリスが死んじゃうよ！』

シロが大騒ぎしているの。こんな時こそ冷静に対処しなきゃいけないの！

『しっかりするの！　まずお父さんとお母さんを呼ぶの！』

『わかった、お父さんとお母さんだね！　僕呼んでくる！』

シロが大慌てで走ってゆくの。……どこかにぶつかっている音がするけど大丈夫か心配なの。

『エリスは寝ててくださいね』

起き上がろうとしたエリスにモモが言う。モモは冷静で素晴らしいの。

「ありがとう、みんな」

エリスの声がガラガラになってるの。酷い風邪なの。心配なの。

せめて少しでも熱が下がるようにエリスの額に乗る。エリスは私のことをいつも冷たくて気持ちいいって言うからちょうどいいの。

「ありがと、アオ」

「エリス！　無事か!?」

その時バタバタと廊下を駆けてくる音がした。何事なの!?

扉を蹴破るようにして入ってきたのはお父さんとお母さんなの、シロはいったいどんな連れて来方をしたの？　まるで賊が侵入したみたいな慌てようなの。

「お父さん？　大丈夫だよ。風邪ひいたみたいで……」

エリスが言うと二人とも安心したみたいなの。

「良かった、シロが呼びに来てくれたんだ。様子がおかしかったから何があったのかと思ったよ」

「可哀想に熱が出たのね。今お医者様を呼ぶからね」

お母さんがエリスの手を取って優しく言った。お医者様が来てくれるならきっと安心なの。

『エリス、大丈夫？　死んじゃわない？』

お母さん達の様子を見てやっとシロも少し落ち着いたみたいなの。

『大丈夫ですよ、シロ兄さん。落ち着いてください』

モモがシロをなだめてくれてるの。本当、シロはあわてんぼうなの。

お医者様が来てエリスの診察をしてくれてるの。

私もできるなら医学を学びたいの。苦しそうなエリスを治してあげられたらいいのに。

お医者様は風邪だと言ってお薬を処方してくれたの。一日で熱も下がって落ち着くだろうと言ってくれて一安心なの。

お母さんが氷嚢を用意してくれて私の役目も終わったの。

眠っているエリスのそばで見守るの。エリスは苦しいのかうなされていてとても心配なの。

お母さんも部屋に残ってエリスの枕もとで刺繍をしている。

風邪がお母さんに移ってしまわないかも心配なの。

私はお母さんに病気予防の魔法をかけた。気やすめ程度の弱い魔法だけど無いよりマシなの。

「あら、アオちゃんありがとう。アオちゃんの魔法はすごいわね」

お母さんが私を撫でてくれるの。

『僕らもエリスのために何かできないかな』

シロがいいことを言ってくれたの。私達にも何かできることがあるかもしれないの。

頭を悩ませていたら、エリスが寝言でおばあちゃんと言ったの。

エリスはおばあちゃんが恋しいの。ならおばあちゃんとの思い出の品を持ってきてあげるの。

『おばあちゃんとの思い出の品ですか？　私は心当たりがありませんね。すみません姉さん』

モモは家族になったのが遅かったから仕方ないの。

シロは覚えているはずなの。

『わかった！　おばあちゃんが好きだったお花だね！　森の中に咲いてるやつだ』

そうなの、それを持ってきてあげるの！　エリスもきっと喜ぶの！

『それならすぐに行こう！　森まで一気に走るよ！』

シロが私達を乗せて走ってゆくの。お母さんがびっくりしてるの。

「シロちゃん!?　みんなどうしたの!?」

帰ったらエリスに通訳してもらって説明するの！　行ってきますなの！


私はモモです。しがないピンクラビットです。

今日は大切な家族のエリスが熱を出したため、森におばあちゃんとの思い出のお花を取りに行きます。

シロ兄さんが屋敷を出ると、エリスとの約束を思い出したのかゆっくり歩きだしました。

街の人が驚くから、街の中では走ってはいけないのです。できるだけゆっくり歩くようにエリスに言われています。

兄さんは速く走りたいのを懸命に我慢しているようでした。

「あら？　シロちゃんじゃないの。坊やはどうしたの？」

よく買い物をする屋台のおばさんが聞いてきます。

でも聞かれても答えられないのです。だって私達従魔の声はテイムしてくれたご主人様にしか聞こえないから。

おばさんは不思議そうにしていました。でもきっとエリスが近くにいるのだろうと思ったのでしょう。深く気にすることもなく仕事に戻ってゆきました。

兄さんが街の中を悠々と歩きます。街の外れに差し掛かった時、私は気づいてしまいました。

私達だけでは、街の検問所を通ることができません。

私は急いで兄さんと姉さんにそのことを伝えました。

『そんな！　どうしよう』

『あきらめちゃダメなの！　何とか外に出る方法を探すの！』

兄さんと姉さんが街を囲む塀沿いに歩き始めます。どこかの壁に通れるところがあるかもしれません。

すると塀に金属の扉がついている箇所を見つけました。見張りはいないみたいです。

扉には鍵がかかっていました。

兄さんなら頑張れば壊せそうですが、それをするとエリスが悲しむでしょう。

途方に暮れていると、姉さんが言いました。

『私に任せるの！』

姉さんは自身の体を変形させると、鍵穴の中に入りました。すると、鍵の開く音がしました。

さすが姉さん！　自分の体を鍵代わりに扉を開けてしまうなんてすごいです。

外に出ると、念のため扉に鍵をかけなおして、森へと急ぎます。

ここの警備の穴は戻ったらお父さんに伝えましょう。ここから賊が街に入ったら困ります。

森は街からほど近いところにありました。ここがエリスの育った森なんですね、感動です。

木々の枝には所々、赤いリボンが巻いてありました。このリボンを辿ると、おばあちゃんの家に着くのだそうです。

兄さんが早速おばあちゃんの家に向かおうとすると、姉さんが止めました。

『待つの。これを持ってきたの』

そう言って姉さんが見せたのはエリスの魔法のバッグでした。

『エリスにたくさんお土産を持って帰るの！』

さすが姉さんです！　お花だけじゃなく色々なものを持って帰ったらきっとエリスも喜びます。

兄さんも大喜びで飛びはねています。

『さすがアオだね！　エリスもきっと喜ぶよ！』

私達は早速エリスへのお土産を探し始めました。

私が住んでいた森にあった美味しい木の実はここにもあるでしょうか？

おばあちゃんの家の付近でおばあちゃんの好きだった花をたくさん摘むと、みんなでエリスへのお土産を探します。

『やっぱり元気になるにはお肉なの！　たくさん狩るの』

意気込んでいると、人の話し声が聞こえてきました。こんな森の中に一体何の用なんでしょう。

ひとまず家の陰に隠れます。

すると、やってきたのは二人組の男でした。

「本当にここが大魔女の住んでいた家なのか？」

「そうさ、きっとすごいお宝が残っているはずだ。大魔女のものなら高値で売れるからな」

どうやら盗賊のようです。家の中には何も残っていないそうなのですが、それでもエリスとおばあちゃんの思い出の場所に盗みに来るのは許しがたいです。

さっさと追い返してしまいましょう。

鍵のかかった扉を壊そうとしている盗賊に腹が立ったので、扉にシールドを張ります。触ると痺れる効果のおまけつきです。

盗賊達は驚いていました。扉を開けられないとわかると、窓を割ろうとします。これもシールドで防がせてもらいました。

そこでシロ兄さんの登場です。シロ兄さんは盗賊達の目の前に現れると唸りました。

盗賊達は驚いて、足早に逃げてゆきます。

「ひ……！　こんなのがいるなんて聞いてねえぞ」

「だからやめようって言ったじゃねーか。死んでも大魔女の家なんだぞ」

さすがシロ兄さんです！

街に戻ったらこのこともお父さんに相談しなければなりませんね。

さて気を取り直してお土産探しです。私達は美味しそうな木の実や果物を探すとバッグに放り込んでいきます。

その時とても珍しい実を見つけました。

高い木の上になる実なのですが、その美味しさゆえにほとんど小さいうちに鳥に食べられてしまうので、大きくなって完熟する実は少ないのです。

この実はコーパと言って、とても栄養価が高く美味しいため、高級食材なのだそうです。図鑑に書いてありました。

私達は、コーパの実を取ろうと奮闘します。

登るにはちょっと高すぎる木です。試しにシロ兄さんが登ってみますが、すぐに落ちてしまいました。

私はそもそも木登りが苦手です。どうしたものかと思っていると、またアオ姉さんが言いました。

『私に考えがあるの』

姉さんがシロ兄さんに、前足を木にかけて後ろ足だけで立つようにお願いします。

実までの距離を稼ぐためのようです。姉さんが兄さんの頭の上に乗りました。

すると体を変形させて手のように二本の触手を出しました。

限界まで触手を細くすると、ぎりぎり実まで届きました。

さすが姉さんです！

姉さんは届く限りのコーパの実を収穫すると、元に戻りました。

きっとエリスも喜びます。

気がつくと、だいぶ森の奥に入っていたようで、そろそろ戻ろうかと姉さんと相談します。

来た道を戻っていると、突然ブラックベアが姿を現しました。

まずいです。ブラックベアはとても強いのです。戦う力のない私と姉さんは身構えました。

シロ兄さんがブラックベアに立ちはだかります。ですが自信がないのでしょう。尻尾は内側に入ってしまっています。

『頑張るの！　シロはもう昔のシロじゃないの！　きっと勝てるの！』

アオ姉さんの激励に、私もシロ兄さんに声をかけます。

『大丈夫です、兄さん！　私もシールドを張ります。思いっきりやっちゃってください！』


僕はシロ。大好きな家族のエリス曰く、ジャイアントウルフらしい。

今僕はブラックベアを相手に戦うところだ。僕がやられたら大切な家族のアオとモモがきっと殺されてしまう。

そうなったら、エリスはとても悲しむだろう。

僕は昔ブラックベアに負けている。その時の恐怖を思い出して足がすくむけど、頑張って倒さなきゃ。

大丈夫、僕は大きくなって強くなったんだ。きっとブラックベアにも勝てる。

『頑張るの！　シロはもう昔のシロじゃないの！　きっと勝てるの！』

『大丈夫です、兄さん！　私もシールドを張ります。思いっきりやっちゃってください！』

二人が応援してくれる。モモがシールドで守ってくれるし、怪我をしたらアオが治してくれる。

僕は大丈夫だ、きっと勝てる。

『ベア肉は栄養があるの！　エリスに食べさせたらきっと元気になるの！』

アオの言葉にエリスの喜ぶ顔を思い浮かべる。

こちらの様子をうかがっていたブラックベアが走って襲い掛かってきた。モモのシールドにはじかれ不思議そうにしている。

僕は隙を狙って首元に噛みついた。僕を引きはがそうと暴れるブラックベアだけど、放してなんかやるもんか。

僕の体はモモがシールドで守ってくれる。次第に劣勢を悟ったのかブラックベアはめちゃくちゃに暴れ始めた。思わず牙を放してしまう。

ブラックベアは怒っていた。執念深く凶暴なブラックベアは、劣勢でも逃げようとしなかった。むしろ絶対に殺してやると言わんばかりに襲い掛かってくる。

僕は風魔法でブラックベアの目を引き裂いて視界を奪った。そしてもう一度首元に噛みつく。

勝てる！　僕はそう思った。

しかしブラックベアはしぶとかった。牙を深くめり込ませて噛みつくけど、なかなか倒れてくれない。

僕は何度も地面に叩きつけられ傷だらけになった。モモのシールドがなかったらもっと大怪我をしていただろう。

やがて、ブラックベアは動かなくなった。僕の粘り勝ちだ！

僕はブラックベアに勝てた喜びを噛み締めた。

エリス、僕強くなったよ。これからはもっとエリスの役に立てるよね！

アオがブラックベアの血抜きをしてくれる。モモが拍手で僕を称えてくれた。

嬉しくて尻尾の動きが止められない。

『さすが兄さんです。この雄姿をエリスにも見せたかったですね』

モモの言葉に僕も少し残念な気持ちになった。

帰ったらたくさん話を聞いてもらおう。

アオが回復魔法をかけてくれて僕の怪我は完全に治った。

折角だからもう少し弱い魔物がいるところでさらにお肉を狩っていこう。

僕らはボアがたくさんいるところに向かった。

ボア狩りは慣れているから大丈夫だ。エリスはボアを使った鍋料理が好きだからたくさん狩ろう。

アオとモモは近くで果物を集めている。

僕は意気揚々と匂いでボアを探した。すると、少し違った匂いがあることに気がつく。

気になった僕はその匂いを追っていった。

すると、そこにいたのはゴールデンボアだった。ゴールデンボアはボアの特殊個体だ。体が大きく、黄色がかった体毛を持つ。そのお肉はとても美味しいのだという。

僕はモモを呼んで戦闘態勢に入った。特殊個体は通常個体より強いんだ。油断はするべきじゃない。

モモにシールドを張ってもらって駆け出す。

『頑張ってください兄さん！』

『ゴールデンボアも高級食材なの！　エリスのために頑張るの！』

二人の声援を聞きながら風魔法でボアの足を止め、首筋に噛みつく。

スピードではこちらが上だ。僕は首を振りながらより深く牙を刺す。

すぐにボアは動かなくなった。やった僕の勝ちだ！

アオが血抜きをしてくれる。血抜きをしながら何やら唸っていた。

『む、この血の味、最高の食材の予感がするの。エリスが喜ぶの』

それからも狩りを続け、お昼を過ぎたころには魔法のバッグがいっぱいになった。


僕らは来た道を通って街に帰った。街の中を歩いていると、デリックおじさんがいた。

「ん、シロか？　エリスはどうした？」

僕はくーんと鳴いて屋敷の方を見る。

「まさかいないのか？　従魔だけで街を歩くなんて危ないぞ」

デリックおじさんは何かの魔法を使った。

「そうか、エリス、風邪なのか。これはお見舞いに行かないとな。一緒に屋敷に行っていいか？」

僕はいいよという意味を込めて一回吠える。どうやら伝わったようでおじさんは嬉しそうだ。

「お見舞いの品を買っていくから少し待ってくれ」

そう言うとおじさんは近くの店で綺麗なゼリーを買っていた。

そして一緒に屋敷に向かう。

「本当は許可証を発行してもらわないと従魔だけで街を歩いちゃいけないんだぞ？　次からは気をつけろよ？　ばれたら叱られるのはエリスだからな」

そんな決まりがあったなんて知らなかった。僕達は悪いことをしてしまったらしい。

シュンと耳と尻尾をたれさせていると、デリックおじさんが慰めてくれる。

「まあ、知らなかったんならしょうがない。次に気を付ければいいさ」

デリックおじさんはお話しできないけど、まるで僕らの心がわかっているかのような反応をしてくれる。

『魔法使い』ってみんなそうなのかな？　不思議だな。

おじさんと一緒に屋敷に戻る。道中屋台の前を通りかかると、いつものおばさんが目を見開いた。

「シロちゃん？　あんた一体誰だい！　その子達はあの坊やの従魔だろう」

いつも買い物をする屋台のおばさんが、僕らと一緒に歩くおじさんを誘拐犯かなにかと勘違いしたらしい。

おじさんは困っていた。僕はこの人は大丈夫だと、おじさんにすり寄って必死に伝える。

「ちょっと従魔を預かっているだけなんだ。誘拐したわけじゃない」

おじさんの言葉と僕の様子を見て、おばさんは信じてくれたようだ。勘違いしたお詫びにと商品のドーナツをくれた。

エリスが風邪で寝込んでいることを知ると、おばさんは心配していた。

「次に来た時にはサービスするから、元気になったらまたおいでよ！」

そう言って僕を撫でてくれる。アオは喜んでいた。

おじさんと一緒にドーナツを食べながら屋敷に帰ると、お母さんが走ってきた。突然いなくなった僕らを心配していたみたいだ。

「いったいどうして突然出て行ったの？」

お母さんの問いにおじさんが答えた。さっき使っていた魔法は過去視の魔法だったみたいだ。

僕達だけで歩いているから、エリスに何かあったのかと心配して使ったらしい。

魔法使いはすごいな！　僕も風以外の魔法が使えたらいいのに。

「そう、エリスのお見舞いの品を探していたのね。無事でよかったわ」

お母さんは僕らを撫でてくれる。

エリスはまだ寝ているみたいで、僕らは先に戦利品を披露することにした。

アオが魔法のバッグからボア肉をのぞかせる。

何がしたいのか気づいたお母さんがキッチン横の部屋にシートを敷いてくれた。

いつの間にかお父さんとお兄さんとシェフも来ていて賑やかになっていた。

アオがまずはお肉を披露する。ボアを数頭と僕が倒したブラックベアを出す。

そうすると歓声が上がった。

「おお、ブラックベアを倒せたのか、すごいな！」

昔ブラックベアを倒せなかったことを覚えていたお父さんは僕を褒めてくれる。

僕、強くなったでしょ！

そしてアオがゴールデンボアを取り出すと、みんな大はしゃぎだった。

「でかしたシロ！　こいつ旨いんだよな。エリスが元気になったら鍋にしような！」

お兄さんが僕をたくさん撫でてくれる。

僕らがとったお肉はエリスが元気になるまで時間停止機能の付いた魔法のバッグに入れておいてくれるらしい。

エリスがとっても高価なものだと言っていたけど、この家にもあったんだね。

ちなみにエリスが普段使っているのは空間拡張機能と重さ軽減機能が付いたものだ。これはそんなに高くないらしい。だからみんな使っている。

アオが続いて果物や木の実を出すと、コーパを見てみんな驚いていた。よく採れたなと褒められる。アオが頑張ったんだよ！

最後に花を取り出すと、アオはお母さんに花瓶が欲しいと訴えた。お母さんはすぐに用意してくれて、お花を花瓶に飾ってくれた。

私はアオ。プリティアンドチャーミースライムなの。

大冒険の末、ついに屋敷に帰還して、エリスの枕もとにお花を飾ることに成功したの！

あとはエリスが元気になるのを待つだけなの。

部屋に戻ると、エリスがうなされていたの。手が何かを求めてさ迷うように動いているの。

何を求めているの？　エリス。なんでも持ってくるの！

「アオ、シロ、モモ……どこ？」

そうなの、私達はいつもエリスと一緒に寝ていたの。

私達は慌ててベッドの上に飛び乗ったの。するとエリスはフカフカなシロを抱きしめて笑ったの。

私とモモもエリスの背中にぴったりくっつくの。

私達がいない間さみしい思いをさせていたと思うと心が痛いの。

エリスの背中に体をこすりつけて大丈夫だよと言ってあげるの。

そのまま私達はみんなで眠ったの。

翌日には、エリスはすっかり元気になって、お花を喜んでくれたの！

モモとシロと一緒に頑張ったの。たくさん褒めてほしいの。

もう一日安静にしていないといけないエリスに、冒険の話を聞いてもらうの。

エリスは驚いているの。

私が鍵を開けて街の外に出た話をしたら、とっても心配されたけどすごいねって褒められたの。

おばあちゃんの家を守ったモモの話ではモモを褒めてくれたの。

ブラックベアを倒したシロの話では、手を叩いてすごいすごいと褒めていたの。

みんな褒められてとっても嬉しいの。

「みんな僕のために頑張ってくれたんだね、ありがとう！　でも心配だからあんまり危険なことはしちゃだめだよ？」

わかってるの、大切な家族を悲しませるようなことはしないの！

みんなでエリスの布団の上に乗ってお昼寝するの。明日はゴールデンボア鍋だから、完全に元気にならなきゃダメなの。

エリスはシロを抱きしめて幸せそうなの。私とモモもエリスにくっつくの。

私達はエリスのことが大好きなの。私達を出会わせてくれたおばあちゃんにもとっても感謝しているの。

枕もとのおばあちゃんが好きなお花が、私達を見守ってくれてる気がするの。

あとがき

初めまして、この作品がデビュー作となります。はにかえむです。

お買い上げくださった方、お読みくださった方、ありがとうございます。

実はこの作品の書籍化の打診をいただいたのが私の誕生日の翌日でして、最初は友人がよくやるサプライズドッキリだと思って警戒していました。でも何度もメールを確認して、どうやら本当らしいと気づいたときにはとても驚きましたし嬉しかったです。

自分が趣味で書いてネットに投稿していた物語が本になるなんて思ってもみなかったので、本当にいいのかと何度も確認してしまいました。

何もかも初めてのことだらけで担当さんを困らせるような質問をしてしまったと思うのですが、担当さんも優しく説明してくださって試行錯誤の上何とか書籍として完成させることができました。

戸部先生の描くイラストを初めて見た時には自分の作ったキャラクターに命が吹き込まれたようで、感動して言葉にならなかったです。

私の感想ばかり語っても読者の方はつまらないかと思いますので、作品にも少し触れたいと思います。

この作品は基本エリス視点で進んでいくので、ウェブ版ではおばあちゃん達七賢者の過去にはほとんど触れられていませんでした。書籍版で初めておばあちゃん視点の外伝を書くことを決め、驚かれた方も多いかと思います。私の作品を読んでくださる方の多くは、シリアスな物語が苦手なのだろうなと思っているのですが、どうしてもこれだけは書きたかったのです。

なぜおばあちゃんが自分の命を削ってまでエリスに祝福を与えたのか。どうか物語を読んだ後で考えてみてほしいです。

番外編では従魔達の視点で物語が進みます。従魔達の内心を書くのも初めてでしたから、書いていてとても楽しかったです。もし次巻が発売されるようなことがあれば、もっと従魔達視点の物語を書きたいですね。

戸部先生のイラストにより従魔達の可愛さがより引き立てられましたので、読者の皆様も従魔達のことを好きになってくだされればとても嬉しく思います。

最後に、この本の制作に携わったすべての方々と、応援してくださる読者様に深い感謝を。ありがとうございます。またお会いできることを祈って……。

はにか　えむ

挿絵を担当させていただきました。
描いていてとにかく楽しかったです。
戸部 淑

もふもふとむくむくと
異世界漂流生活
EARTH STAR NOVEL
Shimaneko
しまねこ
Illust.
れんた
KEN
犬の散歩中で事故にあい、気が付くとRPGっぽい異世界にいた元サラリーマンのケン。リスもどきの創造主に魔獣使いの能力を与えられ、「君が来てくれたおかげでこの世界は救われた」なんていきなり訳のわからない話に戸惑っていたら、「ご主人!ご主人!ご主人!」となぜか飼っていた犬のマックスと猫のニニが巨大になって迫ってきてるし、しかもしゃべってるし、一体どうしてこうなった!?ちょっぴり抜けている創造主や愉快な仲間たちとの異世界スローライフがはじまる!
シリーズ
好評発売中!
1巻
特集ページは
こちら!

みんなと仲良くピクニック！
KEN
ああ、このもふもふでむくむくな
幸せパラダイス空間、
もう最高かよ…！
心ゆくまで
もふもふの海を堪能！

騙されて領主となったディアス、
草しかない領地からの大躍進！

俺は全てを
著 鍋敷
イラスト カワグチ
【パリイ】する
I WILL“PARRY”ALL
～逆勘違いの世界最強は冒険者になりたい～

「才能なしの少年」

そう呼ばれて養成所を去っていった男・ノールは一人ひたすら防御技【パリイ】の修行に明け暮れていた。

そしてある日、魔物に襲われた王女を助けたことから、運命の歯車は思わぬ方向へと回り出す。

最低ランクの冒険者にもかかわらず王女の指南役となったノール。

だが…その空前絶後の能力を、いまだノールだけが分かっていない…。

才能がないと言われ、
磨き上げた最底辺スキルの
防御技【パリイ】で
無自覚最強は
危機に陥った王国を救えるか!?

戦国小町苦労譚
転生した大聖女は、
聖女であることをひた隠す
領民0人スタートの
辺境領主様
ヘルモード
～やり込み好きのゲーマーは
廃設定の異世界で無双する～
二度転生した少年は
Sランク冒険者として平穏に過ごす
～前世が賢者で英雄だったボクは
来世では地味に生きる～
俺は全てを【パリイ】する
～逆勘違いの世界最強は
冒険者になりたい～
反逆のソウルイーター
～弱者は不要といわれて
剣聖（父）に追放されました～
毎月15日刊行!!
最新情報は
こちら

無職の英雄
別にスキルなんか
要らなかったんだが
もふもふとむくむくと
異世界漂流生活
冒険者になりたいと
都に出て行った娘が
Sランクになってた
メイドなら当然です。
濡れ衣を着せられた
万能メイドさんは
旅に出ることにしました
万魔の主の魔物図鑑
―最高の仲間モンスターと
異世界探索―
生まれた直後に捨てられたけど、
前世が大賢者だったので
余裕で生きてます
偽典・演義
～とある策士の三國志～
ようこそ、異世界へ!!
EARTH STAR
NOVEL
アース・スターノベル

EARTH STAR NOVEL

祝福されたテイマーは優しい夢をみる
～ひとりぼっちのぼくが、大切な家族と友達と幸せを見つけるもふもふ異世界物語～

発行 ―――――― 2024年7月18日　初版第1刷発行

著者 ―――――― はにかえむ

イラストレーター ―――― 戸部淑

装丁デザイン ―――― AFTERGLOW

発行者 ―――――― 幕内和博

編集 ―――――― 川井月

発行所 ―――――― 株式会社アース・スター エンターテイメント
〒141-0021　東京都品川区上大崎3-1-1
目黒セントラルスクエア　7F
TEL：03-5561-7630
FAX：03-5561-7632

印刷・製本 ―――― 中央精版印刷株式会社

ISBN 978-4-8030-1983-4